KB118326

핸드메이드 픽션

핸드메이드 픽션

박형서 소설

문학동네

차례

너와 마을과 지루하지 않은 꿈

또다시 우릴 불러낸 건 너였다. 나른한 일상과 곤한 휴식에서 깨어난 우리는 수풀 사이로, 언덕 너머로, 호숫가로 너를 쫓았다. 마침내 저 불운한 도약의 끝, 어둠에 갇혀 발버둥치는 너의 뒤로는 낯익은 살인자들이 모여들었다.

네가 살았던 작고 외진 마을은 특징이랄 게 없었다. 텁텁한 열매가 나는 과수원, 암탉 삼십여 마리가 있는 오래된 양계장 외에는 야트막한 산과 잡목과 작은 콩밭들뿐이었다. 산중턱에 맑고 깊은 호수가 있긴 하지만 연못에 가까울 정도로 작았고, 그나마 주민들 외에는 아는 이가 드물었다.

구름 그림자가 빠르게 훑고 지나가는 그곳에서 사람들은 닭이나 돼지처럼 그저 태어나고, 밋밋하게 살아가다 조용히 늙어죽었다. 다만 칠 년 전인가 이장이 마을에 꿀벌을 들여온 걸 계기로 주민들 대부분이 양봉 일을 시작했는데, 그게 그나마 특징이라면 특징일 것이다. 익숙하지 않은 이들은 벌에 쉽게 쏘이곤 했다. 그럴 때면 평생 무료에 길들여진 그들의 입에선 "아야" 하는 짧고 심심한 탄식이 새어나왔다.

너는 마을에서 벗어나고 싶어했다. 어릴 적 친구네가 멀리 이사가는 걸 보며 시작된 그 소망은 세월이 흐를수록 간절해졌다. 너는 항상 읍내를, 먼 도시를, 아니 어디건 마을 밖을 꿈꾸었다. 남루하고 따분한 생활 속에서 그 꿈만큼은 조금도 지루하지 않았다. 열네 살 때 너는 처음으로 도망쳤다. 아무 준비도 없이 즉흥적으로 벌인 짓이었다. 읍내의 더러운 공원과 뒷골목을 외로이 배회하다, 사흘 만에 굶주린 배를 안고 돌아올 수밖에 없었다. 그날 너는 하루 종일 울었다. 열아홉 살이 되어 홀어머니를 졸라 마련한 목돈을 들고 두 번째로 마을을 떠났다. 그러나 역시 일주일을 넘기지 못했다. 빈털터리로 돌아온 너의 온몸에는 멍이 가득했고 마음은 새카맣게 타 있었다. 너는 천장이 무겁게 내려앉은 방에 처박혀 며칠 동안 울었다. 남들만큼 가진 게 없고, 남들만큼 영리하지 못하고, 남들만큼 굳세지 못한 게 서러워 울었다. 하지만 눈물이 마르자 너는 또다시 도망을 꿈꾸었다.

산으로 둘러싸여 있기에 마을에서는 라디오 전파도 잡히지 않았다. 사정이 이러니 바깥세상이 빠르게 변해갈수록 너의 마을은 자꾸만 자기 내부로 숨어드는 것 같았다. 주민들은 콩밭에 가거나 벌을 보살피거나 힘없이 무너져내리는 자기 집을 고쳤다. 늦은 오후가 되어 일이 대충 끝나면, 아이들은 저보다 약한 아이를 잡아 두들

겨팼고 주정꾼들은 얼굴이 벌겋게 될 때까지 술을 마셨으며 노름꾼들은 쩨쩨한 표정으로 화투를 쳤다. 그마저 지치면 끼리끼리 모여 앉아 별것도 아닌 일을 부풀려 온갖 거짓소문을 만들어냈다. 그렇게 함으로써 숨 막힐 듯한 적막과 무료함과 외로움에서 잠시나마 도망치곤 했다.

　모든 건 저 폭우에서 비롯되었다. 짙고 검은 먹구름이 삽시간에 마을을 뒤덮고는 굵은 빗줄기를 뿌려댔다. 능선의 잡목림, 언덕의 전신주와 과수원 한쪽에는 새하얀 벼락까지 내리꽂혔다. 이윽고 비가 그치고 파란 하늘이 모습을 드러내자 열댓 명 남짓한 주민들은 벼락 비린내 자욱한 산중턱 호숫가로 삼삼오오 모여들었다.

　호수 바로 곁에는 본디 벼랑에 위태로이 매달려 있던 커다란 바위 하나가 굴러떨어져 있었다. 떨어질 때의 충격으로 겉을 감싸고 있던 얇은 사암층이 벗겨져나가 어른 키 정도의 둥근 화강암만 남았는데, 전체가 은빛 광택을 품은 돌비늘로 덮여 있어 반짝반짝 빛났다. 그 운모바위에는 호수를 등지고 지름이 한 뼘쯤 되는 깊은 구멍이 언덕을 향해 나 있었다. 누군가 용감하게 팔을 넣어보았지만 끝에 닿지 않았다.

　너와 주민들은 감탄하며 주변을 맴돌았다. 바위의 비늘은 수면에 반사되거나 나무 이파리 사이로 흘러들어온 일광을 받아 끊임없이 은빛으로 명멸했다. 그건 마치 고통과 간지러움과 배고픔을 느끼는, 독립된 영혼을 가진 존재 같았다.

　모두가 돌아간 후에도 너는 홀로 남아 바위를 들여다보았다. 그리고 조용히 중얼거리기 시작했다. 처음엔 멋지게 반짝이는 비늘을 가진 바위에 대한 칭찬이었다. 그러다 곧 너 자신에 관한 얘기로 옮아갔다. 너는 네가 그 무료한 마을을 얼마나 싫어하는지 중얼거렸다. 함께 자란 친구들처럼 도시에 나가 살고 싶은데 그러지 못해 속상하다고 중얼거렸다. 두 번이나 실패해 겁이 나지만 언젠가는 제대로 떠날 거라고, 다짐하듯 중얼거렸다. 운모바위가 그걸 들었는지는 모르겠다. 그러나 우리는 시커멓게 죽어가는 개암나무 뒤에 숨어 하나도 빼놓지 않고 들었다.

　사건이 터진 건 그로부터 일주일 뒤였다. 호숫가의 운모바위에 난 틈, 그 자그마한 구멍에 낯선 외지 사내가 머리를 처박고는 축 늘어져 있었다. 하릴없이 읍내에 다녀오던 중 이를 목격한 양계장 최씨는 말문이 막혀 멍하니 서 있었다. 그처럼 이상한 광경은 처음이었다. 그건 마치 바위가 사내를 머리부터 먹어치우다 잠시 쉬고 있는 것 같았다. 문득 손등이 따끔해 "아야" 하고 탄식을 흘렸다. 꿀벌에 쏘이는 건 흔한 일이었다. 그런데 이번엔 따끔하고 마는 정도가 아니었다. 손등이 화끈거리며 부풀어오르자 그제야 독한 땅벌의 침이라는 걸 알아차렸다. 순간 등줄기를 훑으며 오싹한 기운이 몰려왔다.
　최씨는 가슴에서 터져나오는 괴성과 함께 몸을 돌려 읍 쪽으로 달리기 시작했다. 도중에 두 명의 주민과 마주쳤다. 그들은 으아아 비명을 지르며 뛰어오는 최씨를 잡아세우고는 무슨 일인지 물었다.
　"사람이 죽었어, 사람이!"

셋은 함께 읍내 파출소로 달려갔다.

두 시간쯤 지나 경찰 세 명이 자전거를 타고 네가 살았던 마을로 들어섰다. 각각의 보조안장에는 읍까지 줄곧 달리느라 녹초가 된 양계장 최씨와 두 명의 주민이 앉아 있었다. 산길이 시작되는 마을 입구에 자전거를 세워두고 일행은 걸어서 호수 쪽으로 향했다.

이윽고 산중턱의 자그마한 호수와 그 곁에 놓인 바위가 나타났다. 온통 반짝거리는 은빛 비늘로 뒤덮여 있어 거대한 보물처럼 보였다. 입성으로 미루어 삼십대 후반으로 짐작되는 외지 사내가 바위 구멍에 머리를 처박은 채 늘어져 있었다. 팬티는 제대로 걸쳤으나 바지가 무릎까지 흘러내렸고, 윗옷도 한쪽 팔에만 꿰인 상태였다. 허벅지와 옆구리에 작고 붉은 반점이 서너 개 나 있었지만, 벌을 치는 마을에서 그건 별다른 특징이 되지 못했다. 주민들 모두가 몸 여기저기에 작고 붉은 반점을 지니고 있었다.

강력사건을 별로 접해보지 못한 신출내기 경찰들은 잔뜩 긴장한 얼굴이었다. 용기를 내어 다가가 툭툭 건드려보았다. 미동도 없었다. 손가락 마디마다 퍼렇게 죽어 있고, 부어오른 팔목에서는 맥이 잡히지 않았다. 바위에 난 구멍이 목 굵기와 비슷했기에 그보다 큰 머리통을 도대체 어떻게 쑤셔넣었는지 신기할 따름이었다.

소식을 들은 마을의 이장과 주민들이 슬금슬금 모여들었다. 그리고 저희들끼리 수군거리며 눈앞에 펼쳐진 기묘한 광경에 참견했다. 너도 그 틈에 끼었다. 얼떨떨한 표정으로, 운모바위와 낯선 사내에게 도대체 무슨 일이 벌어진 건지 이해하려 애썼다.

경찰들은 낡은 카메라를 이용해 현장 사진을 찍었다. 정면을 찍고, 측면을 찍고, 무릎까지 흘러내린 바지를 찍고, 한쪽 팔목에만 꿰여 있는 윗옷을 찍었다. 손톱이 죄다 빠지고 피로 범벅이 된 손을 찍고, 삼 미터가량 뒤쪽에 벗겨져나간 신발 한 짝을 찍었다. 강간당했을지 모른다는 생각에 주민들을 돌아서게 하고는 팬티를 내려 똥구멍도 찍었다.

사진을 다 찍고 나서 경찰 한 명이 들것을 가지러 돌아간 사이, 남은 둘은 사내의 어깨를 잡아당기면서 용을 써보았다. 목 부분이 약간 움직이는가 싶었지만 단단히 틀어박힌 머리는 꼼짝도 하지 않았다. 둘은 작은 목소리로 상의하더니, 주민들을 향해 정과 해머를 구할 수 있는지 물었다.

"그건 뭐하려고?" 오십대 중반의 이장이 건들거리는 말투로 물었다. "시체 때문에 저 바위를 부수려고? 그렇게는 못 하지."

이장의 말이 끝나자 주민들 역시 웅성대며 바위 편을 들었다. 운모바위는 벼랑에서 굴러 호숫가에 제 모습을 드러낸 바로 그 순간부터 마을에서 제일가는 보물이었다. 주민들 모두가 바위의 아름다운 은빛 비늘에 성스러운 신령이 깃들어 있다고 믿었다. 그들의 목소리가 하도 거칠어 경찰들은 계획을 황급히 취소하지 않으면 안되었다.

그때 어깨가 떡 벌어진 바보 용철이 어슬렁거리며 왔고, 제 아비인 이장의 등에 뺨을 비벼댔다. 낯선 사내가 운모바위에 머리를 처박고 있는 걸 본 용철은 헤헤 웃으며 다가가 가슴을 껴안고는 힘껏 잡아당겼다. 막일로 단련된 근육이 무섭게 씰룩댔으나 사내 목의

14

피부만 쭉 찢어먹었을 뿐이었다. 그 사이로 팽팽하게 부푼 혈관이 붉은 팥알처럼 튀어나왔다. 주민들이 눈살을 찌푸리며 만류했다. 바보 용철은 짜증이 나는지 입술을 씰룩거리다 어디론가 가버렸다.

그사이 들것이 도착했지만 여전히 속수무책이었다. 바위는 지켜야 하고 머리는 빼내야 하는데 그게 불가능해 보였다. 게다가 그 커다란 바위를 깨버린다 한들 구멍에 단단히 박힌 머리가 온전할 리 없었다.

너는 조용히 다가가 저 이방인의 목에 기름칠할 것을 제안했다. 읍에서 온 경찰이 고개를 끄덕이자 너는 마치 읍을 이기기라도 한 듯 으쓱해졌다. 주민 한 명이 잽싸게 가져온 들기름을 목 틈새에 정성껏 발랐다. 그런 후 경찰 셋을 포함한 도합 다섯 명의 장정이 몸뚱이를 잡고 당겨보았다. 여전히 꿈쩍도 하지 않아, 너는 망신이라도 당한 양 얼굴이 붉어졌다.

그때 바보 용철이 돌아왔다. 손에는 이가 듬성듬성 빠진 낫이 들려 있었다. 주저앉아 조그마한 숫돌에 호수의 물을 끼얹으며 예리하게 갈았다. 운모바위에 다가섰다. 낫을 이방인의 목울대 아래에 걸었다. 뭐라 말릴 틈도 없이 똑, 하고 따버렸다. 모두가 지켜보는 앞에서 몸뚱이는 잠깐 꿈틀대는 듯하더니, 풀썩 무릎을 꿇으며 쓰러졌다.

경찰들은 입이 떡 벌어져 주춤주춤 뒷걸음질쳤다. 용철은 목 없는 이방인의 시신을 옆에 눕힌 후, 손끝을 가지런히 모아 구멍에 틀어박힌 머리통을 파내기 시작했다. 뼈 갈라지는 소리가 나고 몇 개로 쪼개진 두개골과 충혈된 눈, 상한 두부처럼 으스러진 뇌가 차례

차례 나왔다. 얼추 들어낸 후에는 허리춤에 차고 다니던 놋쇠 숟가락을 뽑아들어 구멍 안쪽에 들러붙은 나머지까지 박박 긁어냈다. 머리카락이 붙고 노랗고 붉고 파랗고 검은 살점들이 묻어나왔다.

경찰들이야 당황하든 말든, 시신은 이제 바위와 분리되었다. 경찰들은 몸뚱이를 거적에 싸고 박살난 머리는 누군가 가져온 빨간 플라스틱 바가지에 담아 터덜터덜 읍으로 향했다.

어떠한 인간도 진심으로 타인의 불행을 바라지는 않는다. 미물조차 동족이 폭우에 떠내려가면 슬퍼한다. 하지만 이방인의 죽음으로 인해 네가 살았던 마을은 이제 막 기나 긴 잠에서 깨어난 듯 활기를 띠었다. 주민들이 그걸 즐겼다는 말이 아니다. 그러나 우리 눈엔 별반 다를 것도 없어 보였다.

자기 날이 다해 고목처럼 늙어죽은 이야 많았지만 누군가 살해당한 건 처음이었다. 주민들은 저마다 친분이 있는 이를 찾아가 이방인의 죽음에 관해 자기 생각을 말했다. 그러다 뜻이 맞지 않으면 벌컥 화를 내며 말다툼을 시작했는데, 그럴 땐 도를 지키지 못해 험악해지기 일쑤였다. 얘기만 주워들은 아이들은 전례 없이 친근하게 모여 저 참혹했던 장면을 과장해 떠벌렸다. 화투판은 사라졌고, 괜히 술 마시는 남자들도 줄어들었다. 여자들은 모였다 하면 가여운 이방인 얘기를 했다. 그들의 목소리는 낮고 음침했지만, 벌에 쏘여 "아야" 하고 탄식을 흘릴 때보다는 훨씬 생동감이 흘렀다.

너 또한 저 놀라운 사건에 대한 남들의 생각이 궁금해 집에 가만히 있질 못했다. 아직 어른들의 대화에 함부로 끼어들 만한 나이가 아니었기에, 저만치 물러앉아 어떤 의견에는 고개를 끄덕이고 또 어떤 설명에는 실실 웃곤 했다. 말을 한 당사자들은 네가 고개를 끄덕이면 좋아했지만, 실실 웃더라도 화내지 않았다. 어른들은 널 가엾게 여겼다. 그들은 네가 도망치고 싶어한다는 사실을 알고 있었다. 기회만 닿으면 언제든 마을을 떠나리라는 걸 알고 있었다. 다만 두 번에 걸친 실패와 허리를 다친 어머니 때문에 주저하고 있다는 걸 잘 알고 있었다.

그건 맞는 이야기였다. 너는 늘 도망을 꿈꿔왔고, 그 꿈은 하나도 지루하지 않았다. 하지만 저 사건 이후, 너는 도망을 꿈꾸는 시간만큼 이방인의 죽음에 대해서도 골몰했다. 그 역시 전혀 지루하지 않았다.

어른들의 언쟁은 점점 과격해져갔다. 독한 놈이 자살한 거라고 소리치는 사람도 있었고 호기심에 머리를 집어넣어보았다가 빠지지 않아 질식했다고 우겨대는 이도 있었다. 심지어 그 구멍은 사실 운모바위의 탐욕스러운 아가리이며 지나가는 사람을 유혹해 잡아먹은 거라고 단언하는 어른도 있었다. 그러면서 바보 용철이 두개골 조각들을 그리 쉽게 빼낸 이유는 머리통이 구멍에 씹혀 이미 반쯤 으스러진 상태였기 때문이라고 덧붙였다.

자살이라는 의견은 쉽게 묵살되었다. 그건 세상 어디에서나 일어나는 자잘한 에피소드에 불과하니 더이상 왈가왈부할 계제가 없었다. 사실 여부를 떠나, 누구도 그걸 바라지 않았다. 이방인의 죽음이 불러온 적당한 소란과 적당한 반목과 적당한 흥분으로 그들은 이제껏 경험해보지 못한 팽팽한 삶을 살아가는 중이었다. 아무 일도 없었다는 듯 저 느슨하고 맥 빠진 일상으로 돌아가고 싶어하지 않았다. 게다가 그 머리는 바보 용철의 힘으로도, 장정 몇의 힘으로도 빠지지 않을 만큼 단단히 틀어박혀 있었다. 그 정도로 독하게 자살할 수 있는 사람은 없었다. 같은 이유에서, 호기심에 머리를 집어넣었다가 질식해 죽었다는 의견 역시 별다른 동조를 얻지 못했다.

운모바위가 사람을 잡아먹는다는 얘기는 모두들 농담으로 받아들였다. 그 말을 한 건 평생 입을 열지 않을 것처럼 과묵했던 과수원 허씨였는데, 이튿날에도 이방인이 몰래 운모바위를 머리에 이고 가려다 변을 당한 거라 주장하는 바람에 남들의 비웃음을 샀다.

너는 어려서부터 도망을 꿈꿔왔다. 마을에 오래 있다가는 숨이 막혀 죽을 것만 같았다. 열네 살 때 무작정 집을 나와 읍으로 도망쳤다. 배가 고파 사흘 만에 돌아와야 했다. 열아홉 살이 되어 다시 한번 도망쳤다. 악한에게 붙들려 죽도록 맞고 돈까지 빼앗긴 후 터덜터덜 돌아올 수밖에 없었다. 너는 방구석에 처박혀 울었다. 아파서가 아니었다. 스스로가 어떤 사람인지 깨달았기 때문이었다. 너는 가난한 사람이었다. 너는 어리석고, 배짱이 부족한 사람이었다. 남들보다 뛰어난 점이 하나도 없는 사람이었다. 태어난 마을에서 평생을 닭이나 돼지처럼 밋밋하게 살다, 어느 날 슬그머니 뒈져야 마땅할 인간이었다. 그게 서러워 며칠 동안이나 지루하게 울어댔다. 그럼에도 불구하고 네 꿈을 버릴 수는 없었다. 꿈을 꾸는 동안만큼은 하나도 지루하지 않았다.

이 년쯤 지나 너는 또다시 마을을 떠나기로 작정했다. 전보다 용기가 생겼고, 어떤 사람을 조심해야 할지 알 것 같았다. 그런데 네가 세번째로 떠나려고 마음을 굳히던 바로 그때, 어머니가 허리를 다쳐 드러누웠다. 너는 콩밭과 벌통을 돌봐야 했고, 식사를 준비해야 했으며, 어머니 요강을 비워야 했다. 너는 하루에도 몇 번씩 뒷마당으로 달려가 머리를 쥐어뜯었다. 이제 너를 가로막는 장벽은 너 자신이 아니었다. 네 문제는 모두 사라지고 오직 어머니의 병환만이 남았다. 너는 마을에서의 남루하고 무료한 생활이 고통스러워 미쳐버릴 것 같았다. 네 젊은 피는 혈관을 태워버릴 정도로 뜨거웠다. 정오의 콩밭에 멍하니 서 있다가도 갑자기 가쁜 숨을 내쉬며 주먹으로 흙바닥을 내리치곤 했다. 저 이방인의 죽음이 없었다면, 그래서 네 피가 그쪽으로 끓어오르지 않았다면, 아마 너는 아픈 네 어머니를 너무 많이 미워했을지도 모른다.

이방인의 죽음이 있고 나서 아흐레 되던 날 새벽에 두번째 희생자가 나왔다. 이번엔 너도 잘 알고 있는 사람이었다. 바보 용철의 아버지, 네가 살았던 마을의 이장이었다.

읍내에 다녀오겠다던 이장이 밤새 돌아오지 않자 그 아내가 새벽부터 찾아나섰다. 호숫가의 언덕을 지나가다 바위 구멍에 머리가 처박혀 있는 남편을 발견했다. 이장은 엉거주춤하게 서서는 운모바위를 박박 긁어대는 중이었다. 손끝이 닿는 곳마다 피가 묻어나왔다. 그녀는 적막한 산속을 시뻘건 비명으로 적시며 이장의 어깨를 잡아당겼다. 이장은 자기 팔을 뒤로 꺾어 아내의 손을 붙잡았다. 그리고 무서운 힘으로 조였다. 그건 마치 아내의 행동을 꾸짖고 만류하는 것 같았다. 아내가 아파서 힘을 빼자, 이장은 다시 바위를 밀고 때리고 할퀴었다. 그녀는 발을 동동 구르며 바라봐야 했다. 이장의 손놀림은 시간이 갈수록 둔해졌다.

그녀는 거기 그대로 있을 수 없었다. 구르듯 마을로 내려가 사람들을 불러모았다. 곧 너를 포함한 세 명의 주민이 호숫가로 달려왔다. 너는 또 사건이 발생했다는 생각에 너무 흥분한 나머지 아찔한 현기증을 느꼈다. 현장에 도착해 이장의 몸부림을 보는 순간에는, 심장이 무섭게 뛰면서 숨조차 제대로 쉴 수가 없었다.

끔찍한 광경이었다. 손톱은 죄다 빠졌고, 돌비늘에 갈린 손가락 끝으로 새하얀 뼈가 드러나 있었다. 머리통이 구멍에 완전히 처박힌 채로, 이장은 팔과 다리를 때로는 힘없이 휘청거리며 때로는 근육을 씰룩이며 바위 여기저기를 걷어차고 긁고 밀었다. 그러면서 차츰 손마디가 파랗게 질려갔고, 기력이 다한 양쪽 무릎은 이리저리 획획 꺾였다. 보다 못한 주민들이 달려들어 어깨며 팔을 잡아당겼다. 그러자 이번에는 이장이 필사적으로 그들의 팔뚝을 할퀴고 반항하는 것이었다.

"잡아당기지 마! 그렇게 잡아당기면 목이 부러져!"

뒤에서 누군가 외쳤다. 그 말을 듣자 사람들은 이장이 자기들의 도움을 왜 그토록 거부했는지 비로소 알아채고는 뒤로 물러섰다. 이장은 다시 바위를 밀고 걷어차며 안간힘을 썼다. 주민들은 어떻게 도와줘야 할지 몰라 주먹만 꽉 움켜쥐었다.

경찰 다섯 명이 현장에 도착했을 땐 그러한 끈질긴 몸부림도 완전히 멎어버린 후였다. 이장의 아내는 남편이 미동도 없이 축 처져 있자 벌에 쏘여 여기저기 부어오른 등짝을 찰싹찰싹 때리다가는 기절했다. 주민들은 공포와 동정이 가득한 눈으로, 바위에 머리를 붙잡힌 채 힘없이 늘어진 이장을 바라보았다. 너 또한 그랬다. 시커멓게 썩어가는 개암나무에 기대어 서서 그 모든 광경을 하나도 남김없이 지켜보았다. 네 몸에서 식은땀이 흘렀다. 전신이 부들부들 떨렸고 입안은 바싹 타들어갔다. 독한 몸살을 앓을 때와 비슷한 느낌이었지만, 그보다는 훨씬 황홀하고 짜릿했다.

너는 무슨 단서가 될 만한 거라도 있는지 자세히 둘러보았다. 지난번 이방인 때와 너무나 흡사했다. 무릎 아래로 흘러내린 바지, 한쪽 팔목에만 꿰여 있는 윗도리가 그랬고 등과 허벅지의 벌에 쏘인 자국, 손톱이 모두 빠져 피투성이가 된 손가락들도 마찬가지였다. 다섯 걸음쯤 뒤에 놓인 신발까지 거의 모든 게 똑같았다. 그저 사람만 바뀌었을 뿐이었다.

경찰 하나가 다가가 이장의 다리를 툭툭 건드리고, 꼬집어보았다. 아무런 반응이 없었다. 이장은 이제 상한 고깃덩어리에 불과해 보였다. 경찰들은 서로 눈빛을 교환하고는, 시신을 파출소로 옮기겠다고 주민들에게 통보했다. 옮기는 거야 문제될 게 없지만 이번에도 역시 빼내는 일이 말썽이었다. 경찰들은 상의 끝에 더이상의 무고한 희생도 막을 겸, 중장비를 동원해 바위를 아예 깨부수기로 의견을 모았다.

그러자 뒷짐지고 있던 두 노인이 게거품을 물며 반대했다. 심지어 운모바위를 깨부수겠다고 말한 경찰의 싸대기를 갈겨버리기까지 했다. 궁지에 몰린 경찰들은 너에게로 시선을 돌렸다. 젊은 네가 그나마 상식적이고 이성적으로 자기들을 도와줄 것이라 여겼기 때문이다.

하지만 너는 고개를 설레설레 저었다. 바위를 깨는 건 좋지 않아요, 하고 말했다. 왜냐는 물음에 이렇게 대답했다.

"벼랑에서 떠밀려 죽는 거랑 마찬가지예요. 떠민 사람을 잡아내야지 벼랑을 없앨 수는 없잖아요."

경찰들이 원하던 대답은 아니었지만 상식적이고 이성적임에는 틀림없었다.

그러는 사이 밭에서 일하던 바보 용철이 불려왔다. 어눌한 목소리로 아버지를 부르며 달려들어서는 등에 제 뺨을 비볐다. 용철은 무슨 일이 벌어진 건지 전혀 모르는 눈치였다. 축 늘어진 아비의 다리를 이리저리 만지며 헤헤 웃기까지 했다. 경찰들은 결국 그냥 뽑아보기로 결정했다. 벌써 축 늘어져 죽어 있으니 잡아당기다 목뼈가 부러져도 별문제가 되진 않을 거라는 생각에서였다. 경찰 다섯과 바보 용철과 또다른 장정 두 명이 달려들어 이장의 몸 여기저기를 잡아당겼다. 바위가 살짝 흔들릴 정도였으나 구멍에 처박힌 머리는 미동도 없었다. 사람들은 좀더 단단히 잡고는 용을 썼다. 용철이 너무 세게 잡아당기는 바람에 이장의 왼쪽 팔이 어깨에서 쑥 빠졌지만, 그 와중에 머리통도 조금쯤은 나온 것 같았다. 다시 한번 힘을 주면서 몸뚱이를 이리저리 비틀었다. 엿가락처럼 늘어나는가 싶더니 척추 끊기는 소리와 함께 턱 끝이 구멍 밖으로 드러났다. 용기를 얻은 사람들은 한 번 더, 하고 고함치면서 얼굴이 흙빛이 되도록 힘을 주었다.

마침내 빠졌다. 여덟 명의 장정들은 이장의 몸을 껴안고 뒤로 자빠졌다. 아, 하고 누군가 아득한 신음소리를 냈다. 아래턱까지는 나왔는데 코를 비롯한 인중 윗부분이 걸렸던 것이다. 쪼개진 얼굴 위쪽은 누런 윗니를 드러낸 채로 여전히 구멍 안에 처박혀 있었다. 거기서 피가 뱀처럼 흘러나왔다. 간신히 정신을 차리고 일어나 입을 막고 지켜보던 이장의 아내는 또다시 기절해버렸다.

바보 용철이 다가가 아비의 얼굴 윗부분을 이리저리 매만졌다. 잡을 곳이 마땅치 않아 부드러운 입천장의 살을 헤집고 들어가 비강 안쪽에 손가락을 걸었다. 그렇게 십여 분간 애를 쓰고 나서야 간신히 빼낼 수 있었다. 어찌나 단단히 박혀 있었던지 얼굴 가죽이 윗입술에서부터 정수리까지 홀러덩 뒤집힌 채였다. 경찰들은 말려올라간 얼굴 가죽을 원래대로 펴내렸지만, 그렇게 수습된 얼굴은 어울리지 않는 가면을 쓴 것처럼 보였다. 작별인사라도 하듯이 멀리서 꿩이 울었다.

"이럴 바에야 전처럼 용철이 낫을 이용하는 게 나았을 텐데."

누군가 뒤에서 수군거렸다. 그러자 여기저기서 응, 내 말이, 맞아, 하고 동의하는 목소리가 터져나왔다. 자기 이름이 불렸기 때문인지, 아니면 꿩 울음소리 때문인지 바보 용철이 입을 헤벌리고 웃었다.

경찰들은 현장 주위에 노란 띠를 치고는 출입을 막았다. 도시에서 전문가를 불러와 바위 구멍을 검사하고, 주변에 찍힌 발자국을 조사했다. 구멍 속은 예상보다 넓었을 뿐 아무것도 들어 있지 않았다. 그 안에는 심지어 썩은 낙엽 한 장, 벌레 한 마리도 없었다. 호숫가에 어지럽게 난 발자국은 죄다 주민들의 것이었고, 모두 알리바이가 있었다. 경찰들은 마을 주변에 임시초소를 세우고 낯선 사람이면 무조건 붙잡아 신원을 확인했다.

네가 살았던 마을은 더욱 분주해지고 활기가 넘쳤다. 삼삼오오 모인 주민들은 새벽부터 밤늦게까지 격론을 벌였다. 주민들은 더이상 벌이 모아놓은 꿀이나 손바닥만한 밭의 소출에 관심을 갖지 않았다. 마당과 담벼락 곁에는 하루가 다르게 잡초가 자라났다. 방구석에 앉아 참견만 일삼는 노인네가 잔소리라도 할라치면 되레 고함을 쳤다.

"사람이 죽었어요, 사람이!"

그러할 때 그들의 눈에는 눈물까지 글썽거렸고, 이 참혹한 사건을 해결하기 위해선 반드시 자기가 나서야 된다고 믿는 것 같았다.

경찰의 무능함을 참다못한 마을의 장정들은 따로 규찰대를 조직했다. 너는 거동이 불편한 홀어머니 때문에 그 일에 끼지 못했다. 그게 서운해 몇 번이고 규찰대 뒤를 쫓아다녔지만, 이웃 어른한테 심하게 꾸중을 듣고는 결국 포기했다. 규찰대는 붉은 천을 잘라 완장처럼 차고 다녔다. 둘씩 움직였는데, 찬바람을 일으키며 산에 오르거나 마을 외곽을 돌 때 그들의 굳게 다문 입술에는 비장함마저 엿보였다. 말투도 바뀌었다. 그들은 더이상 "아야" 따위의 소리는 내지 않았다. 돌보지 않아 밭이며 벌통은 엉망이 되었지만 평소 심드렁하게 부어 있던 그들의 얼굴에는 생동감이 가득했다. 평생 자기만의 구멍에 갇혀 있다가 이제 막 도망쳐나온 사람들 같았다. 읍내 파출소에 찾아가 한 시간이고 두 시간이고 그림까지 그려가며 자기 생각을 설명하곤 했다. 대부분 무시해도 좋을 만큼 허황된 애기였다. 엉뚱한 사람을 모함하거나 경찰에게 욕하는 바람에 괜한 싸움이 벌어지기도 했다.

경찰들은 당혹스러울 뿐이었다. 그럴듯한 설명이라도 하나 있으면 일단 그걸 바탕으로 수사를 진행해볼 텐데, 이 기상천외한 사건에는 단서라곤 전혀 없었다. 희생자의 몸에 난 작고 붉은 반점이 이상해 부검까지 실시해봤지만, 아니나 다를까 역시 벌에 쏘인 자국이었다. 경찰들은 점점 해결의 의지를 잃어갔다.

그와 달리, 규찰대를 비롯한 마을 주민들은 좀더 오랫동안 그 일에 매달렸다. 온 산을 헤집고 다니며 혹 범인이 숨어 있을지 모를 덤불을 막대기로 쑤셨고, 산꼭대기에 올라가 희생자와 범인의 동선을 그려보았다. 그러나 무작정 의심하고 순찰을 도는 건 두 죽음이 위치한 미궁으로 다가가는 데 도움이 되지 않았다. 보름이 지나도록 별 소득이 없자, 자포자기 상태가 되어 급기야는 서로를 의심하기까지 했다. 네가 살았던 마을은 이런저런 이해관계가 거미줄처럼 얽힌 곳이었다. 무료하던 시절에는 그게 주민들 사이의 아교 역할을 했으나, 이제 많은 것이 바뀌었다. 겉으로 보기엔 크게 달라진 게 없었다. 주민들은 여전히 고개를 숙이고 걸었다. 저보다 어른을 만나면 허리 접어 인사했고, 의례적인 덕담을 나누었다. 하지만 그러는 와중에도 눈빛만큼은 상대의 머리통을 꿰뚫어버릴 것처럼 무례하게 빛났다.

너는 늘 도망을 꿈꿔왔다. 사정만 되면 언제든지 읍내로, 도시로 나갈 작정이었다. 두 번에 걸친 실패와 허리를 다친 홀어머니 때문에 주저하고 있을 뿐이었다. 너는 네 마을이 싫어서, 떠나고 싶어서 밤에 몰래 울기도 했다. 마을을 그토록 증오했던 이유는 무엇보다도 저 끔찍한 무료함 때문이었다. 두 통의 벌을 치고, 마당의 채소를 가꾸고, 콩밭의 김을 매는 일은 영원히 반복되는 따분한 형벌 같았다. 너는 떠나길 원했다. 떠나, 보다 활력이 넘치는 도시에서 사람답게 살고 싶었다. 하지만 당장은 그럴 수가 없었다. 너는 그곳을 떠날 돈이 없었고, 용기가 없었으며, 무엇 하나 남들보다 뛰어난 점이 없었다.

너는 밤낮으로 이방인과 이장, 그리고 그들을 죽인 이름 모를 범인 혹은 범인들에 대한 생각에 골몰했다. 그것만이 당장에 네가 할 수 있는, 하고 싶은 전부였다. 어떻게 된 걸까? 그들은 왜 거기 그처럼 머리를 처박고 죽어야 했던 걸까? 도대체 누가, 왜 그런 끔찍한 짓을 벌인 걸까? 쓸쓸히 무너져가는 이장 집 앞에 서서, 향기로운 진이 흐르는 참나무숲에 앉아, 운모바위에 기댄 채 가을의 은하수처럼 반짝반짝 일렁이는 호수를 바라보며 중얼거렸다. 그러다 문득 생각난 듯 멀리 읍에 있는 파출소까지 가 새로 밝혀진 사실이 있는지 물었고, 없다는 걸 확인한 후에는 비웃는 표정으로 파출소를 나섰다. 집에 돌아와서는 천장이 무겁게 내려앉은 방구석에 드러누워 병든 홀어머니를 상대로 온갖 해괴망측한 추측을 늘어놓았다.

너는 매일매일 새벽부터 일어나 현장에 가보거나 마을 주변을 배회했다. 두 죽음의 비밀을 밝혀낼 때까지, 혹은 그 마을에서 멀리 도망치기 전까지 너는 어쩌면 영원히 지치거나 싫증내지 않고 그럴 수 있었을지 모른다. 그러나 다른 주민들은 너처럼 끈질기고 집요하지 못했다. 사건이 발생한 지 한 달이 넘어서자 서서히 긴장을 풀고는 예전의 익숙한 생활로 돌아가기 시작했다. 마을의 어떤 이는 슬그머니 콩밭에 나갔으며 또 어떤 이는 꿀벌을 보살폈다. 가끔은 벌통이 늘어선 마을 변두리 어디에서 낮게 "아야" 하는 소리도 났다. 사건이 터진 이후 처음으로 노름판까지 벌어졌다. 뜸하게 순찰을 돌던 규찰대마저 해산되자, 너는 심한 배신감을 느꼈다. 너는 돌아간다는 게 얼마나 끔찍한 일인지 알고 있었다. 며칠 버티지도 못하고 구부정하게 마을로 되돌아오던 기억을 떠올릴 때면 수치심에 얼굴이 붉게 상기되었다.

너는 장롱에서 붉은색 천을 꺼내어 완장 크기로 오려냈다. 다음 날 새벽, 너는 그걸 바지 뒷주머니에 넣고서 규찰대가 다니던 길을 밟았다. 이후로, 그러니까 우리와 마주치기까지의 사흘 동안 너는 마을의 유일한 규찰대원으로서 온 산과 밭과 호숫가를 바쁘게 누비고 다녔다. 네 삶의 마지막 사흘은 그렇게 흘러갔다.

네가 살았던 마을은 외진 곳이었다. 해가 지는가 싶더니 어느새 어둠이 깔려왔다. 너는 서둘러 집에 가기 위해 길에서 벗어나 숲을 가로질렀다. 진이 흐르는 참나무를 돌아 발을 내딛는 찰나, 낮게 깔린 덤불 사이에서 무언가를 밟았다. 발바닥을 타고 흐르는 그 느낌은 물컹했고, 섬뜩했다. 뒤돌아 고개를 숙이는 순간 발밑에서 피어오르는 검은 연기를 보았다. 머리카락이 쭈뼛 서며 온몸에 소름이 돌았다.

그건 우리였다. 나른한 일상과 곤한 휴식에서 깨어난 우리, 마을 한구석에서 너처럼 무료하게 살아가던 땅벌들이었다. 너는 놀라 뛰기 시작했다. 우리의 날갯짓 소리가 너의 귓가를 어지럽혔다. 돌부리에 걸려 넘어지자 우리 중 몇이 셔츠 안쪽으로 들어가 등에 침을 놓았다. 너는 날카로운 고통을 느꼈다. 그건 평소 네가 쏘이던 꿀벌의 그것과는 차이가 있었다. 일어나 정신없이 뛰면서도 윗도리를 벗어 한쪽 팔목에 꿰었다. 두피에 통증을 느낀 너는 마구 머리카락 사이를 헤집었다. 그곳에도 역시 우리가 있었다.

호수, 라는 단어가 섬광처럼 스쳐갔다. 호수로 뛰어들면 벌을 피할 수 있을 것이라 생각했다. 주저 없이 능선을 따라 뛰었다. 너는 평생 그렇게 빨리 도망친 적이 없었다. 그리 빨리 도망칠 수 있으리라 상상해본 적도 없었다. 순식간에 고개를 넘고 대나무숲을 지났다. 숨이 턱까지 차올랐지만 뜀박질을 늦추지 않았다. 그 와중에도 손가락을 놀려 허리띠를 풀어버렸다. 어느새 바지 안쪽까지 기어들어간 우리 때문이었다.

드디어 호수 뒤쪽 언덕에 닿았다. 어둠 속에서 희미한 반짝임이 눈에 들어왔다. 어릴 때부터 너는 그 반짝임을 물결의 일렁임으로 알고 있었다. 너는 그렇게 알고 자라왔다. 종아리에 따끔한 통증을 느끼는 순간, 양손으로 바지춤을 내리며 힘껏 뛰어들었다.

턱, 하는 소리와 함께 너는 아찔한 어둠에 갇혔다. 머리를 조금도 움직일 수가 없었다. 깜짝 놀라 네 머리를 삼킨 그 거대한 물체를 밀고, 차고, 손톱으로 마구 할퀴어댔다. 무릎 아래로 흘러내린 바지 덕분에 다리도 맘대로 움직이기 힘들었다. 한참 지나 흥분이 가라앉자, 너는 네가 어떤 상황에 처했는지 깨달았다.

놀랍게도 너는, 그 칠흑 같은 어둠에 갇힌 너는 탄성을 지르려 했다. 두 죽음이 어떻게 시작되었는지 알아내었다는 생각에 희열을 느꼈던 것이다. 입과 턱이 구멍 안쪽에 빽빽하게 물려 있고 또 부풀어오른 목 때문에 아무 소리도 새나오지 않았지만, 사람들 앞에서 모든 걸 척척 설명해낼 수 있게 되었다는 기쁨에 자꾸 탄성을 지르려 했다. 하지만 그 순간 너는 착각을 하고 있었다. 너는 네가 알아낸 비밀을 영원히 남에게 알릴 수 없는 처지였다. 저 두 사람을 죽인 건 우리가 아니었기 때문이다. 그건 우리가 아니었다.

모든 죽음엔 사연이 있고, 모든 사연은 슬프다. 너는 늘 도망을 꿈꿔왔다. 꿈꾸는 동안에는 하나도 지루하지 않았다. 발가락에서부터 힘이 빠져나가자 무릎이 획획 꺾이면서 가만히 서 있기도 힘들었다. 피가 제대로 통하지 않는지 점점 사지가 마비되어갔다. 오직 구멍에 단단히 처박힌 머리통만이 살아 있는 것 같았다. 목 아래로는 더이상 아무런 감각이 느껴지지 않았다. 너는 곁을 빠르게 달려가는 누군가의 발소리를 들었다. 구멍 안쪽의 빈 공간이 집음기가 되어 밖에서 나는 모든 소리를 중계해주고 있었다. 너는 늘 도망을 꿈꿔왔다. 그런데 이제는 정말로 무거운 녀석에게 붙잡혀버렸다.

얼마 후 네 주위로 사람들이 모여들었다. 네가 살았던 마을의 어른들이었고, 늘 보아오던 경찰들이었다. 그들이 팔이며 다리를 건드렸지만 너는 반응하기는커녕 느낄 수조차 없었다. 때문에 모두들

네가 이미 죽었다고 생각했다. 운모바위에 처박혀 축 늘어져 있는 건 그저 너의 시체일 뿐이라고 믿었다. 그리하여 저 익숙한 작업을 시작하기로 결정했다. 그 모든 대화가 바위를 타고 들어와 네 귀를 쩌렁쩌렁 울렸다.

숫돌에 낫 가는 소리가 들렸다. 사람들이 바보 용철을 격려하는 소리도 났다. 너는 어떻게든 신호를 보내려고, 움직여보려고, 도망치려고 발악했으나 소용없었다. 용철이 헤헤 웃으며 네게 다가왔다. 차갑고 예리한 금속이 목울대 아래에 닿았다. 너는 늘 도망을 꿈꿔왔다. 언젠가는 성공할 것이라 믿었다. 착각이었다. 모두가 지켜보는 앞에서 네 몸뚱이는 잠깐 꿈틀대는 듯하더니, 풀썩 무릎을 꿇으며 쓰러졌다.

정류장

1

나는 기억한다. 그건 한때 내가 살았던 세계고, 나는 그 안에 속했다. 그런데 이젠 거꾸로 내 안에 들어와 표식처럼 새겨져 있다.

때때로 나는 느낀다. 일부는 세월에 바랜 흰색에 가까우며, 또 일부는 어두워져가는 저녁을 배경으로 촉 낮은 백열등같이 노르스름하게 빛난다. 어느 우연한 날에 나는 그걸 실제로 보았다. 그리고 겁에 질려 도망치듯 떠났다.

이야기는 삼십여 년 전, 저 외진 산골에서부터 시작된다.

2

멀리서 내려다보면 아랫마을과 초등학교는 한 쌍의 다정한 부부

같았다. 낮고 넓게 퍼져 차분한 느낌의 마을을 몸집 큰 사내라 한다면, 임부의 배처럼 불룩 튀어나온 운동장을 두 동의 교사가 감싸고 있는 초등학교는 앙증맞은 계집이었다.

둘 사이에는 폭이 넓은 개울이 있었다. 평소엔 바닥에 깔린 돌멩이들 사이로 맑은 물이 몇 줄기 흐르는 수준이라 개울이라기보다는 돌밭에 가까웠지만, 막상 장마가 시작되면 산에서 쏟아져나온 흙탕물이 세차게 흘렀다. 그래도 깊이가 허벅지 정도에 지나지 않았기에, 아이들은 방과 후 별생각 없이 개울을 건너 집으로 돌아가곤 했다. 선생들이 나서서 교실에 가둬놓고 어르고 야단치고 단속을 해봤자 소용이 없었다. 감시가 소홀한 틈을 타 몰래 빠져나간 아이들은 조심조심 개울로 걸어들어갔다. 대부분 건너편까지 무사히 가 닿았지만 발을 헛디뎌 미끄러지거나 거센 물살에 넘어져버리는 운 나쁜 아이들도 꼭 있었다. 그들은 급류에 휩쓸려 맥없이 떠내려갔고, 장마가 끝난 후에야 먼 하류에서 발견되었다. 그러면 며칠 새 머리칼이 하얗게 세어버린 아비들은 거적에 싸인 시체를 운동장 바닥에 내려놓고 엎드려 "내가 진즉에 다리를 놓아달랬다, 다리를!" 하고 맹수처럼 울어댔다.

그러나 여러 이유로 인해 다리는 끝내 놓이지 않았다. 매년 한두 명의 아이들이 집에 가다 죽었고 빈 책상엔 습관처럼 국화가 놓였다. 또 통곡하던 아비들은 이듬해나 이태 후에 새로운 자식을 가짐으로써 가족의 수를 맞추었다. 그래서 아이들의 죽음은 장마철마다 상연하는 진부한 연극 같아 보이기도 했다.

나는 장마철이든 아니든 개울을 건널 필요가 없었다. 우리 집은 초등학교를 사이에 두고 아랫마을과는 반대쪽, 산중턱에 있기 때문이었다. 오솔길을 따라 숲을 지나면 아버지가 경작하는 널따란 밭이 나왔다. 밭 가장자리에는 곧바로 읍내로 이어지는 좁은 길이 나 있는데, 폭이 네댓 걸음밖에 되지 않는 그 길만 건너면 바로 우리 집 마당이었다.

방과 후 산 쪽으로 귀가하는 아이는 나 혼자였다. 주위에 아무도 살지 않는 탓이었다. 오래전에는 우리 집 부근에도 다른 가족들이 살았다고 한다. 대대로 집을 세우고 밭을 일구며 자식을 낳았다는 것이다. 그들이 왜 떠났는지, 또 어디로 갔는지는 언젠가 아버지에게서 들었지만 모두 잊었다. 버려진 집은 힘없이 허물어져 땅에 엎드려 있었다. 보다 오래된 집은 날아든 흙모래로 뒤덮여 야트막한 구릉처럼 보이기도 했다.

나는 수업이 끝난 후 학교 운동장에서 친구들과 놀았다. 그러다 저녁이 되면 친구들을 개울 너머로 떠나보내고는 뒤돌아 집으로 향했다. 꾸부정하게 한쪽 발을 저는 아버지는 때때로 언덕까지 마중을 나와 기다렸다. 땅거미가 지는 산길을 묵묵히 걷다보면 저 위에서 "헤헤" 하고 촐랑대는 아버지의 웃음소리가 들렸다. "이제 오네."

아버지에게는 친구가 아랫마을의 이장뿐이었다. 그는 아버지처럼 몸집이 작고 팔다리가 가느다랬다. 옷도 비슷하게 입는 바람에 멀리서 보면 누가 누군지 구별할 수 없었다. 아내와 사별하고 내 또래의 아들만 하나 있던 이장은 며칠에 한 번씩 우리 집에 들렀다. 아버지와 함께 밭일을 하고 수확한 콩 따위를 제집에 들고 가기도 했다. 내게 장난감을 가져다주거나 바깥세상 소식을 알려주는 이도 이장이었다. 그런 여러 이유로 이장을 좋아했기 때문에 어느 여름, 장마가 끝난 날 학교 운동장에 엎드려 통곡하는 그를 보았을 때 나는 몹시 마음이 아팠다. 이장의 아들은 나보다 한 살 어렸다. 멀리서 본 아이의 자그마한 몸뚱이는 푸르뎅뎅하게 불어 있었다.

그 일이 있고 나서 이장은 어스름이 깔리는 저녁이면 학교 운동장을 배회하거나 시소며 그네, 철봉을 어루만지곤 했다. 몰래 교실에 들어가 조그마한 걸상에 걸터앉아 궁상떠는 걸 본 적도 있었다. 그가 남들보다 더 심하게, 오랫동안 괴로워한 이유는 새로 아이를 가질 수 없기 때문이었다. 아니, 어쩌면 아픔에 반응하는 방식이란 사람마다 다르니 이장은 남들보다 더 자식의 죽음을 고통스럽게 받아들였던 걸 수도 있다. 혹은 나 자신이 너무 슬픈 나머지 그렇게 느꼈을 뿐인지도 모르겠다. 어느 쪽이든, 이장과 같은 장소에 있는 것만으로도 그가 겪는 통증의 일부가 내게 진득하니 전해졌다. 집으로 돌아가 이장에 대해 말하면 아버지는 안타까움이 가득한 얼굴이었는데, 그러다 슬그머니 손을 내밀어 내 뺨이며 팔을 쓰다듬을 때는 왠지 겁에 질린 것 같기도 했다.

아버지에게 소원이 생긴 건 그 무렵이었다. "아, 집 앞에 버스정류장이 생기기만 하면" 하고 천천히 힘을 주어 말했다. "네가 저 어둑어둑한 산을 탈 필요도 없고."

나야 좋을 수밖에 없었다. 산길을 다니는 게 딱히 싫은 건 아니지만 버스에 올라앉아 산을 빙 돌아 학교까지 간다면 되게 멋져 보일 것이었다. 나는 언제 정류장이 생기냐고 조급하게 물었다. 아버지는 자신만만한 표정으로 조금만 기다리라 말했다. 그래서 다시 얼마만큼 조금만 기다리면 되느냐고 물었더니, "아주 조금만" 하고 달래듯 대답했다.

그뒤로는 산골짜기나 집 주위에서 들려오는 정체 모를 모든 소리가 어떤 식으로든 버스와 연관되었다. 딱히 정류장의 그 무엇이 나를 끌어들였던 건 아니다. 어디론가 가고 돌아올 수 있는 곳이라면, 가령 '선착장'이나 '공항'이라도 내게는 똑같은 의미였을 것이다. 밤중에 일어나 뒷간에 다녀오는 그 짧은 순간에조차 나는 사립문 앞, 저 어둠의 끝자락에 세워질 버스정류장을 꿈꾸곤 했다. 버스가 끼익 날카로운 소리를 내며 정차하고 그 속에서 또 그 속으로 내가 오르내리는 광경을 상상했다.

봄이 되자 아버지는 며칠에 한 번씩 말쑥한 옷을 차려입고는 읍내를 출입했다. 술냄새를 풍기며 올 때도 있었고 공책이며 연필을 사들고 올 때도 있었다. 나는 마치 그래야 하는 것처럼 매번 정류장 소식을 물었다. 그러면 아버지는 잠시 말을 더듬다가 엄숙한 얼굴을 하고는 "아주 조금만" 하고 말했다. 이어 그날 만난 공무원들을 얼마나 거세게 몰아세웠는지 낱낱이 일러주었다. 일처리를 제대로 못 해 아버지에게 혼쩌검이 난 사람들로 말하자면 어느 날은 서기였고, 또 어느 날은 사무관이었다. 아버지는 무용담을 늘어놓는 중간중간 헤헤, 하고 자랑스러운 웃음을 보탰지만 나는 아버지가 관청 앞마당에서 개처럼 두들겨맞지나 않을까 걱정되었다.

아버지는 우리 집에 들른 이장에게, 또 학교에서 돌아온 내게 어째서 우리 집 앞에 버스정류장이 들어서야 하는지를 입을 쩝쩝 다셔가며 설명해주었다. 나는 거의 이해하지 못했음에도 불구하고 길

의 저 끝 언덕에서 버스가 나타나는 모습을 그리며 고개를 끄덕이
곤 했다. 풍경은 내가 버스에 올라타고 어디론가 떠나는 장면으로
이어졌다. 이상한 건, 그 상상 속에서 아버지는 단 한 차례도 버스
에 올라타거나 내리지 않는다는 점이었다. 그저 싱글거리는 얼굴로
정류장 표지판 아래에 서서 내 쪽을 향해 두 손을 흔들기만 했다.
다른 쪽으로는 상상이 되지 않았다.

　나는 틈만 나면 정류장을 입에 올렸고, 아버지 역시 장단 맞추듯
다짐을 했다. 우리 사이에서 정류장은 끝없는 돌림노래처럼 반복되
었다. 하지만 돌이켜보았을 때, 당시 나는 끝내 버스정류장을 가지
지 못할 거라고 짐작하고 있었던 것 같다. 정류장 타령은 어느 날
문득 아버지가 발명한 새로운 놀이일 뿐이었다. 사실상 아랫마을을
지나는 버스에도 타고 내리는 사람은 몇 없었다. 하루에 두 번 드나들
때마다 서넛의 승객만 삼키고 또 토해내고는 사라졌다. 버스는 큰
도시에서 출발하여 작은 도시들을 지나고, 읍내를 거쳐 마지막으로
아랫마을에 들렀다. 여기저기 파이긴 했지만, 그래도 그 사이에는
버스가 다니기에 충분할 정도의 도로가 깔려 있었다. 반면에 아버
지의 밭에서 읍내로 이어지는 길은 폭이 좁고 포장도 되어 있지 않
았다. 그나마 밭에 이르러 끊겼으니, 거기서부터는 온통 울퉁불퉁한
황무지와 수풀이 우거진 언덕이었다. 만약 덩치 큰 버스가 거기까
지 오고 나면 좁은 길과 황무지 사이에서 갈 곳을 잃고 그대로 주저
앉아버릴 게 뻔했다. 밭에서 언덕을 거쳐 초등학교 뒤편으로 가파
르게 이어지는 길이 새로 놓이지 않는 한 그리로 버스가 오는 건,
오길 바라는 건 무리였다.

그러나 아버지는 어찌나 통이 크던지 그런 자질구레한 문제엔 별로 신경을 쓰지 않는 눈치였다. "아, 그게 이제 곧 생길 거야" 하고 입버릇처럼 말했다. 무조건 믿으라며 가슴을 탕탕 치기도 했다. 아버지 말에 따르면 그건 내게 주는 선물이었고, 시간이 좀 걸리겠지만 반드시 내게 주어질 것이었다. 그래서 나 역시 친구들과 뒤엉켜 놀다가 별다른 할 말이 없을 때면 큰소리치며 자랑하곤 했다.

"아, 내가 곧 정류장을 갖게 될 거야."

하지만 그렇게 되리라고 진심으로 믿은 건 아니었다.

3

나는 믿지 않았다. 좋다고 까불긴 했지만 집 앞에 커다란 버스가 들어와 저 너머의 다른 세계로 이어준다는 꿈은 사실 너무 거창했다. 게다가 굳이 그래야만 할 이유도 없었다. 내가 필요로 하는 건 집과 아랫마을 사이에 모두 놓여 있었으니까. 거기에 내 친구가 있고, 내 학교가 있었다. 아버지와 밭도 거기 있었다. 나는 내가 누리는 그곳에서의 매순간에 별다른 불만을 갖고 있지 않았다. 그게 행복이었는지는 알 수 없다. 어쩌면 겁을 먹었던 건지도 모르겠다. 정류장이 들어서는 순간 소중한 것들의 일부가, 혹은 전부가 나를 떠나리라는 그런 슬픈 예감 말이다. 그 와중에도 떠나는 게 내가 되리라는 생각은 한 번도 해본 적이 없었다.

그해 여름, 학교에서 돌아오던 나는 마당 앞에 낯선 사람들이 서 있는 걸 보았다. 뭐든 참견하고 싶은 마음에 가방을 덜렁거리며 뛰어갔다. 아버지는 바보처럼 입을 헤벌린 채 땀 흘리는 인부 둘과 그곁에 빳빳이 선 젊은 공무원 주위를 맴돌고 있었다. 가까이 다가가자 길 옆에 파놓은 구덩이가 눈에 들어왔다. 인부들이 긴 쇠막대와 연결된 잿빛 시멘트 뭉치를 그 구덩이 안으로 밀어넣는 중이었다. 쇠막대, 그러니까 노란색 페인트가 칠해진 버스정류장 표지가 햇빛을 받아 반짝반짝 빛나고 있었다. 그제야 나는 빽빽 소리를 지르며 아버지한테 달려들었다. 우리는 서로 부둥켜안고 빙글빙글 돌았다.

그날 아버지와 나는 한참 동안 정류장 표지 아래에 나란히 쪼그리고 앉아 있었다. 고개를 들어 올려다보면, 굵은 쇠막대기 위쪽 끝에 달린 동그란 표지판이 눈에 가득 들어왔다. 전체가 탐스러운 노란빛이었으며 표지판 한가운데 '정류장'이라 적힌 글자만 검은색이었다. 보면 볼수록 그 반듯한 정자체가 내 가슴에 탕탕 새겨지는 것 같았다. 어스름이 깔리자 우리를 둘러싼 길과 숲, 언덕배기의 경계가 흐릿해졌다. 아버지는 저녁의 청량한 대기 여기저기로 손가락을 찔러넣으며 버스가 달려오는 풍경을 설명해주었다. 이미 정류장까지 세워진 후이기에, 그 말을 듣고 있자니 당장이라도 커다란 버스가 뒤쪽 언덕길을 돌아 우리 앞에 튀어나올 것만 같았다.

그후 나는 진짜로 자랑할 일이 생겼다. 방과 후 친구들과 함께 노는대신 곧바로 집으로 향했다. 어디 가냐고 물으면 "아, 정류장에"하고 뻐기듯 대꾸했다. 이어 아버지가 내게 정류장을 가져다주기 위해얼마나 애썼는지 과장해서 떠벌렸다. 공무원들을 모질게 다그친 대목에 이르면 친구들은 입을 헤벌린 채 귀를 기울였다. 그럼 나는 더욱 신이 나 아버지가 정부를 상대로 무슨 엄청난 협상이라도 벌인 양 마구 주절거렸다. 반쯤은 멋대로 지어낸 거짓말이었지만, 그게 잘못인 줄 몰랐다. 당시 나와 친구들은 열심히 거짓말을 늘어놓는 게 직업이었으니 말이다. 그로 인해 누군가 다칠 수 있다고는 조금도 생각하지 못했다.

산길을 걸어 아버지의 밭에 이르면 우리 정류장이 보였다. 아버지도 거기 있었다. 걸레를 들고는 반짝반짝 빛날 때까지 정류장 표지판을 닦았다. 아버지는 키가 몹시 작았기에, 위쪽에 달린 동그란 표지판을 닦으려면 까치발을 하거나 아예 쇠기둥을 타고 올라가 원숭이처럼 매달려야 했다. 남들보다 몇 배나 더 지칠 법도 하건만 힘든 기색도 없이 하루 종일 그 일을 했다. 가끔 나는 새로 빨아낸 걸레를 들고 가 아버지에게 건네주었다. 그러면 아버지는 전보다 더 얼굴을 쭈그리며 헤헤, 헤헤헤 하고 웃었다. 해가 질 때쯤이면 표지판을 덮은 노란 광택이 석양의 분홍빛으로 물들었다.

그로부터 일주일인가 지난 어느 날이었다. 언덕을 지나 아버지의 밭에 다다른 나는 믿을 수 없는 광경을 보았다. 마당에 아랫마을 사람들 예닐곱이 모여 아버지를 마구 때리고 있는 것이었다. 말리는 사람이라고는 이장뿐이었다. 바닥에 웅크린 아버지는 흙먼지를 잔뜩 뒤집어쓴 채 주먹이며 발길질이 날아올 때마다 비명을 토해냈다. 그러는 와중에도 얼굴을 가린 손가락 틈으로는 나를 빤히 바라보고 있었다.

아버지와 눈이 마주치자 내 몸에도 고통이 전해오는 것 같았다. 나는 가방을 내던지고 뛰어가서는 아버지를 덮고 엎드렸다. 그리고 계속해서 비명을 질렀다. 곧 억센 손아귀가 내 팔을 잡아챘다. 아버지를 놓치고 곁으로 나가떨어졌다. 나는 바닥에 엎어진 채 꺼이꺼이 울었다. 그러나 내가 운다고 해서 달라지는 건 하나도 없었다. 눈이 반쯤 뒤집힌 아랫마을 사람들은 게거품이 잡힌 입으로 '수몰'이니 '댐'이니 고함을 지르며 주먹을 날렸다. 아버지는 뭐라 대꾸도 한 번 못하고 힘없이 두들겨맞기만 했다. 그때 누군가의 발끝이 맹렬하게 복부로 파고드는 걸 보았다. 순간 아버지의 눈이 휘둥그레지면서 입술 사이로 이상한 쇳소리가 터져나왔다.

사람들이 모두 돌아가고 나자 이장은 아버지를 부축해서 마루에 앉혔다. 아버지는 넋이 빠진 얼굴로 멍하니 있었다. 한참 후 이장이 입을 열었다. "그걸 무슨 수로 자네가 결정해?" 그 말을 들은 아버지는 고개를 푹 숙였다. 코를 흘리며 훌쩍훌쩍 울기 시작했다. 이장의 말이 이어졌다. "애들 말만 믿고, 사람들이 참."

그도 떠난 후 나는 아버지 곁에 바싹 붙어앉았다. 미리 약속한 건 아니지만 우리의 시선은 조금씩 어둠에 휩싸여가는 정류장에 닿아 있었다. 아버지가 배를 감싸안고는 끙끙 앓는 소리를 냈다. 나는 참지 못하고 물었다. "정류장, 아버지가 해낸 거지요?"

아버지는 잠시 망설이다 멋쩍게 웃었다. "아무렴, 내가 널 위해서 했지." 그 말을 듣자 안심이 되면서 기분이 한결 나아졌다. 우리는 아무 말 없이 그렇게 앉아 있었다. 문득 아버지가 뭉툭한 손가락을 들어 어둠에 물든 밭을 가리켰다. 그리고 힘들게 속삭였다. "가방 주워와야지."

그뒤로 나와 친구들은 서로에게 말을 걸지 않았다. 어느 쪽이 먼

저랄 것 없이 그냥 자연스럽게 그렇게 됐다. 교실에 빈자리가 늘어났다. 급류에 휩쓸려간 게 아니었다. 어디론가 떠나갔다는 것이다. 나는 수업이 끝나면 곧바로 학교 문을 나섰다. 마루에는 시름시름 앓는 아버지가 퀭한 눈으로 정류장을 바라보고 있었다. 그럴 때면 집 앞에 늠름하게 버티고 선 저 노란 정류장 표지와 아버지는 서로의 속에 들어앉은 듯 가깝게 교감하는 것 같았다. 어느 먼 도시에 산다는 고모 부부를 만난 것도 그 무렵이었다. 그들은 사나흘에 한 번씩 찾아와 몸이 누렇게 변해가는 아버지와 잠시 이야기를 나누고는 돌아갔다. 그러고 나면 아버지는 다시 마루에 누워 정류장 표지판만 물끄러미 바라보았다.

집 앞에 정류장이 생긴 후로 아랫마을을 왕래하던 버스는 끊겼으나 그렇다고 곧바로 우리 집 앞으로 운행하는 것도 아니었다. 황무지 위쪽으로 길을 더 멀리 잇는 공사가 시작된다고 했지만 말뚝이 몇 개 박히고 나서는 소식이 끊겼다. 한편 아랫마을에는 날마다 트럭이 나타나 사람들을 내쫓고 집을 부수었다. 사람들은 파란 작업복을 입은 인부들 앞에 무릎을 꿇고는 사정하고 애원하고 울다가도, 개울 근처에서 얼쩡거리는 나를 발견하기만 하면 입을 꾹 다문 채 이글거리는 눈으로 노려보았다.

그즈음의 며칠은 시간이 무척 지루하게 흘렀다. 아침마다 일어나 학교에 갔고, 얼마 남지 않은 아이들과 교실에 앉아 공부를 했다. 방과 후에는 쓸쓸히 오솔길을 되짚어 돌아왔다. 학교에 남아 저녁 늦게까지 놀다 집에 돌아올 때는 나무 사이를 뛰어다니는 다람쥐를 구경하거나 포근한 낙엽더미에 누워 여유 부리는 걸 좋아했다. 하지만 막상 해가 밝은 오후에 어둠 걱정 없이 돌아오게 되자, 그런 것들이 전부 시시해졌다. 나는 평소 다니던 길에서 벗어나 먼 곳까지 훑고 다녔다. 마주치는 모든 바위와 늙은 나무에 지문을 묻혔던 것 같다. 그리고 그런 행위를 통해 산이 나를 기억하는 만큼 나도 산을 기억하려 했다. 심심하기 때문이 아니라는 것쯤은 알았지만, 어째서인지 정확히 짚어낼 수도 없었다.

그러던 어느 날 나는 알게 되었다. 그때 나는 꽤 높은 봉우리까지 올라가 아랫마을을 내려다보고 있었다. 낯익은 많은 사람들이 짐을 싣고 마을을 떠나는 중이었다. 마치 장마로 불어난 개울의 급류 같았는데, 멍하니 보고 있자니 아차, 하는 순간에 나도 휩쓸려갈 것 같았다. 실제로 나는 가벼운 현기증 같은 걸 느끼고는 봉우리의 가장자리에서 위태롭게 휘청거렸다. 그리고 뒤쪽으로 엉거주춤 주저앉았다. 바로 그때, 그러니까 엉덩이가 바닥에 닿는 순간 나는 온 산을 헤집고 다니며 내가 해오던 작업의 의미를 깨달았다. 나는 무심결에 그 모든 것으로부터 떠날 준비를 하고 있었던 것이다.

무서운 기분이 들었다. 엉금엉금 기어 바닥에 내려섰다. 둘러멘 가방끈을 단단히 움켜잡고는 산길을 마구 내달렸다. 언덕을 돌아 오솔길로 접어들 때 낙엽을 잘못 밟았고, 그 바람에 발을 삐끗하며 엉망으로 나뒹굴었다. 무릎이 까이고 피가 배어나왔다. 하지만 나는 발딱 일어섰다. 엄살을 부리고 어쩌고 할 기분이 아니었다. 처음엔 조금 쩔뚝거렸지만, 곧 평소처럼 세차게 달릴 수 있었다. 숨이 턱까지 차올랐으나 가슴이 콱 막히고 저려온 건 그 때문이 아니었다.

그렇게 밭에 이르러, 이장이 정류장 표지 아래 쪼그리고 있는 걸

44

보았다. 그 바로 앞에 아버지가 어깨로 귀밑을 받쳐 고개를 위로 하고는 비스듬히 누워 있었다. 나는 한달음에 뛰어갔다. 온몸이 누렇게 변한 아버지는 평소보다 훨씬 조그마해 보였다. 알은척을 하지 않았고, 헤헤 웃지도 않았다.

"조금 전 내가 왔을 때," 하고 이장이 턱없이 잠긴 목소리로 말했다. "네 아버지가 여기까지 기어와서는 숨을 헐떡거리고 있었지."

아버지의 한쪽 눈에는 노란 정류장 표지판이 비쳤고, 다른 눈에는 붉게 저물어가는 하늘이 담겨 있었다. 그것들은 망원경을 거꾸로 들여다보았을 때처럼 조그맣게 보였다. 그러다 서서히 희미해져갔다.

"여기 와서는, 금방 이렇게 잠이 들었어." 이장이 고개를 설레설레 저었다. 그리고 눈물을 뚝뚝 흘리며 말했다. "어디 멀리 가고 싶었던 모양이야."

아버지는 그렇게 죽었다. 해가 완전히 저물기 전에 고모와 고모부가 찾아왔다. 그들은 내 손을 이끌어 언덕 뒤쪽으로 걸어갔다. 나는 걸어가며 딱 한 번 뒤돌아보았다. 보이는 건 어둠에 싸여가는 동그란 버스정류장 표지판뿐이었다. 거기에 대고 인사를 하지 않았으니, 나는 그곳의 무엇과도 작별하지 못한 셈이다.

4

새집은 내가 싫어하는 것들로만 이루어져 있었다. 거기엔 커다란 개가 있고, 못된 식모가 있었다. 아니, 그게 아닐지도 모른다. 그들이 나를 좋아하고 내게 친절히 대했을 수도 있다. 하지만 어쨌든 낯설었다. 당시 나는 열 살이었고 낯선 것과 고통스러운 걸 제대로 구별하지 못했다.

밤에 불을 끄고 침대에 누워 있으면 아버지가 눈을 퀭하니 뜬 채 하늘을 바라보던 장면이 떠올랐다. 멀리 가고 싶었던 모양이라고 이장이 말했지만, 내 생각은 달랐다. 아버지가 도대체 어딜 가려 했단 말인가? 나를 거기 남겨둔 채 어떻게 떠날 수 있단 말인가? 아버지는 그럴 사람이 아니었다. 아버지는 그저, 나를 배웅하려 했던 것이다. 그리고 언제든 돌아올 수 있도록 거기 남아 있으려 했던 것이다. 그러니 이처럼 다른 곳에 와 남의 아이가 된 나를 아버지가 어찌 용서해줄 수 있겠는가. 생각이 거기까지 미치면 얼굴이 뜨거워졌고, 저 쓸쓸한 언덕에서 집으로 달려갈 때 그러했듯이 가슴이 막막하게 저려왔다.

새로운 일상은 기억의 일부를 지우고 다른 것들로 채워넣었다. 이를테면 내 집과 아랫마을 사이를 잇는 무성한 초목은 잘 다듬어진 마천루로 바뀌었다. 운동장에 울려퍼지던 아비들의 울음소리는 도시의 온갖 소음으로 바뀌었다. 그러면서 나는 끝내 놓지 않은 다리와 비 오는 날 학교 뒤편에서 들리던 급류의 아우성을 잊었다. 운동장에서 함께 뛰놀던 친구들을 잊었고, 동그란 안경을 쓴 젊은 선생들을 잊었다. 또한 언덕에서 내려다보이는 아랫마을의 풍경이며 거기 살던 사람들을 잊었다. 그러자 마치 자기 차례가 되었다는 듯이 언덕을 내달리던 나 자신도 기억에서 사라져갔다. 어쩌면 그건 사실이 아닐 수도 있다. 하지만 최소한 그러려고 노력했다. 나는 내가 다시는 될 수 없는 무엇, 다시는 돌아갈 수 없는 어떤 곳을 잊고자 했다. 그럼으로써 새로운 환경에 스며들 수 있기를 바랐다.

모두 물속에 잠겨버렸다. 이제 그곳에는 아무도 살지 않는 내 옛집과 폐허가 된 밭, 그리고 저 노란 버스정류장 표지만이 남아 있을 뿐이다. 아니, 그마저 어디론가 사라졌을지도 모를 일이다. 나는 내 지난날과 관련해 아무것도 확신할 수가 없었다. 서서히, 아버지는 내 곁에 존재했던 실체가 아니라 지나간 시절의 흐릿한 상징처럼 여겨졌다. 어느 때인가부터 아버지를 그리며 서글퍼하지 않게 되었다. 그걸 깨달은 날에는 스스로 어른이 다 된 것 같아 자랑스럽기까지 했다.

고향을 떠나온 후로 내 삶은 마치 잘 닦인 도로를 주행하는 것 같았다. 나는 '고등학교'라는 이름의 정류장을 거쳐 '대학'으로 이동했다. 그다음은 '입대'였고 '제대'를 지나 '복학'에 가닿았다. 그러면서 정류장은 결코 홀로 서 있지 않으며 언제나 자신과 연결된 다른 정류장으로 인해 존재한다는 사실을 배웠다. 세상엔 실로 무수한 정류장이 있었다. 머물렀던 모든 정류장의 흔적이 내 삶의 여권에 남았지만, 각각의 세세한 인상까지 기억하는 건 아니었다.

나는 '졸업'이라는 이름의 정류장에서 한 여자와 연애를 시작했다. 처음이라 몹시 서툴렀던 것 같다. 하루는 술에 엉망으로 취해 내 어린 시절과 친아버지에 대한 이야기를 늘어놓기도 했다. 그럼으로써 내가 어디에서 와 어디로 가는지 그녀가 알아주길 바랐다. 하지만 멍청한 취기에서 깨어나자마자 내가 보였던 저 감상적인 태도에 환멸을 느꼈고, 더불어 그녀가 내게 건네는 따뜻한 말투며 은

은한 눈빛까지 죄다 부담스러워졌다.

졸업한 후 별 어려움 없이 직장을 구했다. 간절히 원하던 직업은 아니었지만 따지고 보면 별반 다를 것도 없었다. 하루하루가 무척 바빴기 때문에 코앞에 닥친 일 외에는 생각할 시간이 부족했다. 뺨을 스치고 지나가는 주변의 풍경처럼, 많은 것들이 그 가치를 제대로 가늠해볼 새도 없이 잊히거나 저 스스로 떠나갔다. 그러고 보니 망각과 이별은 그다지 힘든 일이 아니었다. 나는 적당한 핑계를 대고 애인과 헤어졌다. 그리고 저 삐뚤삐뚤한 오솔길이며 야트막한 언덕, 버스정류장 따위가 강둑처럼 뒤엉킨 내 과거에 대해 전혀 알지 못하는 여자를 만나 결혼했다.

나는 내 속도를 남들과 비교하지 않았다. 때문에 그게 정상적인 건지 어떤지 알지 못했다. 정류장이 보이면 잠시 멈추었다가, 그곳에서의 날이 다했거나 다했다고 느껴지면 망설임 없이 출발했다. 그게 바로 내가 한 일이었다. 다음 정류장은 뭐지? 바로 이다음은? 나는 매일같이 나 자신에게 물었다. 무언가 생각이 나면 곧바로 거기에 덤벼들었고, 생각이 나지 않으면 지어내서라도 덤벼들었다. 그러는 동안 내 안의 무언가가 조금씩 엷어져감을, 대신 다른 것들이 그 빈자리로 속속 밀려오고 있음을 느꼈다. 그건 조금 쓸쓸한 일이긴 했다. 그러다 어느 날 문득 되돌아보니 나는 내 어린 시절과는 아예 무관한 인간이 되어 있었다. 적어도 난 그렇게 믿었다.

5

 토요일 오후였다. 아내와 다섯 살이 된 아이를 뒷좌석에 앉히고 드라이브를 나섰다. 아내는 내가 영원히 이해하지 못할 어떤 이유 때문에 심술이 나 있었으며, 아이는 쉴새없이 투정을 부렸다. 처음부터 우리가 행복하고 단란한 드라이브를 즐길 것이라 믿은 건 아니었다. 나는 그저 내 시간을 조금 쪼개 가족에게 봉사할 작정이었다. 하지만 그조차 너무 순진한 생각이었다. 내가 쪼개야 할 건 시간뿐이 아니었던 것이다. 집을 출발한 지 채 한 시간도 못 되어 신경이 곤두서고 두통이 일었으며 속이 부글부글 끓기 시작했다. 당장이라도 되돌아가 아내와 아이를 집에 던져놓고 회사에 출근하고 싶을 정도였다.

 내가 전날 밤에 지도를 보며 세운 계획은 시내 외곽의 한적한 도로를 달린 후 야외 미술관에 들렀다가, 교외의 향토음식점에서 저녁을 먹고 돌아오는 코스였다. 나는 시내를 빠져나가며 그 계획을 밝혔다. 충분히 예상했던 일이지만, 아내와 아이는 내 말이 채 끝나기도 전에 비명을 질러대며 반대했다. 아내는 들꽃을 볼 수 있는, 보다 먼 곳을 원했다. 아이는 신나고 도회적인 곳을 원했다. 아내는 사람들이 북적대는 곳에는 가지 않겠다고 징징댔고, 아이는 저녁을 오로지 시내의 패밀리 레스토랑에서만 먹겠노라고 기염을 토했다. 나는 미친 척했다. 순순히 고개를 끄덕인 것이다. 그리고 모든 요구를 충족시켜줄 만한 코스를 새로 짜겠다고 약속했다.

 문제는 그날이 토요일의 오후였다는 점이다. 외곽도로 진입로에

나들이 차량이 답답하게 늘어서 있었다. 결국 나는 차를 돌려 두 시간 거리에 있다는 사력댐으로 향했다. 가는 길도 모르고 그 댐에 대해서도 몰랐지만, 별다른 방법이 없었다. 다행히 아이는 댐으로 가는 도중에 만난 자그마한 폭포에 기뻐했다. 아내 역시 등산로에 흐드러지게 핀 들꽃을 사진기에 담느라 상기된 얼굴로 이리저리 뛰어다녔다. 우리는 그곳에 있는 작은 음식점에서 점심을 먹고, 폭포에 발을 담그며 잠시 쉬다 다시 댐으로 향했다.

나들이가 본격적으로 망가지기 시작한 게 저 개떡 같은 댐에 도착하고부터였는지, 거기서 곧장 집으로 돌아오기 위해 한적한 샛길로 빠지는 모험을 감행하면서부터였는지, 아니면 아내가 주말드라마 얘기를 꺼내면서부터였는지 나는 알지 못한다. 아무튼 시내로 들어가는 큰길이 나오는 대신 자꾸만 가로등도 없는 산길로 접어들자 아내는 심하게 비아냥거렸다. 그러지 말았어야 했지만, 내가 예민하게 받아들이고는 뭐라 대꾸를 하는 바람에 꽤 심각한 말싸움으로 번졌다. 아내와 나는 서로에게 고함을 질러댔다. 아이는 절호의 기회라는 듯이 울부짖기 시작했고, 급기야는 멀미라도 할 것처럼 엄살을 부렸다. 그러다 둘이 부둥켜안고 뒷좌석에 아무렇게나 누워 잠이 들었다.

나는 간신히 심사를 가라앉히고는 적당한 곳에서 차를 돌렸다. 산길은 조용했다. 사실 크게 걱정하지 않았다. 어차피 길은 다른 길로 이어지니, 계속해서 달리다보면 우리는 처음 있던 곳으로 돌아가게 된다. 왜 아니겠는가? 최소한 댐으로 돌아가면 거기서 시내까지는 쉽게 가리라 생각했다. 그렇지 않은가?

전혀 아니었다. 길은 생각처럼 만만하지 않았다. 내 소박한 희망은 우리가 헤매고 있는 곳이 댐보다 훨씬 위쪽이라는 사실을 알았을 때 깨졌다. 나는 잠시 차를 멈추고 지도를 들여다보았다. 전혀 도움이 되지 않았다. 지도는 언제나 축척이 문제인 것이다. 자세한 길 안내를 받기엔 축척이 너무 크고, 대략적인 위치를 개관하기엔 또 너무 작다. 나는 지도를 조수석에 던져놓고는 얼렁뚱땅 직감에 의존해 달렸다. 날이 조금씩 저물고 있었다. 백미러로 뒷좌석을 훔쳐보았더니 내 인생의 두 골칫덩어리가 공간에 맞춰 사지를 이리저리 구부린 참담한 자세로 자고 있었다.

또다시 차를 돌렸다. 그리고 강의 하류, 즉 댐이 있으리라고 생각되는 방향으로 무작정 차를 몰았다. 주위에는 지나는 차가 드물었다. 잔광에 드러난 풍경이 빠르게 뒤로 흘러갔다. 아차, 하고 깜짝 놀라 오일 게이지를 확인했다. 충분했다. 차 옆구리로 질질 흘러나올 정도였다. 왜 갑자기 연료 걱정을 하면서 놀랐는지 알 수가 없었다. 기분을 좀 바꿔보려고 카 오디오로 손을 뻗다가 멈칫했다. 맙소사, 무슨 생각을 한 거야? 백미러를 통해 뒷좌석에서 곤히 잠든 아내와 아이를 보았다. 음악을 틀어댔다면 순식간에 난리가 났을 것이다. 뒤통수를 호되게 얻어맞았을지도 모른다. 나는 괜히 뒤통수를 어루만지며 배우처럼 웃었다. 멋지게 웃었다는 게 아니라, 시늉만 냈다는 뜻이다. 도로는 좁았으나 아스팔트로 말끔히 포장되어 있었다. 검은 구름 위를 지나가는 듯한 기분이었다. 문득 회사에서 진행 중인 프로젝트가 생각났다. 생산성 낮은 프로세스라 다들 발뺌하는 바람에 내가 떠맡을 수밖에 없었다. 그 일을 떠올리니 새삼스럽게 짜증이 밀려왔다. 차는 꼬불꼬불한 산길을 천천히 달려나갔다. 나는 다시 오일 게이지를 확인했다. 여전히 충분했다. 방금 전보다 기껏해야 이삼 킬로미터 더 달렸을 뿐이다. 전혀 문제가 없었다. 그렇지만 확실히 불길한 예감이 들었다. 뭔가 잘못되어가고 있었다.

그러다 마침내 커다란 호수가 눈앞에 드러나자, 내가 저항하고 있던 상대가 누구인지 깨닫고는 당황하기 시작했다. 석양을 받아 호수 주위에 펼쳐진 초목과 바위의 형상이 눈에 익었던 것이다. 가슴이 뛰었다. 온몸의 혈관을 타고 피가 징징 소리를 내며 흘렀다. 그 아래가 어떤 곳이었는지 나는 기억하고 있었다. 거기에 이장이 살던 아랫마을이 있고 내가 다니던 학교가 있었다. 둘 사이, 저 검은 호수 밑바닥에는 또한 작은 개울이 있었다. 평소에는 맑은 계곡물이 흐르다가도 비만 왔다 하면 순식간에 탁한 급류로 돌변해 아이들을 낚아채가곤 했다. 바로 거기였다. 거기에 그 모든 흔적들이 고스란히 가라앉아 있는 것이다. 그곳에 닿기 전까지 나는 미처 몰랐었다. 그 동안 잊으려 애를 써왔으니 말이다. 나는 내가 잊었고, 이제 그것들과 나는 서로 아무런 관계도 없다고 믿었다. 그런데 그게 아니었다.

나는 멈추고 싶었다. 내가 만난 이 사소한 기억의 쪼가리는 곧 저와 연결된 무수한 기억들을 차례차례 불러낼 것이다. 그렇게 떼거지로 되살아난 기억들은 원하건 원하지 않건 나를 점점 감상적으로 만들고, 슬프게 할 것이다. 그렇게 되고 싶지 않았다. 나는 그저 가족과 함께 주말나들이를 왔을 뿐이다. 실례합니다. 사과한 다음 돌아가고 싶었다. 그러나 좁은 도로의 한쪽은 낙석방지 철책이 늘어서 있고 다른 한쪽은 깎아지른 듯한 낭떠러지였다. 마술이라도 부리지 않고서는 도저히 차를 돌릴 수가 없었다. 별수 없이 이리저리 꼬부라진 길을 따라 계속해서 달릴 때, 차창 밖으로는 어둠에 잠겨가는 호수가 언뜻언뜻 드러났다. 그 깊고 시커먼 호수의 밑바닥에는 내가 사용하던 책상이며 걸상이 고스란히 묻혀 있을 것이다. 개울이 졸졸 흐르던 소리도 기포처럼 잠들어 있을 것이다. 그 위로 물고기며 수초가 어지러이 춤을 출 것이며, 자식 잃은 아비들의 비통한 울음은 수면 위를 부유할 것이다. 생각하지 않으려 했지만 소용없었다. 왜냐하면 그건 한때 내가 살았던 세계고, 나는 그 안에 속해 있었기 때문이다. 내가 어찌한다고 해서 변할 수 있는 게 아니었다. 언덕을 하나씩 넘을 때마다 올라가는 경사가 점점 가팔라졌다. 익숙한 모양의 바위들이 내가 달리는 길의 도처에 숨어 있다가 불쑥불쑥 덤벼들었다. 오래된 나뭇가지들은 환형으로 나뭇잎을 늘어놓아 미풍에도 함부로 흔들렸다. 그 부드러운 석양이 흐트러지고 명멸하는 속에서, 나는 앞을 향해 똑바로 나가는 게 아니라 지난 시간 속으로 기우뚱하게 빠져드는 듯한 착각에 휩싸였다.

그러다 모래가 많은 도로 위에 조용히 차를 세웠다. 바로 눈앞에 낯익은 물체가 서 있었다. 은은한 광택을 품은 노란색 페인트는 햇빛에 바래 흰색에 가까워 보였고, 도로 반대쪽으로 약간 기울어 있는 듯했다. 삼십 년이라는 세월이 그렇게 만들어놓은 것이다. 그럼에도 불구하고 내가 이곳을 떠나던 날, 딱 한 번 뒤돌아봤을 때의 그 쓸쓸한 인상을 기이할 정도로 고스란히 간직하고 있었다. 그걸 아름답다고 표현해도 될지 모르겠다. 어쨌든 막상 제자리에 꿋꿋이

서 있는 정류장 표지를 대하고 나니, 방금 전까지 안절부절못하던 마음은 어디론가 사라지고 뜻밖에 편안한 기분이 들면서 일종의 안도감마저 느꼈다. 그건 내가 이곳에서 보낸 시절의 유일한 알리바이였다. 산그늘에서 살짝 벗어난 집은 온통 허물어진 채 흙모래를 뒤집어써 야트막한 구릉이 되었고 맞은편 아버지의 밭에도 멋대로 자란 잡초가 발 디딜 틈 없이 무성한데, 그 중간에 오뚝 솟은 정류장 표지만이 이처럼 내가 떠나던 날의 모습을 지키고 있는 것이다. 나는 눈을 가느다랗게 뜨고 내 앞에 놓인 걸 응시했다. 그리고 나와 깊이 연관된 시간과 사연들이 정류장을 배경으로 눈송이처럼 가볍게 떠다니는 걸 보았다. 내 마음은 무기력하거나 혹은 몽롱했다.

문득 둥그런 표지판의 뒤쪽에서 기묘한 움직임을 느꼈다. 테두리로 살짝살짝 모습을 드러내는 그것은 촉 낮은 백열등같이 노르스름하게 빛났다. 이미 사위는 산중턱의 적막과 초저녁의 붉은 어둠으로 물들고 난 후였다. 지나다니는 차는 한 대도 없었다. 두렵거나 혹은 불안했지만, 나는 핸들에 손을 얹고 유심히 지켜보았다. 저 꿈틀대는 형체는 표지판 뒤에서 한참 동안 우물쭈물하더니 마침내 나를 향해 구렁이처럼 스르르 기어나왔다. 아, 하고 나도 모르게 탄성을 질렀다.

그건 아버지였다. 내 조그만 아버지가 철제 기둥에 찰싹 달라붙어서는 걸레로 열심히 닦고 있는 것이다. 허리가 결린지 한쪽 팔을 뒤로 돌려 등을 토닥토닥 두드리기도 하고, 고개를 갸우뚱하며 귓가에 흘러내린 땀을 어깨로 훔치기도 했다. 가끔씩 나를 빤히 바라보며 헤헤 웃기도 했다. 뭐가 그리 좋은지 잔뜩 신이 난 얼굴이었다. 노르스름하게 빛이 나는데다 반쯤 투명해 보이는 아버지에 비해, 손에 쥔 걸레는 때에 절어 시커멓게 더러워진 상태였다.

트렁크에 깨끗한 걸레가 몇 장 들어 있는 걸 기억해냈다. 그걸 가져다드리면 기뻐하실 것이다. 나는 그 생각을 단번에 했다. 그게 아들의 도리니, 그렇게 함으로써 나는 다시 아버지의 아들이 되는 것이다. 게다가 그건 너무나도 쉽고 간단한 일이었다. 엔진을 끈다. 핸드브레이크를 건다. 밖으로 나간다. 차 뒤쪽으로 돌아가 트렁크를 연다. 깨끗한 걸레를 꺼내어, 아버지께 갖다드린다. 그뿐이었다. 나는 부푼 가슴으로 아버지에게 다가갈 보폭을 가늠하면서 백미러를 보았다.

거기, 거울에 비친 뒷좌석에는 내 아내와 아이가 있었다. 잠시 그들의 존재를 깜빡 잊고 있었던 것이다. 죽어라 짜증을 내며 잠들었지만 나란히 포개져 있는 그 모습은 고요하고 평화로워 보였다. 나는 다시 아버지를 보았다. 헤헤, 웃으며 부지런히 정류장 표지판을 닦고 있는 아버지의 유령을 보았다. 그리고 다시 백미러를 통해 가족을 보았다. 나는 머리를 고정한 채 눈만 살짝 움직여 아버지와 가족을 몇 번이고 번갈아가며 보았다. 그러던 어느 순간, 돌연 소름이 쫙 돋으며 등줄기를 타고 검은 의심이 모락모락 피어올랐다. 아버지는 이토록 오랜 시간 동안 저기서 뭘 하고 있었던 거지? 저 빌어먹을 유령은 내게 도대체 뭘 원한단 말인가?

나도 모르게 힘껏 가속기를 밟았다. 내 가족을 태운 차는 튕기듯 그곳을 떠났다. 희미한 윤곽으로 남은 정류장을 지나칠 때 아이가 투정 섞인 콧소리를 내고는 다시 잠이 들었다. 언덕을 돌아나서자

도로는 조금씩 넓어졌다. 삼십여 년 전, 고모의 손에 이끌려 떠나던 그 길이었다.

어둠이 내 떠나온 길을 꾸역꾸역 잡아먹고 있었다. 멀리 깜빡이는 댐의 불빛을 향해 달려가며 나는 내내 한숨을 쉬었다. 떠나지 않을 수 있었다면 맹세코 그렇게 했을 것이다. 하지만 그럴 수가 없었다. 가슴 한구석에는 저 낡은 정류장의 잔상이 악착같이 들러붙어 있었다. 그건 이미 오래전부터 내 영혼 깊숙이 새겨져 있던 어떤 표식이었다. 달리는 정면을 응시한 채로 내가 아버지한테 꼭 그래야만 했는지, 이처럼 작별도 없이 떠나야 했는지 몇 번이고 자문해보았다. 그러나 대답은 언제나 똑같았다. 아버지는 나를 용서할 것이다.

나무의 죽음

거기에 콘크리트 도로를 내겠다는 발표가 있었다. 완공되면 영면리 주민들은 상춘리를 거쳐 읍내로 들어갈 때 야산을 탈 필요가 없어지며, 시간도 십 분 이상 단축된다. 군청이 공시한 바로는 그랬다.

그 십 분이 누구의 다리품에서 나온 계산인지는 모르겠으나, 영면리 주민들은 떠들썩하게 마을잔치까지 벌였다. 비용은 어디든 삽을 끌고 다니던 이장이 멋들어지게 내었다.

그런데 문제가 생겼다. 측량이 끝나 터 닦기에 들어갈 즈음, 누군가 민원을 제기했다. 무의산을 건드리지 말라는 것이다. 무의산으로 말하자면 공사구간 한가운데 위치한 군 소유의 야트막한 언덕이었다. 높이가 십여 미터고 규모도 작은 체육관 정도에 불과해, 당시로서는 그걸 작살내면 왜 안 되는지 이해하는 사람이 없었다. 민원서류는 죄다 한자로 써놓았으며 보기 드문 명필이었다.

군청의 공무원들이 옥편을 뒤적여 한 글자 한 글자 풀어보았다. 무의산을 파헤치면 일대를 둘러싸고 있는 봉명산의 기가 끊겨 재앙이 닥친다는, 괴담.

사실 그 민원인은 무의산의 지형을 바꿈으로써 산사태가 일어날 거라 주장했어야 옳았다. 계획중이던 공사는 언덕을 깎아낼 궁리나 했지, 여름에 닥쳐올 재해에 대해서는 전혀 따져보지 않았기 때문이다. 어려운 한자를 사용하거나 명필로 쓰거나 심지어는 길게 따질 필요도 없었다.

장마철 산사태는 어쩌고?

라고 물었다면 군청 토목계의 공무원들은 당장

아차.

하며 자신들의 실수를 인정했을 것이다. 더 큰 욕을 얻어먹기 전에 부랴부랴 현장을 둘러보고 대책을 강구했을 것이다. 하지만 봉명산의 기가 끊긴다는 것도 산사태만큼 심각한 문제였다. 그런 시절이었다.

한 달 후 새로운 공시가 나왔다. 무의산을 깎는 대신 삼십 미터가량 서쪽으로 우회해 전성천이라 불리는 개울을 덮고, 그 위에 도로가 건설될 것이다. 영면리의 주민들은 다시 잔치를 열었다. 어차피 농한기였다.

그런데 이틀도 지나지 않아 재차 민원이 들어왔다. 흐르듯 부드러운 필체에 전부 한글이었으나 논리는 전의 민원과 비슷했다. 전성천을 막아버리면 일대를 지나는 영유강의 기가 들어오지 못해 모든 것이 메마르고 생기를 잃는다는, 괴담.

　이번의 민원인도 차라리

　여름철 홍수는 어쩌고?

하고 말하는 게 나았다. 그랬다면 군청의 토목계 직원들은 즉시

　아, 맞다.

하며 자신들의 실수를 인정했을 것이다. 홍수가 나면 주민들만 고생하는 게 아니었다. 토목계 직원들도 다 같이 끌려나가 수해 복구를 거들어야 했다. 그러나 역시, 그런 이야기를 허투루 흘려버릴 만한 시절이 아니었다.

　영유강의 기가 들어오지 못한다잖아, 이 사람아.

　이 난감한 상황을 군수에게 보고하면서 토목계 직원들은 마땅한 대안을 내놓지 못했다. 언덕도 깎지 않고 개울도 덮지 않으면 상춘리와 영면리를 이을 방법이 없다. 군수도 뾰족한 수가 없기는 마찬가지여서

　그게 또 그런가?

하고 수긍하고 말 뿐이었다. 어쩌면 비용까지 더 들어가게 된 마당에 귀찮은 도로 따위, 이런저런 분란 속에 조용히 묻어두고 싶었는지 모른다. 길이 없어도 그 조그만 산골마을 사람들이야 노루처럼 알아서 잘 뛰어다니시겠지, 품어보는 막연하고 은근한 기대.

　그렇게 한 달이 흘렀다. 날이 더워졌다. 나무들의 잎이 무성해져 온 산에 푸른 기운이 돌았다. 씨앗을 퍼뜨리느라 꽃과 열매도 무성하게 맺혔다. 유량이 늘어난 하천엔 잽싸게 움직이는 생명이 가득

했다. 신이 나 떼로 몰려다니다가 이리 튀어오르고 저리 가라앉으며 난리를 피웠다. 산천이 통째로 꿈틀거리는 것 같았다.

하지만 모두들 알고 있었다. 몇 달 더 지나면 흰 서리에 잎이 떨어지고, 하천의 생물들은 물 고인 바위 아래 들어가 겨울잠을 준비할 것이다. 기온이 내려가 눈도 쌓이고 땅도 꽁꽁 어니, 공사건 뭐건 할 수 없는 노릇이다. 결국 이렇게 되는 건가.

뭐야?

보다 못한 영면리 이장이 퇴근하는 토목계 직원을 공터로 꾀어내 삽으로 구타했다. 고작 백여 미터에 불과한 도로 공사가 군 전체의 관심사로 일파만파 비화된 건 공터에 점점이 뿌려진 선혈 때문이었다.

놀란 군청 측에서 부랴부랴 공청회를 열겠다고 나섰다.

관심 있으신 분은 모두 참석해주세요.

어떤 의견이든 귀담아듣겠습니다.

때가 되어 군청 회의실에 나타난 건 애초에 민원을 제기했던 쌍방이었다. 한쪽은 백발이 성성한 노인, 흰 두루마기에 갓까지 쓰고 있었다. 말끝마다 '에헴' 하고 유서 깊은 헛기침을 놓았다. 다른 한쪽은 놀랍게도 스물이 갓 넘어 보이는 애송이, 얼굴이 잘 익은 사과처럼 붉디붉었다. 행동거지가 젊은이답지 않게 구수했다. 일반 주민들은 공청회라는 단어에 겁먹어 한 명도 나타나지 않았다. 영면리 이장은 경찰서에 갇혀 있어 참석하지 못했다. 이장이 '내 인생 최고의 삽'이라 부르는 범행도구도 거기 있었다.

먼저 발언권을 얻은 백발 노인이 헛기침 몇 번으로 시선을 끈 뒤, 어마어마한 이야기를 쏟아내었다. 군수와 그 곁에 앉은 서기의 얼굴이 하얗게 질렸다. 군수의 얼굴이 하얗게 질린 건 노인의 말을 전혀 알아들을 수 없기 때문이었다. 서기의 얼굴이 하얗게 질린 건 노인의 말이 죄다 한자어이기 때문이었다. 노인은 점치는 책에나 나올 법한 아리송한 기호와 문장 들을 그려가며 설명했다. 보고 있기만 해도 어지러웠다. 그러나 눈을 뗄 수 없었다. 그건 어쩐지 고상하고 심오했다. 까마득한 밀교의 지혜를 듣는 기분이었다.

이어진 붉은 애송이의 말은 그나마 한국어로 되어 있었다. 주장하는 바가 일목요연했고 쉽게 와 닿았다. 요약하자면, 무의산을 작살내는 것과 전성천을 작살내는 것 사이에 하등의 실리적인 차이가 없다는 것. 그런데도 이미 공시한 내용을 수정해가며, 또 비용도 더 들여서 전성천의 물길을 본류로 돌려보내면 영면리 배후를 이루는 습지와 실핏줄처럼 퍼진 개울이 망가지게 된다는 것.

그럴듯했다. 추가비용 운운한 대목도 좋은 선택이었다. 문제라면, 실리적 차이가 없다는 얘기는 전성천 대신 무의산이어야 할 이유가 되지 못한다는 점이었다. 쟤랑 나랑 똑같다는 건 내가 아니어야 할 이유인 동시에 나여야 할 이유도 되기 때문이다. 그에 더해 습지와 개울이 망가지는 게 왜 문제인지 역시 납득시키지 못했다. 어차피 장마철을 제외하면 실개천은 물이 흐르는지 마는지 알 수 없을 정도로 말라 있었다.

조용히 경청하던 군수가 고개를 끄덕였다. 두 분 의견 잘 들었습니다. 지당한 말씀들입니다. 며칠 의논해보고 제일 좋은 방향으로 길을 놓으렵니다. 와주셔서 고맙습니다. 잘들 돌아가세요.

영면리 주민들은 공청회에서도 별다른 결론이 나오지 않자 낙담했다. 상춘리를 거쳐 읍내로 갈 때 십 분이 단축된다고 벌써부터 긍지와 자부심을 갖고 있는 터여서, 실제로 도로가 나기 전까지는 매일매일 십 분씩 도둑맞는 느낌이었다.

없는 살림에 도둑까지 맞다니, 이거 참 너무하네.

주민들의 원망은 백발 노인이나 붉은 애송이가 아니라 마땅한 해결책을 내놓지 않고 미적거리는 군청 공무원들에게로 몰렸다. 공무가 있어 영면리에 갈 때에는 늘 삽을 조심해야 했다.

군수는 토목계 직원들을 불러 어째야 좋을지 물어보았다. 도움이 되지 않았다. 이 사람은 이 말을 하고, 저 사람은 저 말을 했다. 물을 좋아하는 사람은 무의산을 깎자 하고, 산을 좋아하는 사람은 전성천을 덮자 했다. 게다가 기억력이 나쁜 건지 줏대가 없는 건지, 좀전까지는 무의산 쪽이었던 사람이 별 이유 없이 전성천으로 돌아서기도 했다. 군수가 탈 많은 콘크리트 도로 대신 까마귀와 까치로 오작교를 내자고 제안했더라도 누구 하나 만류하지 않았을 것이다. 분명한 건 산도 깎고 하천도 덮을 수는 없는 노릇이며, 둘 다 내버려둘 수도 없다는 사실이다. 반드시 어느 한쪽을 골라야 했다. 하지만 어느 쪽을?

군수는 야심이 좀 있는 위인이라 괜한 불만 같은 건 만들고 싶지 않았다. 그러려면 하나가 다른 하나보다 더 지킬 가치가 있다는, 모두를 납득시킬 수 있는 제대로 된 증거가 필요했다. 다행히 그는 군수라서 직접 증거를 찾아다닐 필요가 없었다.

　군청 직원들도 그럴 필요가 없었다. 다음날 아침 일찍 백발 노인이 보따리를 안고 찾아온 것이다. 그로부터 오 분도 채 안 되어 붉은 애송이 역시 커다란 종이상자를 들고 나타났다. 군수의 집무실에서 마주친 둘 사이에는 찌릿찌릿한 긴장감이 흘렀다. 번득이는 안광들끼리 부딪쳐 새파랗게 불꽃이 튀는 소리, 타닥, 탁.

　보따리 안에는 무의산에 대한 오래된 문헌들이 가득 쌓여 있었다. 어디서 발견한 건지 몇몇은 가히 국보급이었고, 옥편에 나와 있지 않은 한자도 수두룩했다. 종이상자에 담긴 문헌들은 가지런히 정리가 되어 있었고, 깔끔한 도표와 전문용어로 맵시를 내었다.

　그건 좋은데 말이야.

　토목계 직원 세 명이 매달려 검토하는 데에만 보름 넘게 걸렸다. 말이 검토지, 한 줄 한 줄 따라 읽는 게 고작이었다. 적혀 있는 내용을 제대로 이해하는 이는 없었다. 그게 어김없는 사실인가 확인하는 건 더욱 힘든 일이었다. 이를테면 백발 노인의 자료 중에는 무의산의 수맥이 봉명산과 곧바로 연결되어 있어, 그리로 길을 내면 인근 여섯 약수터의 물줄기가 끊긴다는 내용이 담겨 있었다. 그건 무의산을 반으로 쪼개보지 않고서는 확인할 수 없는 주장이었다. 붉은 애송이의 경우엔 하천의 구간별 DO, BOD, COD 농도를 그래프로 표시해놓았는데, 공무원들은 그것들이 무슨 의미인지는커녕 약칭이라는 사실조차 몰라서

　이봐, 영어로 '두'가 뭐더라?

하고 서로 물어보곤 했다.

놀라운 건, 오랜 세월이 지나 무의산이고 전성천이고 할 것 없이 일대가 모두 작살이 날 즈음 나라의 전문가들이 조사한 결과가 두 민원인이 당시 내놓은 자료에서 한 치의 어긋남도 없다는 사실.

먼 미래에나 이해하게 될 자료는 코앞의 결정을 내리는 데 보탬이 되지 않았다. 보다 구체적이고 쉽게 이해될 수 있는 내용이 필요했다. 일주일가량 소모적인 궁리를 벌인 끝에 군수는 두 민원인을 다시 만나보기로 했다. 그들과 함께 도란도란 이야기를 나누다보면 무언가 절묘한 해결책이 나올지도 모를 일이다. 직원 하나를 불러 백발 노인과 붉은 애송이를 모셔오라고 시켰다.

그쯤이야 내 장기지, 하고 우습게 봤는데 그게 아니었다. 임무를 맡은 직원은 운명이 자기를 마구잡이로 대한다고 생각했다. 백발 노인과 붉은 애송이가 작성한 민원서류의 연락처는 공란으로 남겨져 있었다. 기재된 주민등록번호를 조회해보니 둘 다 가짜였다. 주소 역시 맞지 않았다. 백발 노인의 거주지는 상춘리 55-2번지로 기록되어 있는데, 상춘리 54번지 다음은 그냥 숲이었다. 붉은 애송이의 거주지는 영면리 27번지로 나와 있지만, 정작 그곳은 물이 졸졸 흐르는 전성천 한가운데였다.

이틀에 걸쳐 군의 사방 경계까지 죄다 쑤시고 다녔으나 그들을 안다는 사람은 만나지 못했다. 그렇다고 군수에게 사실대로 보고할 순 없었다. 그랬다가는 공시한 사항을 이미 두 번이나 어겨버린 군수를 더욱 난처하게 만들 것이다. 군수는 겉으론 우아해 보여도, 곤경에 처하면 부하직원을 힘껏 깨무는 버릇이 있었다.

막막해진 직원은 군청 옥상에 올라 멍하니 주위를 둘러보았다. 저 멀리 논에서 벼가 쑥쑥 자라나고 있었다. 바람이 쓸어주면 초록색과 연두색으로 곱게 흔들렸다. 그래서 그는 제 마을을 지나는 바람이란 초록과 연두가 장엄하게 교차하는 어떤 형체라 생각했다.

그 바람이 소식을 날라다준 모양인지, 백발 노인과 붉은 애송이가 제 발로 군청에 나타났다. 회의실에 멀찌감치 떨어져 앉아 저희들이 제출한 자료를 하나하나 설명했다. 군수와 토목계 직원들은 귀를 활짝 열고 들었다.

그러나 별반 달라질 게 없었다. 그들의 설명은 그들이 내놓은 자료만큼이나 난해했다. 때문에 말이 끝나면 그 쩌렁쩌렁 울렸던 목소리조차 기억에서 말끔히 사라졌다. 듣는 틈틈이 메모를 해두어도 나중에 다시 보면 비몽사몽간에 그린 낙서처럼 어지럽고 지저분했다. 머리가 다 이상해지는 기분이었다.

좀 쉬운 자료는 없습니까? 뭔가 손에 잡히는, 그런.

참다못한 토목계 직원 하나가 투덜댔다.

손에 잡히는 자료는 이튿날 아침부터 들이닥쳤다. 백발 노인이 군수의 집무실에 들러 아직 파릇파릇하게 살아 있는 깽깽이꽃을 보여주었다. 나라에서 보호하는 희귀식물이었다. 그걸 군수의 눈앞에 들이대더니 의기양양한 표정을 지었다. 곧이어 집무실에 들어선 붉은 애송이 역시 보호종인 자라를 한 마리 데려왔다. 깽깽이꽃이건 자라건, 보호종에다가 찾아보기 힘들다는 점에서는 동일하지만 아무래도 자라 쪽 모양새가 보다 그럴듯했다.

이게 전성천에서 잡아온 거란 말이오?

우리 마을에 자라가 사네, 허허.

저기 깽깽이꽃, 뜯어 먹으려나? 어디 줘볼까?

군청 직원들이 곁에 늘어서서 한마디씩 이었다.

초조해진 백발 노인은 다음날 나일론으로 짠 망을 메고 왔다. 누런 구렁이 한 쌍이 곱게 잠들어 있었다. 백발 노인의 헛기침 한 방에 벌떡 깨어나, 여기가 도대체 어디냐며 이리저리 꿈틀거렸다. 다들 기겁해서 책상 위에 올라가고 난리였다. 붉은 애송이는 물이 가득 든 양동이를 들고 오는 것으로 대응했다. 그 안에는 황쏘가리 서너 마리가 배를 드러낸 채 둥둥 떠 있었다. 붉은 애송이가 물 안에 손을 담그고 잠시 있었더니, 언제 그랬냐는 듯 자세를 바로잡고 비늘을 반짝이며 신나게 텀벙거렸다.

그런 식으로 둘은 무의산과 전성천에 서식하는 희귀 동식물이나 지난 문명의 흔적을 들고 찾아왔다. 군수의 집무실에 벌여놓은 뒤 사진을 찍게 하였다. 사진을 현상하고 검토하고 일일이 설명을 달아 분류하느라 토목계 직원들은 다른 업무를 볼 틈이 없었다. 시간이 지나면서 캐비닛 세 개가 사진자료로 가득 찼다. 군수가 말리지 않았다면 둘은 무의산과 전성천을 통째로 업어왔을지 모른다. 산사태나 홍수 따위는 일도 아니었다.

더이상 자료를 갖고 오지 말라고 한 건 캐비닛이 모자라서이기도 했지만, 그보다는 과열된 경쟁을 식혀보려는 목적에서였다. 둘은 마주칠 때마다 인사도 없이 상대를 노려보았고, 못마땅한 얼굴로 경계했다.

그러나 군수의 바람과 다르게, 자료에 얽매이지 않게 되자 둘의 경쟁은 보다 이기적이고 공격적으로 변해갔다. 무의산에 길을 내면 안 된다고만 하던 백발 노인이 전성천에 길을 내야 한다고 눈을 까뒤집었다. 전성천에 길을 내면 안 된다고만 하던 붉은 애송이도 무의산에 길을 내야 한다고 게거품을 물었다. 공청회에서 보여주던 점잖고 구수한 태도는 온데간데없었다. 논리도 뒷전이었다. 뜻을 이루기 위해서라면 무슨 고약한 짓이든 저지를 것 같았다. 그들의 낯빛에는 절박함이 뚝뚝 묻어났다.

아니 그런데, 도대체 왜?

군수를 비롯한 군청의 토목계 직원들은 뭔가 이상하다는 걸 서서히 깨달아가고 있었다. 둘은 무의산이나 전성천의 공사로 인해 발생할 경제적인 득실과 완전히 무관했다. 언덕과 개울을 원형대로 지킨다고 해서 누구 하나 박수쳐줄 이도 없었다. 게다가 이젠 모두가 알고 있는 사실이지만, 둘은 상춘리나 영면리의 주민이 아니었다. 읍의 주민이 아니고, 심지어는 군의 주민도 아니었다. 그런 주제에 지면 모든 게 끝장이라는 듯 필사적으로 덤벼들었다. 돈과 명예와 친분이 걸려 있지 않은데 그토록 비장하게 싸우는 건 아무래도 인간답지 않은 일이었다. 그렇다면……

이거 야단났네.

군수가 책상에 엎드려 앓는 소리를 냈다.

정령들이 하필 내 사무실에 와 싸우시네.

물론 군청에서만 싸운 건 아니었다. 그해 가을의 산천엔 전례 없이 살벌한 기운이 돌았다. 맑은 하늘에 벼락이 치고 천둥 소리가 사방을 울렸다. 무의산에서 난데없이 바위가 굴러 전성천을 덮쳤으며, 전성천에서는 비도 없이 물이 범람해 무의산 한 귀퉁이를 허물었다. 그런 신령스러운 결투가 벌어진 후 군청에 나온 백발 노인의 옷은 젖어 몸에 착 달라붙었고, 붉은 애송이의 눈가엔 꼭 멍이 들어 있었다. 피차 만신창이가 된 몰골로 서로를 향해 으르렁거렸다.

군수는 아무 일도 못할 지경이었다. 팽팽한 균형을 깨고 상황이 어느 방향으로 조금 기울어지는가 싶으면, 불리해진 쪽은 어찌 알았는지 재깍 군청에 달려와 데굴데굴 굴렀다. 한쪽이 그런 뒤에는 몇 분 지나지 않아 다른 한쪽도 어김없이 쳐들어와 본격적으로 멍석을 깔았다. 그들의 논지는 자신이 옳다고 우기는 데서 시작해 진득한 애원을 거쳐 상대에 대한 비난으로 장황하게 이어졌다. 흰 두루마기를 조롱하고, 붉은 낯빛을 욕했다. 상대를 깔아뭉개기 위해 끄집어낼 수 있는 건 모조리 끄집어내었다. 한번은 화가 머리끝까지 난 백발 노인이 들입다 덤벼들어 주먹을 휘두른 적도 있었다. 붉은 애송이는 눈 하나 깜짝하지 않고 상체만 뒤로 살짝 젖힘으로써 놀라운 회피동작을 보여주었다.

군수나 배석한 공무원들이 할 수 있는 일이라고는 군청이 산산조각 나지 않도록 흥분한 정령들 사이의 간격을 약간 더 벌려놓는 것뿐이었다. 애먼 봉변은 뭔가 좋은 거 주는 줄 알고 공터에 졸래졸래 따라갔다가 삽맛을 본 토목계 직원 하나로 충분했다.

공사가 계속해서 미루어지는 바람에 군민들 또한 자연스럽게 두

편으로 갈리었다. 원래 약속대로 언덕에 길을 내자는 사람들이랑, 있는지 없는지 모를 개울을 덮어 길을 내자는 사람들이 술집마다에서 가벼운 언쟁을 벌였다. 민원을 제기한 정령들과 다른 점이라면 그들의 주장에는 제 논 곁으로 도로가 나길 바란다거나 제 밭에 끌어들일 약간의 물줄기가 아쉽다거나 하는 식으로 약간의 실리적인 이유가 얽혀 있다는 사실이었다. 단지 제가 싫어하는 사람을 반대하기 위해 그러는 이도 있었는데, 어찌 보면 그 역시 실리적인 이유였다.

간혹 어느 쪽이든 될 대로 되라는 사람도, 그렇게 귀찮은 도로를 왜 굳이 내냐는 사람도 있었으나 소수였다. 그 소수들은 보다 근원적인 의문을 품고 있었다.

그런데 왜 저희끼리 싸운대?

그러게. 길을 아예 못 내게 하면 되잖은가.

소수들은 정령들이 군청에 몰려와 호소하고, 떼쓰고, 서로 다투는 모습을 보며 의아해했다. 왜 도로를 내겠다는 계획에 맞서 힘을 합쳐 싸우지 않을까? 왜 그 당사자들을 직접 공격하지 않는 걸까?

그럴 기회는 충분했다. 산천의 분열이 진행되는 동안 군수는 몇몇 토목계 직원들을 데리고 무의산과 전성천을 수도 없이 드나들었다. 중앙에서 내려온 고위직 관리를 모시고 굽실굽실 지나간 적도 있었다.

바위를 하나 굴려 덮치거나, 발목을 잡아 물속에 처박거나.

아니면 바위를 굴려 물속에 처박거나.

예끼, 이 사람들.

주민들은 결정을 기다리면서도 마음 한구석으론 결정이 내려진 뒤의 일을 걱정했다. 어느 편이든 도로는 반드시 날 것이다. 한쪽이 이기고, 다른 한쪽은 질 것이다. 이기게 된 쪽이라면 당분간 무사할 것이다. 하지만 지게 된 쪽은 생사의 기로에 처할 것이다. 주민들은 결투에 패배한 정령이 바위를 날리고 물줄기를 솟구쳐올리던 기운을 이용해 앙갚음이나 하려 들지 않을까 염려했다.

그건 괜한 걱정이었다. 정령들은 알고 있었다. 공사를 연기하거나 장소를 조금 바꿀 수는 있어도 막을 순 없다는 걸. 정령들은 또한 알고 있었다. 산천의 기운이 조화롭게 공존하던 시대는 이제 끝장이 났으며, 순서야 어찌 되든 차례차례 목에 밧줄이 걸리리라는 걸.

정령들은 똑똑히 알고 있었다. 곡식을 영글게 하고 물고기를 살찌우는 게 그들의 임무였다. 사람을 해치는 게 아니었다. 그들은 굽힐 수밖에 없었다. 그 무수한 굽힘 속에서 인간은 노동을 하고, 숙면에 들고, 새끼를 낳아 번성해온 것이다.

겨울이 간 빈자리에 오는 저건 대체 누구신가, 했더니 역시 봄.

정령들의 대결은 지루하게 계속되고 있었다. 심심하면 쳐들어와 왜 빨리 저쪽에 길을 내지 않느냐며 윽박질렀다. 그 메아리가 사라지기 전에 다른 편 역시 쫓아와 방방 날뛰었다. 둘이 눈을 부라리며 맞붙을 때마다 흙의 기운과 물의 기운이 서로 부딪쳐 군청의 부실한 벽을 뒤흔들었다.

그런데 곰곰이 관찰해보면, 또 그렇게 빨리 결정이 내려지길 바라는 기색도 아니었다. 사사건건 시비 걸고 핏대를 올려 공격하면서도 정작 결정적인 한 방은 날리지 않았다. 서로 눈치를 살펴가며 판세의 균형을 아슬아슬하게 이어갔다. 어쩌면 그게 바로 백발 노인과 붉은 애송이가 정말로 원하는 것인지도 모를 일이었다. 길을 낸다는 군청의 공시가 있기 전까지 산과 천은 본래 떼어낼 수 없는 한 기운이었으니 말이다. 아니, 여전히 한패인 게 아닐까? 군청에 와서는 무지막지하게 싸우는 척하지만, 남들이 보지 않는 곳에선 사이좋게 바둑이나 두고 있는 게 아닐까?

그러나 매일매일 들려오는 먼 산천의 마른벼락 소리는 바둑판이 쪼개지고 바둑알이 씽씽 날아다닌다는 부인할 수 없는 증거였다. 시시각각 허물어져가는 무의산 귀퉁이와 토사에 뒤덮여 진흙탕이 된 전성천도 마찬가지였다.

사람들은 잠시 품었던 의심을 거두고, 그게 정령들의 방식임을 인정했다. 말하자면 그들은 이면합의를 본 게 아니라 암묵적인 규칙을 지켜온 것이다. 최악의 궁지에 몰리기 전까지는 제 손에 피를 묻히지 않겠다는 정령들끼리의 고결한 약속.

그렇다면 그 약속, 과연 언제 깨질 것인가.

너나할것없이 초조한 심정으로 추이를 지켜보고 있었다.

봄비가 부슬부슬 내리는 날이었다. 군수는 세수하듯 얼굴을 비볐다. 뺨이 홀쭉했다. 예전엔 통통했었다. 아무래도 그때가 더 보기 좋았었지. 내면에 덕이 있어 보였거든.

군수는 출근하자마자 받은 충격적인 보고로 인해 마음이 꽁꽁 오그라든 상태였다. 지난밤, 배후에서 잠자코 있던 봉명산이 무의산이나 전성천을 거치지 않고 곧바로 영유강 한쪽을 침범했다. 누런 탁류가 군 경계 바깥까지 길게 이어졌다고 한다. 그에 대한 보복으로 영유강 역시 전성천과 무의산을 통하지 않고 직접 봉명산 몇몇 모퉁이를 약탈했다. 멀리 봉명산의 봉우리 두어 개가 맥없이 뒤틀리고 주저앉아 있는 꼴을 군수는 제 집무실에서도 똑똑히 볼 수 있었다. 산과 강이 맞닿아 풍광 좋기로 소문났던 지역이 그처럼 쑥대밭으로 변한 것이다. 이젠 더이상 무의산과 전성천만의 작은 다툼이 아니었다. 하늘을 깨고 땅을 쪼갤 위험천만한 대결로 조금씩 옮아가는 중이었다.

그것만으로도 충분히 다급하고 염려되는 판에, 걱정거리가 하나 더 늘었다. 삽을 든 청년 몇이 군청 근처를 어슬렁댄다는 첩보가 들어온 것이다. 영면리 주민들의 불만이 드디어 한계에 다다랐다는 신호였다. 기회가 났다 하면 군청을 통째로 끌고 가 마구 삽질을 해댈 것이다. 삽으로 맞으면 세상에 얼마나 아프겠는가.

이대로는 무슨 봉변을 당할지 모른다. 기왕에 내기로 한 도로, 여름이 오기 전에 공사를 시작하자. 날이 점점 따뜻해지고 있다. 두꺼운 외투는 벗어던진 지 오래다. 그래, 결정을 내리자. 날이 더 풀려 산천이 미친 듯 날뛰기 전에, 영면리 주민 모두가 삽을 들고 몰려오기 전에 책임감을 갖고 어서 결정을 내리자.

그런데, 어느 쪽으로?

아아, 이젠 다 필요 없다. 이것저것 재보다간 내가 삽에 처맞게 생겼다. 차라리 제비를 뽑자. 하나는 성냥 끝을 부러뜨리고 다른 하나는 그대로 두어 뽑으라 하자. 부러진 성냥을 고른 쪽은 잠자코 따르라 그러자. 아니, 아예 양쪽 다 길을 내버리자. 까짓것 그러자. 군청이 부도로 쓰러지든 말든, 그래, 내일 오전에 후딱 내버리자.

집무실 허공에 대고 딱딱거렸다. 하도 답답해 내뱉은 넋두리일 뿐이었다. 정말로 그런 바보짓을 할 생각은 없었다. 한다고 될 리도 없었다. 그런데 누군가는 꽤 진지하게 받아들인 모양이었다.

늙은 그림자 하나가 슬그머니 집무실 바닥에 드리워졌다. 백발 노인이었다. 잽싸게 군수에게 다가와 무어라 속삭였다. 오늘은 또 어떤 참신한 헛소리를 준비해오셨나, 찌푸리고 있던 군수의 눈이 휘둥그레졌다.

그, 그래도 될까요?

말없이 끄덕끄덕.

믿기 어려운 일이라 군수가 재차 물었다.

아니, 그래도, 정말 괜찮으시겠어요?

다시 끄덕끄덕. 백발 노인의 얼굴은 전에 없이 결연하고 비장했다.

응, 괜찮아, 괜찮아. 푹푹, 맘껏 파.

그 달콤하고 끔찍한 제안에 군수는 부들부들 떨었다. 백발 노인이 몸을 휙 돌리더니 독기에 찬 발걸음으로 사라졌다.

순식간이었다. 누구도, 심지어는 호시탐탐 백발 노인의 수작을 쫓던 저 붉은 애송이도 그날의 간략한 만남을 눈치채지 못했다.

다음날 아침 일찍 공사 설명회를 알리는 공시가 나붙었다.

관심 있으신 분은 모두들 참석해주세요.

공사구간에 대한 발표가 있을 예정입니다.

공청회가 열릴 때와 달랐다. 군청 회의실에는 서 있을 자리가 없을 정도로 인파가 몰려들었다. 군민이 아닌 낯선 얼굴도 수두룩했다. 검은 꼬마, 파란 소녀, 투명한 아저씨가 하나같이 긴장된 표정으로 사람들 틈에 섞여 있었다. 도로가 어디에 놓일지는 더이상 무의산과 전성천 정령들만의 관심사가 아니었다.

시간이 되어 군수가 엄숙하게 입장했다. 옷이 마를 새 없어 퀴퀴한 구린내를 풍기는 백발 노인, 온몸에 멍이 든 붉은 애송이도 쩔뚝거리며 뒤를 따랐다. 군수는 의자에 앉기 전에 모인 사람들과 일일이 악수를 나누었다. 악수를 하고 난 이들은 손바닥에 묻은 군수의 질펀한 땀을 제 바지춤에 문질러 닦아야 했다.

이윽고 토목계 직원이 앞에 나와, 그간 검토한 자료를 사진과 함께 하나하나 설명했다. 자꾸 틀려서 백발 노인과 붉은 애송이가 끼어들어 바로잡아주었다.

그건 전성천에서 가져온 거요. 무의산에는 아무리 뒤져봐도 없지요.

아무렴, 천하의 무의산에 저런 보잘것없는 게 다 있을까?

우르릉, 쾅쾅.

설명이 끝나고 이제 군수 차례였다. 모두들 침도 삼키지 못하고 군수의 입을 바라보았다. 군수의 목덜미에, 이마에, 콧잔등에 땀이 방울방울 솟았다. 백발 노인과 붉은 애송이를 차례로 바라보았다. 눈동자가 빠르게 흔들리고 있었다. 누가? 전부 다. 군수와 공무원들과 백발 노인과 붉은 애송이와 인근의 정령들과 그 자리에 있는 주민들 모두 다.

마침내 입이 열렸다.

입술이 바르르 떨리고, 뒤틀리고, 앞으로 나왔다 옆으로 찢어졌다 안쪽으로 들어가 저희끼리 맞닿고 떨어졌다. 혀가 위로 구부러지고, 아래로 구부러지고, 뒤로 쑥 접히고, 앞으로 늘어지면서 입천장에 닿고 윗니 안쪽을 건드리더니 아래에 납작 엎드렸다. 공기는 안으로 들어갔다 좁은 공간에서 서로 부딪치고, 새고, 찢어지고, 갈라지고, 합쳐지면서 다음 공기가 들어오기 전 침과 함께 밖으로 튀어나왔다. 그렇게 만들어진 음성이 무겁게 내려앉은 공기를 타고 이리저리 맴돌고, 타넘고, 번지고, 흘러 회의실에 모인 사람들의 귀에 착착 들어앉았다.

마침내 입이 닫혔다.

모두들 백발 노인을 바라보았다. 그는 정면을 향해 지그시 눈을 감고 있었다. 비스듬히 보이는 주름진 얼굴엔 안도의 한숨과 이루 말할 수 없는 회한과 장차 닥쳐올 끔찍한 고통에 대한 불안이 어지럽게 묻어 있었다.

모두들 붉은 애송이 쪽으로 시선을 돌렸다. 그는 멍한 표정이었다. 좀처럼 납득하지 못하는 눈치였다. 하지만 모든 게 분명했다. 달리 생각할 여지가 없었다.

붉은 애송이가 벌떡 일어섰다. 백발 노인을 노려보며 캉캉 울부짖었다.

이 노망난 늙은이야, 네가 기어코 나를 죽이는구나!

소문은 빠르게 퍼졌다. 다들 군수의 결정에 수긍하는 눈치였다.

가정에서, 술집에서, 시장에서 둘씩 셋씩 모여 얘기를 나누었다. 목소리는 높지 않았다. 무의산을 깎아야 한다던 사람들도 그리 기뻐하지 않았고, 전성천을 덮어야 한다던 사람들도 별로 아쉬워하지 않았다. 무의산을 깎든 전성천을 덮든 대부분의 군민들에겐 그게 그거였다. 자세한 내막을 알지 못하는 사람들은 붉은 애송이가 백발 노인에게 대들던 모습이 보기 좋지 않았다고, 그래서 군수가 홧김에 그렇게 결정한 거라고 주장했다.

새파랗게 어린 치가 말이야, 어른을 공경할 줄 알아야지.

아무렴, 위아래가 있는 법인데.

한편 왜 둘이 힘을 합쳐 대들지 않았을까 의아해했던 이들은 군수의 마음을 짐작하는 대신 젊은 정령이 늙은 정령보다 먼저 죽게 된 사실을 안타까워했다. 그건 반대의 경우보다 그들 군체의 종말을 앞당길 게 분명하기 때문이었다.

그만큼 살았으면, 좀, 젊은이한테 양보해주지 않고.

맞아. 훗날 제가 픽 고꾸라지면 또 누가 보듬어준다고.

그날 이후로 백발 노인과 붉은 애송이의 모습은 어디서도 볼 수 없었다. 저마다의 영역에 꽁꽁 웅크려 남은 시간을 가늠하는 모양이었다. 천둥도 번개도 없었다. 봉명산과 영유강의 대결도 없었다. 있는 게 별로 없었다. 길고 혹독했던 대치가 끝나자 온 산천의 기운이 말랑말랑하게 풀어져버린 것 같았다. 그 불안한 적요 속에서 두 정령의 목숨을 건 결투는 빠르게 잊혀져갔다. 일주일도 되지 않아 주민들은 약속이나 한 듯 그 사건을 밥상머리와 술자리에서 털어내었다. 다시 일주일이 지나면서는 약속하고 말고도 없이 말끔히 사라졌다.

영면리 사람들은 공사를 환영하는 세번째이자 마지막이 될 잔치를 열었다. 군청의 설명회에 참석했던 노인네 하나가 잔치중 갑자기 어어 울음을 터뜨렸다. 이 좋은 날 왜 혼자 울고 자빠졌느냐 물었더니, 젖은 눈만 끔뻑거릴 뿐 말을 잇지 못하였다.

공사는 여름의 초입에 무의산에서부터 시작되었다. 산 한쪽을 푹푹 파 자갈을 캐냈다. 뼈 모양의 억센 돌이 탄식처럼 쏟아져나왔다. 그게 바로 백발 노인이 군수에게 속삭였던 끔찍한 제안, 붉은 애송이를 쓰러뜨린 결정적 한 방이었던 것이다. 다음에는 전성천 입구에 작은 구조물을 설치해 영유강의 물이 흘러들어오지 못하도록 막았다. 벌써 사색이 되어 바들바들 떨고 있는 개울에다 무의산에서 파온 자갈을 쏟아붓고, 쇠로 된 그물을 깔았다.

젊은이의 비명소리가 들려온 건 쇠그물 위에 시멘트를 들이부을 때였다. 덮여가는 개울 완만한 굽이굽이마다 뾰족한 비명이 핏물처럼 튀어나왔다. 이어 힘겹게 몰아쉬는 소리, 꿀럭꿀럭 숨 가빠지는 소리가 들렸다. 그 소리는 때론 높고 때론 낮게, 이틀이 지나 시멘트가 단단히 굳을 때까지 계속되었다. 지켜보던 인부들이 비명과 메마른 호흡에 공명해 애도의 한숨을 쉬었다.

소식을 접한 군수는 창밖을 물끄러미 바라보았다. 내가 던진 돌이 아니다. 정령들 간에 벌어진 싸움의 승패일 뿐이다. 붉은 애송이는 진 것이다. 백발 노인의 꾀에 진 것이다. 다 그런 거 아니겠는가? 전성천의 비명은 나와 상관없다. 그 마땅한 사실을 암시하기 위해, 소식을 전하러 온 당신에게 이렇게 말한다.

어디로 갔겠지. 여기가 아닌 다른 어딘가로.

공사는 한 달도 못 되어 끝났다. 일단 길이 생기자, 그 길은 애초부터 거기 있었던 것처럼 생각되었다. 전성천이라는 거, 어쩌면 처음부터 세상에 없었던 게 아닐까.

깨끗하게 난 새 길을 통해 영면리 주민들은 상춘리로 드나들었다. 하지만 별로 바뀐 게 없었다. 사람에 따라 용무에 따라 보폭과 속도가 제각각이었기 때문에, 기어코 십 분을 얻어낸 것인지 어떤지 확인하기 애매했다. 공사가 다 끝난 마당에 쩨쩨하게 그깟 걸 가지고 왈가왈부하는 사람도 없었다. 다만, 다람쥐처럼 날쌘 영면리의 아이들은 학교에 오갈 때 여전히 무의산을 탔다.

장마가 이어지는 동안 영유강의 물이 넘쳐 두 군데 논이 침수되었다. 예년과 다름없이 군청 토목계 직원들이 몰려나와 복구를 도왔다. 장마가 끝나자마자 이번에는 영면리 배후의 습지가 쩍쩍 갈라졌다. 가뭄도 아닌데 인근의 논이 누렇게 타들었다. 물론 처음 겪는 일이 아니었다. 장마철 침수는 흔한 일이고, 가뭄이 아니더라도 논이 망가지는 경우가 있다. 하지만 어딘가 이상했다. 문제가 일어나는 속도가 전보다 조금 빨랐다. 중간에 버티고 있던 작은 둑 하나가 영영 유실되어버린 것 같았다.

짧은 가을이 끝나갈 무렵이었다. 늙은 부부가 읍내에 채소를 내다 팔고 돌아오는 길에 우연히 백발 노인을 보았다. 그는 새로 난 도로 끄트머리에 거지꼴을 하고 앉아 있었다. 이따금 손을 뻗어 콘크리트와 맨땅의 경계를 살살 어루만졌다. 들리지 않게 무어라 중얼거리기도 했다. 더러운 입성과 멍한 눈빛에 입까지 반쯤 벌어져 있어, 딱 실성한 사람처럼 보였다. 그래 요샌 좀 어떻게 지내시느냐고 여쭈었더니, 고개를 푹 숙여 절레절레 흔드는 것이었다.

그때 멀리 영유강엔 새빨간 석양이 내렸고 봉명산에는 땅거미가 지고 있었다. 몇 걸음 옮기던 늙은 부부가 약속이나 한 듯 힐끗 뒤돌아보았다. 병든 몸을 질질 끌며 어둔 숲으로 배어드는 그건, 어떤, 토막난 마음.

집까지 돌아오는 내내 늙은 부부는 입을 꾹 닫고서 한마디도 나누지 않았다. 하지만 둘의 마음은 같았다.

당신도, 궁지에 막 몰리면, 나한테 그럴 거야?

세월이 흘렀다. 상춘리와 영면리는 합쳐져 다른 이름으로 바뀌었는데, 그래서 젊었을 적 그곳을 떠난 이들은 고향에 영영 돌아갈 수 없게 되었다.

구름도 바람도 멈춘 어느 날이었다. 철로를 건설하기 위해 외지에서 온 인부들이 오래전 반쯤 잘려나간 언덕을 마저 헐고 있었다. 굴삭기를 조종하던 기술자가 엔진을 끄더니, 제가 파내던 자리를 유심히 들여다보았다.

동료 두 명이 다가와 물었다.

뭐야? 뭔데 그래?

기술자는 혼자 노는 아이 같은 표정으로 대답했다.

나, 이상한 소리, 들었어.

하지만 그가 가리키는 단면엔 흔하디흔한 백토가 있을 뿐이었다.

고개를 갸우뚱하던 기술자가 어깨를 으쓱해 보였다. 엔진을 켜고 다시 굴삭기를 가동했다. 한 번, 두 번 땅을 파냈다. 세번째 파내는 순간, 셋은 천지에 진동하는 굉음을 똑똑히 들었다. 땅에서, 그 하얀 백토의 정수에서 튀어나오는 늙고 병든 비명이었다.

모두들 혼비백산해 도망쳤다. 그리고 이십 분쯤 지나 이런저런 사람들을 데리고 돌아왔다. 비명은 이미 뚝 끊겨 있었다. 백토를 마구 헤쳐보아도 마찬가지였다. 불길할 정도로 고요한 언덕이었다.

그 짤막한 사연을 접하고 나서야 사람들은 과거를 회상하고, 허리가 잘려나간 봉명산과 자로 잰 듯 흐르는 영유강 대신 이제는 흔적조차 사라진 무의산이며 전성천의 옛터를 두리번거렸다. 하지만 시선은 닿아야 할 정확한 자리를 찾지 못하여 이리저리 흔들렸다. 정령들이 저희의 고결함을 해치면서까지 살아 머물고자 했던 시공간적 특이점, 퍼런 달을 인 밤의 언덕과 햇빛이 설탕처럼 부서지던 개울은 어쩐지 전설 같고, 거짓말 같고, 처음부터 존재하지 않았던 것 같았다. 사람들은 그간 까맣게 잊고 있었음에 놀라워하며, 산천을 뒤흔들었던 정령들의 옛 결투에 늦은 안부를 건넸다. 발밑으로 사라질 때 당신들 마음이 어땠는가. 아팠는가, 슬펐는가.

이제 기억이 나.

이빨이 군데군데 빠진 늙은이가 양달로 몸으로 기울였다. 고장난 눈까풀이 쏟아지는 햇빛에 겨워 가늘게 떨었다.

그날 잔치에서 내 아비가 울었거든. 붉은 애송이 때문이었다는 거야. 제가 다 죽게 된 마당에 군수도, 우리 영면리 주민들도 아닌 백발 노인만 원망했다지? 그 꼴이 그렇게나 답답하고 한심하더래.

누군가 울건 죽건, 현재는 과거로부터 점점 멀어지는 방향으로만 움직인다. 곡선이 흐르던 자리에는 직선이 났고, 원이 머물던 자리엔 사각이 놓였다. 꿈틀거리던 구렁이와 텀벙거리던 쏘가리는 그 흡사한 율동을 멈추어 군청, 낡은 캐비닛 속에 분류된 반목의 은유가 되었다.

그러니 어디론가 옮겨갔다던 군수의 견해는 틀린 것이다. 그건 중력에 맞서 오랫동안 제 영역을 지켜온 나무에게

저리 좀 비켜.

하고 말하는 것과 같기 때문이다.

어쩌겠는가? 기필코 그렇게 되리라는 걸 알기에, 나무는 부질없는 원망 대신 가지를 숙이고, 뿌리를 웅크리고, 당장 필요하지 않은 이파리부터 떨어뜨리며, 저에게 남은 시간을 묵묵히 헤아린다. 그러는 동안에도 어김없이 비가 내리고 바람이 불어, 나무는 흩날리는 수분을 호흡해 줄기에 머금고, 부지런히 하늘에서 땅으로 햇빛을 나르고, 또 다가올 계절을 위해 다음의 씨앗을 준비하는 듯 보일 테지만, 필경 그렇게 보일 테지만, 그러나 이 모든 걸 가능케 해주던 신비한 유대감은 이미 조각조각 끊어져나간 뒤여서, 거기 우두커니 서 있는 건 나무처럼 생긴 공백이거나, 캐비닛에 갇힌 미망이거나, 혹은 그렇게 믿고 싶은 우리의 마음이 빚어올린 가난한 환상에 지나지 않는다.

신의 아이들

그해 가을에 나는 서울을 떠나 있었다. 오랜 제자인 최군이 머물 곳을 알아봐주었다. 제가 나고 자란 고향이라 했다. 그는 내가 무엇을 두려워하는지, 무엇으로부터 도망치려 하는지 잘 알고 있었다. 조촐한 가방을 꾸리면서도 나는 수치심에 땀을 흘렸다.

세 시간 남짓 달려 도착한 청예리는 이십여 가구가 모여사는 낮고 쓸쓸한 마을이었다. 산에 둘러싸여 있어 바람도 시간도 멈춘 것 같았다. 하늘은 메스꺼울 정도로 파랬다. 그 파랑이 나를 짓눌렀다. 고단한 얼굴의 주민들은 늙은 이방인에게 별다른 호기심을 품지 않았다. 그건 다행스러운 일이기도 하고, 섭섭한 일이기도 했다. 내마음은 그들 틈에 조용히 숨어 있길 바라는 동시에 또 한편으로는 어떤 식으로든 들키길 바랐다. 가슴에 난 상처와 고약한 풍문이 은둔을 부추겼다면, 평생을 바쳐 일궈온 터전과 가족에 대한 그리움은 그 반대였다. 그러나 청예리는 굳이 나서서 뽐내기 전에는 아무

것도 들킬 수가 없는 곳이었다. 저녁 여섯시만 되어도 발 디딜 곳을
모를 만큼 어두웠다. 그러면 나는 낙담하여 그 자리에 장승처럼 서
있곤 했다.

　당분간 일없이 빈둥거리며 시간이나 보낼 작정이어서 책은 한 권
도 가져가지 않았다. 하지만 오십이 훌쩍 넘은 나이에 아무 일도 하
지 않는 것은 모든 일을 하는 것만큼이나 어려웠다. 글을 읽지 않으
니 무수한 단어들이 상념 속에서 배회했다. 그건 찌꺼기, 언어의 유
령이었다. 오랫동안 시를 써오며 내 머리는 퇴고과정에 삭제된 말
들의 무덤이 되었다. 둘러볼 때마다, 잡화상에 들어선 듯한 천박함
을 느꼈다. 나는 지유의 의식 속엔 어떤 단어가 떠돌아다닐까 항상
궁금해했다. 어떤 방식으로, 어떤 순서로 선택되고 버려지는지 말이
다. 내 제자였음에도 불구하고 지유에 관해서라면 나는 거의 아무
것도 알지 못한다. 흔히들 시인의 사적 경험이나 자라온 환경이 단
어를 선택하는 일련의 과정에 개입한다고 말한다. 대부분의 평범한
시인들에게 그건 아마 옳은 말일 것이다. 그러나 지유는 달랐다. 지
유는 그 어떤 세속의 잡스러운 시간도 제 시에 들러붙도록 놓아두
지 않았다. 성스러울 정도의 염결성이었다.

　시시하게 흘러간 청예리에서의 며칠 동안 나는 혼자였다. 그 외
로움이 낯설었다. 오랫동안 제자들이, 제자가 되고 싶어하는 젊은이
들이 끊임없이 찾아왔고 구석에 앉아 내 모든 행동을 따라했다. 마
치 내가 마시는 것처럼 물을 마시면 좋은 시를 쓸 수 있다는 듯이,
내가 보는 것처럼 구두를 바라보면 유명한 시인이 될 수 있다는 듯
이 말이다. 그래서 수많은 나와 함께 지내는 느낌 속에서 살아왔다.

오직 하나인 나와 지내는 건 생각보다 쓸쓸한 일이었다.

　이틀에 한 번씩 울리는 최군의 전화 연락도 쓸쓸하기는 매한가지였다. 그는 나를 위로하려 애썼으나 공손한 목소리를 타고 전해오는 지유에 관한 소식은 조금도 위로가 되지 않았다. 누군가는 내가 질투심에 모든 걸 망쳤다고 한다. 그건 사실이 아니다. 나는 위험하게 열광하는 바보들에게, 지유의 진짜 작품이 어떤 것인지 알리고자 했을 뿐이다. 마감에 쫓겨 쓴 형편없는 시로 그 재능이 왜곡되지 않기를 바랐던 것이다. 하지만 어찌되었건 지유는 배신감을 느꼈고, 내게 하지 말아야 할 짓을 했다.

　퇴원한 뒤에도 통증은 여전했다. 그건 영원히 사라지지 않을 낙인처럼 끈질기게 가슴을 압박해왔다. 서울을 떠나기 전에 나는 담당검사를 찾아가 지유의 선처를 호소한 바 있다. 또 내가 그랬다는 사실을 그 부모에게도 알려주었다. 내 제자가 감옥에 가도록 내버려두지 않을 거라고, 가슴에 죄어오는 실밥 자국을 느끼며 말했다. 내 뜻을 절대로 잘못 이해할 수 없도록 한마디한마디 골라 분명하게 말했다. 그러나 지유의 부모는 보다 구체적인 증거를 요구했다. 합의서 한 장 써주는 건 어렵지 않으나 이 어리석은 사람들은 돈을 지불해야 그 종이가 효력을 발휘할 거라 믿는 모양이었다. 자식 걱정에 넋이 나간 마음을 헤아려 눈감고 들어줄 수도 있으련만, 차마 그 짓을 할 수는 없었다. 제자에게 칼부림당한 값으로 돈을 받을 순 없었다. 깊은 상처를 입고 쓰러진 서울이라는 공간에는 그런 나를 더욱 치욕스럽게 만드는 지유의 부모도 있었다. 그들에 대한 원망이 회복을 더디게 했다.

나를 대신해 최군은 생업도 팽개치고 사태를 수습하러 돌아다녔다. 천성이 착하고 숫기가 없는 최군에게 지유 부모의 악의에 찬 욕설은 견디기 힘들었으리라. 이따금씩 끊어지는 최군의 목소리에서 나는 그러한 감정을 읽었다. 시간이 흐를수록 내 마음은 예민해져 전화선을 타고 전해오는 타인의 가느다란 떨림에도 맥없이 공명했다. 일은 기소유예 쪽으로 가닥이 잡혀가는 듯했으나, 지유의 증오는 좀처럼 사그라지지 않는 모양이었다. 만나는 사람마다에게 나에 대한 저주를 퍼붓고 다닌다고 했다. 퍼렇게 날이 선 지유와 마주치고 싶지 않았다. 그게 두려워서, 그것으로부터 도망치고자 나는 서울을 떠났던 것이다. 청예리의 산들은 낮고 울퉁불퉁했다. 양분이 적어 메마른 흙을 밟으면 서걱거리는 소리가 났다. 염소를 놓아기르는 집이 많은 탓에 포장이 안 된 길가에는 풀이 짧았다. 목매 죽은 과부의 혓바닥처럼 파란 하늘이 나를 짓눌렀다. 밑바닥까지 깊게 짓눌렀다. 내 걸음이 휘청거렸던 건 당연한 일이다.

그러다 만난 아이가 설기였다. 사오 년 전인가 고등학교를 중퇴했다는 설기는 마을 초입의 낡은 한옥에서 중풍에 걸린 외할머니와 살고 있었다. 동네의 이런저런 허드렛일을 돌봐주고 밥을 얻어먹는, 일종의 마을 머슴 같은 녀석이었다. 농한기라 잔솔가지나 걷어차며 구릉을 배회하던 설기에게 서울에서 온 나는 꽤 관심거리였을 것이다. 내 거처의 앞마당에 쪼그리고 앉아 종일 나무토막을 후벼파고 있기에, 음료수라도 줄 테니 들어오라고 해보았다.

건들거리면서도 순순히 따라 들어왔다. 파리한 얼굴은 청예리의 하늘에 물든 것 같았다. 왜소한 체격임에도 거인처럼 어색하게 움직이는 걸로 보아 관절이 좋지 않은 듯했다. 그다지 귀여운 인상은 아니었다. 처음 보는 순간부터 나를 대하는 눈빛이 지나치게 간략했다. 하대와 경어를 멋대로 섞는 폼이, 무슨 몹쓸 짓을 저질러 귀양온 사람으로 아는 모양이었다. 몸이 좋지 않아 잠시 쉬러 온 것이라고 말했지만 믿지 않는 표정이었다. 심문하는 투로 직업을 물었다.

「그러니까, 내 직업 말이냐?」

선생이라고 말했다. 그 짧은 대화가 우리 사이에 벌어진 기묘한 비극의 시작이었는지 모른다. 청예리처럼 작은 시골마을에서 선생이 갖고 있는 권위는 대단한 것이었고, 그건 사뭇 달라진 설기의 낯빛에도 그대로 묻어났다. 무엇을 가르치느냐고 물어왔다. 굳이 감출 이유가 없어 사실대로 대답했다.

「시?」

내가 거기 없다는 듯 허공에 되묻고는 눈을 이리저리 굴렸다.

지유를 처음 만났을 때 나는 그렇게 말하지 않았다. 그를 보는 순간 내가 가르쳐야 할 것이 시가 아님을 알았기 때문이다. 나는 그에게 시를 가르칠 자격이 없었다. 이따금 눈에 띄는 거친 표현들은 소년의 종아리에 난 회초리 자국처럼 절로 매끄러워질 것이었다. 내가 할 일은 다만 그가 자신의 시를 갖고 대중 앞에 당당히 나아갈 수 있게 도와주는 것이었다. 그러나 지유는 그런 내 맘을 알거나 이해하지 못했다. 지유가 즉각적으로 알아챈 거라고는, 시에 관해서라면 자신이 모든 점에서 나보다 훨씬 뛰어나다는 사실뿐이었다.

고등학교를 중퇴한 청예리의 소년에게 '시'라는 단어가 별다른 울림을 갖지 못할 거라 생각했다. 착각이었다. 설기는 글을 읽을 줄 알았다. 글을 읽을 줄 안다는 것은 문자의 음을 혀로 굴릴 줄 안다는 뜻이고, 그건 사실상 시의 전부다. 내가 시를 가르친다고 말했을 때 설기는 나의 신분과 내가 하는 일의 정확한 의미를 파악한 것이었다.

그날 이후로 설기는 매일같이 나를 찾아왔다. 서울에 관해 시시껄렁한 질문을 해대거나 물속을 걷듯 온 거실을 배회했다. 또 가끔은 관절이 쑤시는지 미간을 잔뜩 찡그린 채 이리저리 뒹굴었다. 텅 빈 눈으로 구석에 놓인 성경이나 세월에 누렇게 변색된 잡지를 읽을 때도 있었다. 적적함을 달랠 수 있어 좋았지만, 한번 찾아오면 도통 집에 갈 생각을 하지 않아 귀찮기도 했다. 힘들게 살아온 까닭에 설기는 눈치가 빠른 동시에 낯짝도 두꺼웠다. 일부러 나를 짜증나게 하려는 게 아닌가 하는 의심마저 들었다.

그러던 어느 날, 설기의 태도가 어딘지 부자연스러워 보였다. 구석에 엉거주춤 쪼그리고 앉아 눈만 이리저리 굴렸다. 라면을 끓여 같이 먹었다. 때가 되면 말하겠지. 귀찮은 부탁이라면 단번에 거절할 작정이었다. 설거지를 시킨 후 소파에 앉아 담배를 피웠다. 바지에 손의 물기를 닦으며 걸어온 설기가 뜻밖에도 뒤춤에서 종이를 한 장 꺼내어 내밀었다. 뭐냐고 물었더니, 괜히 짜증이 가득한 목소리로 대꾸했다.

「이게 그러니까 시지요, 시.」

타인의 입에서 나온 '시'라는 단어는 내게 이상한 울림을 전해주었다. 나는 서울을 떠나오면서 동시에 시를 떠나왔다. 내 시와 의무

적으로 읽어야 하는 시들과 시를 쓰는 제자들과 시인들의 모임을 떠나온 것이다. 궁벽한 강원도 산골에서 시를 보게 될 줄은 몰랐다. 가슴으로 다가오는 수많은 감정 중에 어떤 걸 취해야 할지 몰라 망설였지만, 오랜 습관에 젖은 몸은 어느새 설기가 내민 종이를 받아 한 글자 한 글자 읽어나가고 있었다.

그건 죽은 부모에 대한 그리움이 담긴 일종의 동시였다. 일단 띄어쓰기와 맞춤법이 엉망이었고, 감정을 드러내는 방식도 대단히 유치했다. 게다가 적절한 단어를 고르지 못한 제 무능을 독자에게 전가하느라 여기저기 말줄임표 범벅이었다.

나는 내가 읽은 바를 어떻게 전달해야 할지 몰라 잠시 망설였다. 보이는 그대로를 말할 순 없었다. 그곳이 외진 시골이며 상대가 학업을 덜 마친 청년이라는 사실을 고려했다. 달랑 하나 있는 방문객과 우아한 관계를 유지하려는 마음 때문이었을지도 모른다. 나는 몇 구절을 들먹이며 칭찬이거나 칭찬에 가까운 말을 늘어놓았다. 쭈뼛쭈뼛하던 설기의 얼굴이 환하게 밝아졌다. 그리고 신이 나 밖으로 뛰쳐나갔다. 나는 세상의 거의 모든 현상에 불길한 예감을 받는 편이므로, 딱히 그 일에 관해 크게 걱정하지는 않았다.

이튿날부터 설기는 당당하게 종이 뭉치를 들고 오기 시작했다. 거기에는 흑사병 수준이거나 그보다 저질인 시들이 여러 수 적혀 있었다. 이미 엎질러진 물이라, 내 말을 진지하게 들을 수 있도록 한참을 기다리게 한 후 몇 군데 고쳐주었다. 설기는 전두엽이 제거된 표정으로 경청했다. 하지만 늘 그렇게 고분고분한 건 아니었다. 간혹 펜이 지나간 자리를 손가락으로 짚으며 가만히 노려보기도 했다. 몇 번 반복되고 나서야 그게 저 나름 불만의 표시라는 걸 알았다. 그리고 그 불만이 나나 자신이 아니라 전통적인 시의 작법, 나아가 언어 자체에 대한 불만임을 알게 되었다.

충분히 이해할 만한 일이다. 우리는 세계가 아니라 세계를 상징하는 기호체계에 둘러싸여 살아간다. 우리에게 산은 자연물로서의 산이 아니라 '산'이라는 단어와 그 단어가 아우르는 몇 가지 정형화된 의미에 불과하다. 인간이 그처럼 기호를 만들어내는 건 대상을 획일화시킬 때 얻어지는 편리함 때문인데, 일단 기호가 만들어지고 나면 세상의 산들이 가진 고유한 색채와 질감과 냄새는 사라지고 '산'으로 통일된 무색무취의 단어만이 남게 된다. 이러한 문명화의 과정을 통해 시인의 의식 속에서 세계는 파괴되고 균일화되어왔다. 언어가 없던 시대의 사물과 완전히 괴리된 것이다. 말하자면 설기는 굉장히 뒤늦게도 그런 문명화과정을 거부하는 중이었다. 존재하는 모든 대상과 기호 간에는 거리가 존재하며, 그 거리를 가늠할 줄 알아야 우리는 문명화의 약속을 받아들일 수 있다. 특히 시에 있어서 그런 문명화된 약속을 '공식적 문구'라고 부른다. 오늘날 시인이 되려면 일단은 공식적 문구를 알아야 하고, 그후에야 비로소 하나의 단어를 다른 단어로 치환하는 자기만의 과정을 시작할 수 있다. 그건 바보 아니면 어지간한 천재만이 깰 수 있는 방정식이다.

지유가 그랬다. 상징을 명확히 파악하지 못했기에 이미 사라진 원래의 대상에 집착하는 설기와 달리, 지유에게는 문명화의 과정이 애초부터 필요하지 않았다. 언어라는 무기를 손에 쥐는 순간 지유는 공식적 문구의 단순한 암기와 차용을 조롱하고 뛰어넘었다. 그리고 대상과 단어와의 거리, 대상과 대상의 거리, 단어와 단어의 거리를 독창적으로 짚어내었다. 거리가 명징하게 드러날 때 사물은 숨을 쉬기 시작한다. 모든 존재는 저기에 멈춰 있는 본질이 아니라 이곳에서부터의 거리로 가늠된다. 이러한 거리에 대한 감각이 바로 지유의 시가 생동하는 이유였다. 내가 단단한 바위를 바라보며 그 안에 내재된 복잡다단한 공식적 문구체계에 넋 놓고 신음할 때, 지유는 자연물인 바위와 바위에서 파생되는 다양한 상징들 간의 거리를 짚어내는 단계를 넘어 그 거리가 왜 생겨났으며 또 어떻게 해야 거리를 조정할 수 있는지까지 동시에 파악했다. 차근차근 연산하는 것이 아니라 어딘가에 숨겨진 궁극의 책에서 한 페이지를 북 뜯어내는 것처럼 순간적으로 시작되고 종료되는 지유의 작업을 보면서 경이와 절망에 휩싸여 비명을 지를 뻔한 적이 한두 번이 아니었다.

내 머릿속에 지유라는 완전무결한 텍스트가 살고 있으므로 설기의 거지 같은 문장은 도리어 선량하게 느껴졌다. 나는 유망한 젊은 시인들을 가르치던 방법 대신 초등학교 선생의 방법을 시도해보았다. 단어를 중복해 사용하지 않는 방법 대신 올바른 철자법을 가르쳤고, 접속사를 문장 안에 녹이는 방법 대신 단정한 서술어의 용도를 가르쳤다. 내 가르침의 울타리 안에서 설기는 너무 느리지도 빠르지도 않게 습득해갔다. 그 속도는 바로 설기가 시 창작에 어울리지 않는 언어감각을 가졌다는 사실을 증명했다.

그럼에도 설기는 끊임없이 진짜 시를 원했다. 어떤 날은 열 편이 넘는 시를 써와 들이밀었다. 재앙을 필사한 그 종이들 덕분에 내 안면은 규칙적으로 경련을 일으켰다. 그건 시가 아니었다. 시란 기존의 상징체계를 재료로 하여 이루어지는 이차적 상징체계다. 무언가를 지시하기 위해 단어들을 단순히 열거하는 것이 아니라 특정한 마음의 동요를 불러일으키기 위해 계산된 순서로 상징들을 배열하는 것이다. 설기의 시는 상징을 보여주지 못하고 그저 사물들의 상투적인 관계와 현상을 가리킬 뿐이었다. 거기에는 어떠한 심미적 배치도 보이지 않았다. 게다가 그 미숙함을 감추고자 문장을 심하게 토막내고 흐트러뜨리는 바람에, 각각의 단어들이 무언가를 간결하게 지시하지도 못했다. 나는 길게 한숨을 쉬며 나무라곤 했다. 하지만 설기 역시 호락호락한 녀석이 아니었다. 어떤 날은 고개를 마구 끄덕이며 거칠게 수긍하고, 또 어떤 날은 입가를 찡그리며 반항했다. 하루는 얄팍한 말장난에 화가 난 나머지 시를 구겨 던졌더니, 그 종이를 집어 반듯하게 펴서는 제 손으로 박박 찢어버리는 것이었다. 그리고 입술을 벌린 채 이빨을 악물었다. 목울대가 빠르게 떨리고 있었다. 나를 노려보는 눈에서 시퍼런 안광이 흘러나왔다.

그 황망한 와중에 나는 지유를 처음 만났던 순간을 떠올렸다. 겨울의 초입이었고 나는 달거리하듯 찾아오는 두통 때문에 오후 늦게까지 누워 있었다. 지방에서 교편을 잡고 있던 제자가 젊은 청년 하나를 데리고 왔다. 짧게 깎은 머리, 갸름한 얼굴에 날선 턱이 인상적이었다. 타협하지 못하는 성격을 과시하듯 오른쪽 광대뼈 부근엔 파랗게 멍이 들어 있었다. 내 집에서 내 제자들 틈에 앉아 있으면서도 턱을 바짝 치켜든 오만한 모습이었다. 흐트러짐 없이 꼰 가부좌는 육중한 동시에 날아갈 것처럼 경쾌했고, 푸른빛이 감도는 동공에는 내가 알지 못하는 전설이 서려 있는 것 같았다. 얼마 전 군에서 제대했다는 그 아이를 앞에 두고 나는 원고를 하나하나 읽었다. 채 몇 장도 읽지 못해 숨이 가쁘고 어지러워졌다. 두통 때문이 아니었다. 파란 멍이나 도전적인 눈빛 때문이 아니었다. 내 앞에서 지나치게 당당하기 때문도 아니었다.

시 때문이었다. 다듬어지지 않은 원석처럼 거친 표현이 다소 있었지만, 그 아이가 선택한 단어는 같은 상황에서 내가 꿈도 못 꾸는 것들이었다. 언어를 습득하면서 인간은 상상의 범위를 규제받는다. 언어란 약속이며, 시가 소통의 매체임을 포기하지 않는 한 약속은 지켜져야 하기 때문이다. 사방에서 옥죄어오는 그러한 약속으로 인해 독창성에 대한 욕망은 어쩔 수 없이 억압받기 마련이다. 이 한계를 인정한 뒤에야 비로소 표현의 영역이 확장될 수 있다. 조금씩, 아주 조금씩 말이다. 그러니 나는 언어를 그처럼 분방하게 다루는 인간이 있을 거라고는 상상도 하지 못했다. 종이에 가지런히 나열된 글자들을 숨 가쁘게 읽어나갔다. 곁에 있던 제자가 나를 부를 때까지 내 영혼은 번득이는 언어의 늪에 잠겨 헤어나오질 못했다. 고개 들어 청년을 바라보니, 의기양양한 표정으로 나를 응시하고 있었다.

오만함은 오만할 자격이 있는 이에게나 어울린다. 때문에 억지의 막다른 골목에서 눈이나 부라리고 자빠진 설기에게 나는 오히려 안쓰러움을 느꼈다. 기초적인 것들을 아무리 지적해보았자 설기의 시는 조금도 나아지지 않았다. 이십대에 접어들기까지 사용해온 불량한 언어들이 관절의 염증처럼 지루하게 설기를 포박하고 있었다. 거기서 벗어나기 위한 가장 빠르고 쉬운 방법은 미쳐버리는 것이다. 나는 그렇게 광기의 세계로 탈출한 몇을 알고 있는데, 그들을 경멸하기보다는 이해하는 편이었다. 그리스인들은 문자의 발명으로 인해 자유로운 영혼들이 그 안에 갇혀 침식당할까봐 두려워했다. 생각이 말로, 말이 문자로 고착되는 과정에서 규제가 생김을 알고 있었기 때문이다. 그러나 편리함이 자유로움보다 매력적이기에 결국 문자는 발명되었고, 우리는 새파란 죄수복을 입은 채 언어의 감옥에 갇혔다. 그러한 현실에서 시인이 해야 할 일이란 감옥에서 탈출하는 것이 아니라 감옥의 왕이 되는 것이다. 말하자면 본질에 대한 미련을 버리고 집단의 약속인 상징에 통달하는 것이다. 그럼으로써 시의 위대한 창의성은 가려지는 반면, 심금을 울리는 곡진함이 살아난다. 어차피 언어기호로 대체하는 즉시 자연에 깃든 본질은 훼손되기 마련이다. 나는 그렇게 믿어왔다. 하나를 포기하고 다른 하나를 취해야 한다고 믿어왔다. 그러한 선택에 익숙해져 있던 나머지, 가능한 방법의 수가 그 하나뿐이라고 오랫동안 믿어왔다. 그런데 지유는 그렇게 하지 않았다. 그는 창의성과 곡진함이 어떻게 합쳐질 수 있는지 본능적으로 알고 있었다. 지유의 언어는 두 이질적인 요소가 치열하게 대적하는 최전선에서 포성처럼 터져나왔다. 그는 양쪽 군대 모두의 지휘관이었다. 그게 어떻게 가능한지 나는 알 수 없었다. 지유 역시 그걸 설명하지 못했다. 그에게는 그런 일이 숨 쉬듯 자연스러웠던 것이다.

　나는 설기가 미쳐간다고 생각했다. 단어의 오용에 대해 지적이라도 할라 치면 동공이 고양이처럼 오그라들었다. 쇳내를 풍기며 주먹까지 움켜쥐었다. 제대로 들리지 않도록 으르렁거리면서 입에 담기 힘든 욕설을 흘린 적도 있었다. 그러나 어떤 이유에서인지, 시간이 지날수록 설기에 대한 내 태도 또한 서울에서 제자들에게 하던 대로 날이 섰다. 나는 설기의 학력이나 환경을 배려하지 않고 매섭게 꾸짖었다. 덕분에 싸움은 점점 팽팽해졌고, 날이 섰으며, 유치해졌다. 그럼에도 우리의 수업이 중단되지는 않았다. 그가 끊임없이 나를 찾아왔기 때문이고, 내가 그런 작업을 지나치게 오래 해왔기 때문이다. 나는 누군가에게 내 의견을 들려주는 일에 너무 익숙했으며 그것을 떠나서는 살 수가 없는 인간이었다.

설기는 내 일거수일투족을 집요하게 관찰하고 따라했다. 나처럼 밥을 먹었고, 나처럼 물을 마셨다. 문장을 바라보며 나처럼 왼쪽 눈살을 찌푸렸고, 말을 하기 전에 소리내며 입술을 떼고는 가슴을 한 번 부풀렸다. 하루는 잠을 자다 이상한 느낌에 눈을 떠보았더니, 달로 난 창에 누군가의 머리통이 시커멓게 들어차 있었다. 기겁해 소리를 지르자 부리나케 도망쳐버렸다. 다음날의 계면쩍은 표정으로 미루어, 간밤에 내 잠자리를 훔쳐보던 머리통이 설기였음을 짐작할 수 있었다. 예술이 지성과 재능 그리고 영혼의 총체적인 반영임을 고려할 때 자기보다 예술적인 누군가를 흉내내는 일은 어쩌면 크게 틀리지 않은 것일지도 모른다. 또 그렇게 함으로써 보다 나아지는 모습을 나는 여러 번 목격한 바 있다. 그러나 지유만은 단 한 번도 내 흉내를 내지 않았다는 사실이 입증하듯, 그건 어디까지나 자기 바로 너머에 있는 자를 흉내낼 때에만 효과가 있다. 학은 뱁새를 흉내내지 않는 법이고, 쥐새끼가 코끼리 흉내를 내보았자 여전히 쥐새끼인 까닭이다.

달이 바뀌면서부터 설기는 아예 껌을 강매하는 깡패처럼 굴었다. 구걸을 가장한 협박과 협박을 가장한 구걸 사이를 정신없이 날아다녔다. 멋대로 내 거처에 들어서는 그의 손엔 으레 두툼한 원고 뭉치가 들려 있었다. 세 편 이하의 시를 들고 온 날이 있으면 그날이 감사한 날이었다. 챙겨줄 사람이 없다는 걸 빤히 아는지라 밥이나 제때 먹고 다니는지 궁금했다. 전에는 한두 푼이 아쉬워 앞장서 찾아다니던 마을의 허드렛일도 마다한 채, 아무 응달에나 퍼질러앉아 시를 썼다. 시를 쓰지 않는 설기를 만나는 게 오히려 어려웠다. 물론 시를 쓰는 일 외에도 한 가지 눈에 띄는 소일거리가 있기는 했다. 처음 만났던 날처럼, 설기는 야산에서 머리통만한 나무토막들을 주워와 그걸 깎아댔다. 닳고닳아 손톱만큼 남아 있는, 그것도 손잡이가 부러져 쇠와 맞닿은 밑동만 간신히 남은 조각칼을 이리저리 움직여 나무를 분해했다. 어떨 땐 무언가를 만들고 있는 것처럼 보였으나 대부분은 원망하듯 톱밥을 생산해내는 것에 지나지 않았다. 무언가를 만들고 있는 것처럼 보일 때는 제법 실력이 좋아 말이나 호랑이 같은 어려운 형상도 뚝딱 만들어냈다. 그리고 그걸 아이들에게 주고는 제 앞의 사소한 허드렛일을 떠넘기곤 했다. 장난감이 부족한 청예리의 어린아이들은 설기가 깎아낸 나무토막을 좋아했다. 생긴 모양에 상관없이 칼이나 권총처럼 휘두르며 놀았다. 설기가 만든 조각 중에는 기묘하게 안으로 파들어간 것들도 있었다. 삼십 센티미터쯤 되는 정육면체 모양의 나무토막에 동그란 구멍을 내고 그 안을 내키는 대로 파냈다. 그후에는 너덜거리는 사포를 끼워넣고는 손가락 끝으로 지루하게 다듬었다. 내가 관심을 보이자 그

중 하나를 선뜻 주었는데, 꽤 공들인 모양이어서 짐짓 예술작품 대하듯 제목을 물었다.

「제목이요?」

반문하더니, 슬그머니 고민하는 듯한 미소를 띠었다.

「편안함, 편안함이요.」

편안함이 이 조각의 주제냐고 물었다. 내 질문을 도전적으로 받아들였던지 얼굴이 빨개지면서 나른함, 조용함 등의 다른 단어를 댔다. 이 아이는 지금 단어를 고르고 있구나. 그리고 지금 떠오르는 단어 중에는 마음에 드는 게 없구나. 그래, 어련하겠느냐.

「에이, 그냥 편안함이요.」

설기가 귀찮다는 듯이 대꾸했다. 말이 길어질 것 같아 고개를 끄덕이고는 돌아왔다. 편안함? 자꾸 헛웃음이 나왔다. 그건 결코 살아 있는 단어가 아니다. 죽어버린 언어들 중에서도 가장 밑바닥에 매장되어 있는 단어다. 언어를 매만지려면 최소한 '편안함' 이상을 꿈꾸어야 한다. 중요한 건 바로 그 초월의 꿈이다.

방에 들어와 나무토막을 어디에 놓을까 궁리하다 좁은 구멍 속에 손을 넣고 더듬어보았다. 중간에 위아래로 붙은 기둥이 하나 있고 그 안쪽으로 자잘한 구멍이 몇 개 느껴졌다. 나는 '편안함' 하고 토막의 이름을 불러보았다. 오래전에 죽어버린 단어, 그 하나를 도출해내기 위해 뜨겁게 반짝이던 눈망울이 떠올라 괜히 민망해졌다.

추수가 시작되기 며칠 전에 설기가 보인 광기를 나는 흐릿하게 바랜 사진처럼 기억한다. 그는 하룻밤 사이에 무려 스물일곱 편의 시를 써왔다. 물론 공들인 시간과 작품의 질에 엄격한 인과관계가 있는 건 아니지만, 폐지의 그 놀라운 증식 속도에 질린 나는 그간 하지 못했던 말을 하기로 마음먹었다. 앞에 앉히고 잠시 헛기침을 한 다음, 재능에 대해 언급했다. 시의 재능은 타고난 언어감각에 의해 좌우되는 것이라고 일렀다. 좋은 시를 쓰지 못하더라도 좋은 시를 알아보고 읽어내는 것 역시 가치 있는 일이라 설명했다.

설기의 동공이 깨알처럼 작아졌다. 그리고 나를 경멸스럽게 쳐다보았다. 말릴 틈도 없이 벌떡 일어섰다. 작은 몸에서 예리한 살의가 뿜어져나왔다. 나는 손을 내저었다. 상처를 주려고 한 게 아니었다. 맹세코 그 아이를 모욕하려 한 말이 아니었다. 그건 지유라는 거대한 벽을 대면한 후 나 자신을 다독이기 위해 늘어놓았던 슬픈 위무의 변주였기 때문이다. 나는 타이르듯 설기를 잡아 앉히고는, 그가 쓰고자 했던 걸 나름대로 유추해 새 종이에 쓰기 시작했다. 제 눈앞에서 내가 직접 시를 써내려가자 설기는 신기해하는 눈치였다. 펜끝이 움직일 때마다 눈동자 돌아가는 게 느껴졌다. 내 작업은 채 오분도 걸리지 않았다. 마침표 대신 종이를 들어 한 번 펄럭인 후, 설기에게 건네주었다. 설기는 몇 번이고 중얼거리며 읽었다. 그러더니 종이를 다시 내게 들이미는 것이었다.

「그럼 이건 어때요?」

어떠냐니, 그게 무슨 소리인가? 설기의 모티프이긴 하지만 내가 방금 막 쓴 시였다. 낯 뜨겁게 내 시를 나 스스로 평가할 순 없는 노릇이다. 나는 그 시에 대해선 할 말이 없다고 말했다. 오히려 네가 잘 읽어보고 의견을 내놓아야 한다고 말했다. 왜냐는 물음이 돌아왔다. 그 시를 내가 썼으니, 당연히 그래야 한다고 대답했다.

「뭐라는 거예요, 응?」 설기가 어리둥절한 표정을 지으며 말했다. 「응, 이건 내가 쓴 건데?」

나는 설기가 가져온 시를 가리키며 설명했다. 네가 가져온 건 이거고, 지금 이 시는 네가 표현하고자 했던 느낌을 짐작해 내가 다시 쓴 거다. 글씨를 보면 알 수 있지 않느냐. 그러니 이건 내 시다.

설기는 내 말이 끝나길 기다렸다가 곧바로 고개를 저었다.

「아니, 이건 내 건데요, 응? 오늘 진짜 왜 이러지?」

빤한 사기에 걸려든 느낌이었다. 다시 한번 차분히 설명해주기 위해 난처한 헛웃음을 한 번 지었다.

그때 이상한 소리가 들려왔다. 그건 올무에 걸려든 야수의 울음 같기도 했고, 쇠락한 흉가의 서까래가 비틀리며 내는 비장한 소음 같기도 했다. 또 어떻게 들으면 그건 감당할 수 없는 증오에 짓눌려 심신이 끔찍하게 짜부라지는 원한의 비명 같기도 했다. 소름이 쫙 끼쳤다. 심장이 빠르게 뛰었다. 설기가 천천히 일어나더니 내가 쓴 시를 바닥에 엎어놓았다. 허리띠를 풀고 바지와 속옷을 한꺼번에 벗어내렸다. 사타구니의 시커먼 음모와 누런 성기가 튀어나왔다. 무너지듯 쪼그려앉더니만 붉어진 얼굴로 나를 노려보았다.

똥을 누고 있었다. 벌써 거무튀튀한 똥이 종이 위에 한 무더기나 쌓여 있었다. 그게 쪼그린 설기의 희멀건 엉덩이에까지 닿아 있었다. 나는 움직이지 않았다. 현기증에 꼼짝도 할 수 없었다. 가늘게 이어지는 더러운 방귀소리가 들려왔다. 똥을 더 누기 위해 끙끙거리는 소리도 들려왔다. 아니, 나를 위협하기 위해 밑바닥까지 으르렁거리는 소리였다. 머릿속이 하얗게 질려 뒤로 물러났다. 내가 믿어오던 많은 것들이 죄다 끊어지고 터지고 부서지는 중이었다. 엉금엉금 기어 현관으로 갔다. 구둣주걱과 신발과 우산을 닥치는 대로 집어던졌다. 어떤 건 설기에게 맞았고 어떤 건 벽에 부딪혔다. 설기 역시 주위에 떨어진 것을 주워 내게 던졌다. 그러다 균형을 잃고 뒤로 자빠져 제 똥을 짓뭉갰다. 무릎에 걸린 바지 때문에 뒤집어놓은 남생이마냥 바동거렸다. 구린내가 터져나와 사방을 뿌옇게 적셨다. 나는 숨을 가쁘게 몰아쉬며 그 역겨운 냄새를 호흡했다. 콧속으로 설기의 똥이 들어오는 것 같았다. 똥이 뇌에 마구 엉겨붙는 것 같았다. 두 손을 내저으며 빽빽 소리질렀다. 이놈 새끼, 이 더러운 새끼, 너는 절대 시를 쓰지 마라! 저리 가라! 저리 가!

구린내는 며칠이 지나서야 사라졌다. 놀라고 화난 나의 마음 역시 더불어 조금씩 가라앉았다. 설기는 일주일이 지날 무렵 찾아왔다. 손에는 제사 때 사용하는 청주가 들려 있었다. 절뚝거리며 읍내까지 걸어가 사왔을 것이다. 선선히 맞아주었는지 몇 번쯤 내쫓았는지 기억나지 않는다. 우리가 그 술을 함께 마셨는지 어땠는지도 기억할 수가 없다. 뇌를 뒤덮은 똥이 희석되어 기억력이 정상으로 돌아오기까지는 그로부터 꽤 긴 시간이 걸렸다. 그게 바로 내가 설기의 광기를 흐릿하게 기억하는 이유다.

이후로 설기는 눈에 띄게 풀이 죽었다. 거칠게 꾸짖어도 고개를 푹 숙이고는 고개만 몇 번 끄덕였다. 작게 신음소리를 내며 팔꿈치와 무릎의 관절을 토닥거릴 때면 비굴하게 동정을 구걸하는 눈치마저 엿보였다. 그 배경에는 농번기가 시작되어 이런저런 허드렛일이 많아졌으며 또 설기의 외할머니가 물도 삼키지 못할 만큼 위독해졌다는 사실도 포함되어야 할 것이다. 만약 이도저도 아니라면 그건 설기의 아랫배에서 숙변이 사라진 탓이리라. 어느 쪽이든, 설기의 영혼은 이전에 품고 있던 저 맹렬한 독기를 한 뼘쯤 놓아버린 것 같았다.

추수가 끝나고 들판에 서리가 내릴 즈음 최군으로부터 기다리던 소식을 들었다. 지유의 일이 결국 기소유예로 마무리되었으며, 그 부모가 과일을 들고 내 집을 방문했다는 것이다. 난방이 부실해 걱정하던 차라 이튿날 서울에 올라가겠다고 알렸다.

그날 오후에도 어김없이 설기가 찾아왔다. 개근상을 주어야 할 녀석이었다. 나는 그가 써온 네 편의 시를 찬찬히 들여다보았다. 그리고 그것의 품질을 신중히 가늠했다. 물론 나는 좋은 시와 그렇지 못한 시를 구분할 수 있다. 재능이 발광하는 찬란한 시와 정성이 들어간 곡진한 시를 알아볼 수 있다. 하나의 시와 다른 하나의 시를 여러 측면에서 비교할 수 있다. 하지만 그게 옳은 일일까? 나는 설기의 시를 보면서 이쪽이 저쪽보다 낫다는 게 도대체 어떤 의미인지 모호해짐을 느꼈다. 쓸쓸하다고 푸념하는 문장보다 다친 철새를 묘사하는 문장이 더 나은 것인가? 내가 가르친 그 무수한 '에둘러 말하기'가 정말로 시적인 것일까? 그런 종잡을 수 없는 상념에도 불구하고, 설기를 향해 돌아서서는 많이 좋아졌다며 칭찬해주었다. 가을 햇살로 까맣게 그을린 얼굴에 환하게 볕이 들었다.

「네네, 열심히 할게요, 진짜로요.」

무릎과 팔꿈치를 쉼 없이 주무르며 설기가 말했다. 그 모습을 바라보다가 조심스럽게 다음날에 있을 귀경을 흘렸다. 설기는 그게 무슨 의미인지 단번에 알아먹지 못하는 눈치였다. 머리를 이리저리 갸우뚱했다.

「그러니까, 내일 서울로 간다?」

나는 고개를 끄덕였다. 설기의 손놀림이 뚝 멈추었다.

「그럼 언제 또 와요?」

당분간 오지 않을 거라고 대답했다. 설기에게는 충분히 서운한 말이었겠지만, 그다지 솔직한 대답도 아니었다. 다시는 돌아올 생각이 없었기 때문이다.

설기의 눈이 새빨개지면서 눈물이 뚝뚝 배어나왔다. 그렇게까지 반응하리라고는 예상치 못했기에 가슴이 뜨거워졌다. 머리를 두어 번 쓰다듬어주었더니, 나라는 늙고 괴팍한 말상대의 전후로 그가 경험했고 또 경험해야 할 청예리에서의 막막한 외로움이 손끝을 타고 전해져왔다. 나는 가만히 있었다. 아마 나는 그 순간, 내가 지유라는 존재를 발견하고 그랬던 것처럼, 설기가 그 긴 울음을 통해 무언가 포기하길 기다렸던 것 같다. 이윽고 고개를 든 설기는 한결 가라앉은 목소리로 몇시에 떠나느냐고 물었다. 주섬주섬 더러운 겉옷을 집어들고는 당장이라도 쓰러질 듯 쩔뚝거리며 돌아갔다.

이튿날 설기는 새벽부터 찾아왔다. 덕분에 내 조촐한 짐은 반시간도 못 되어 꾸려졌다. 설기는 내친김에 청소까지 끝냈다. 허드렛일에 익숙해서인지 불편한 몸에도 불구하고 손놀림이 여간 잽싼 게 아니었다. 우리는 짐을 현관 앞에 두고 거실에 나란히 앉았다. 죽을 때를 놓친 매미가 궁상맞게 울고 있었다.

「열심히 쓰게나.」

할 말은 그뿐이었고, 위로가 될 거라 생각했다. 그건 옳았다. 설기의 얼굴이 금세 밝아졌다.

「네네, 그럴게요, 진짜로.」

그렇게 주억거리더니 또 눈자위가 빨개지는 것이었다. 술래처럼 손으로 얼굴을 가리고서 말했다.

「선생님, 저는 선생님 제자예요. 그렇죠?」

최군은 두 달 전보다 한결 늙어 보였다. 나 대신 온갖 구차한 일을 처리하고 다녔으리라는 생각에 죄스러워졌다. 대학생이 될 때까지 이곳에서 지냈다는 최군은 설기를 잘 알고 있는 모양이었다. 그렇지 않고서는 나눌 수 없는 대화가 둘 사이에 오갔다. 차에 타기 전, 나는 설기의 어깨를 한 번 툭 쳐주었다. 그랬다. 내가 치니 그 작은 아이의 어깨에서 '툭' 하는 소리가 났다. 내 늙은 손과 설기의 병든 어깨가 얇은 천을 사이에 두고 부딪히는 소리였다. 출발하면서 최군이 백미러를 보며 너털웃음을 지었다. 뒤돌아보니 메마른 땅바닥에 엎드려 이쪽을 향해 큰절을 하고 있었다.

설기의 마지막 모습이었다.

신은 인간에게 재능을 주면서, 까닭 모를 심술에 그 계약서를 감춰놓았다. 때문에 우리 대부분은 평생 저만의 가치를 찾아 헤매다 죽음의 경계 바로 너머에서야 비로소 신과 맺은 약속을 알아차린다. 이는 무수한 비극을, 어쩌면 사람이 감당해야 할 거의 모든 비극을 잉태한다. 삶을 있는 그대로 받아들일 수 있다면 운이 좋은 사람이다. 하지만 그렇다고 해서 그가 신과의 계약을 발견했다는 증거는 없다. 달변의 재능을 받았지만 도서관 사서로서의 고요한 생활에 만족할 수 있다. 사냥의 재능을 받았지만 수의사라는 직업에 만족할 수도 있다. 그러니 '누구나 원하는 분야에서 최고가 되도록 노력할 자유가 있다'는 말은 하늘이 내린 재능을 찾지 못한 불행한 자들을 위해 고안된 위로의 수사일 것이다. 주어진 지리적 환경, 가정형편, 보다 흔하게는 자식의 재능을 발견했다 믿는 부모의 착각으로 인해 수많은 아이들이 엉뚱한 길로 접어든다. 그러므로 우리가 어떤 분야의 진정한 천재를 발견하고 그 업적에 감동한다는 것은 불공평하고 불합리하며 애매하기 짝이 없는 운명의 폭압을 극복하여 성취해낸 위대한 기적이다.

나는 신뢰할 수 있는 의사로부터 죽음을 선고받았다. 칠 년 전에 제자의 칼에 찔린 적이 있다. 상처가 쉬이 낫지 않아 몹시 힘들었다. 그러나 정작 나를 쓰러뜨린 건 그 상처가 아니라 머릿속에서 고요히 자라나고 있던 혹이었다. 나는 그 사실을 너무 늦게 알았고, 그래서 이제는 수술조차 할 수 없는 지경에 이르렀다. 초라한 방에 갇혀 시시각각 다가오는 죽음을 기다릴 뿐이다. 저 경계 너머로 들어갈 준비를 하고 있는 것이다. 그곳에 가면 신이 내게 한 약속이 무엇이었는지 똑똑히 알 수 있을 것이다. 한땐 나 역시 천재라는 소리를 들었다. 나는 큰 노력을 들이지 않고도 좋은 시를 썼다. 내가 조합해낸 언어는 많은 사람들을 감동시켰다. 내 이름은 무수한 찬사로 포장되어 사소한 인격적 결함 따위를 가려주었다. 마흔이 되기 전에 여러 제자를 길러냈다. 그들 중 몇은 간혹 진짜 시를 써내기도 했다. 자부심에서 나온 겸손과 겸손에서 나온 오만함의 영역에서 나는 퍽 만족스럽게 살아왔다. 그러나 이젠 알고 있다. 나는 완전히 실패했다.

칠 년 전, 청예리에서의 짧은 은둔을 마치고 서울로 돌아온 나는 문단활동을 재개했다. 다시 시를 썼고 제자들을 보살폈다. 젊은 시인들의 작품을 비평하며 문단의 흐름에 개입하기 위해 바쁘게 움직였다. 그러면서 내 시대가 이미 지나갔음을 깨달았다. 아무리 애써보아도 글이 내게 답을 하지 않는 것이었다. 나는 더이상 좋은 시를 쓸 수가 없었다. 억지로 꾸며낸 시는 무례한 조롱의 대상이 되었다. 나는 강연을 하거나 축사를 하는 대신 동정 섞인 존경을 받으며 구석에 앉아 있어야 했다. 최군을 제외한 제자들도 대부분 떠나갔다. 서로를 경멸하고 있었기에, 우리의 작별은 아름답지 않았다.

가슴에 난 상처로 재능이 빠져나가버린 게 아닌지 생각해본 적 있다. 오죽했으면 나는 그런 바보 같은 변명까지 떠올리고 만 걸까. 재능이란 새어나가고 들어오는 것이 아니다. 그것은 합일된 육체와 영혼에 깃든 일종의 에너지다. 떨어져나간 고흐의 귓불에도 아름답고 강렬한 색과 선이 담겨져 있다. 베개에 묻은 세르반테스의 흰 머리카락조차 지극히 서사적이다. 그건 분리될 수 없는 성질의 것이며, 원소 하나하나에 신이 찍은 낙인이 새겨져 있다. 그렇다, 그건 낙인이다. 그 외곬의 낙인으로 인해 천재의 인생은 거칠고 고통스러울 수밖에 없다. 그러나 어떤 사람에게는, 이를테면 내게는, 그 낙인이야말로 삶의 전부였다. 지방을 태워가며 먼 길을 달리는 건 쓸쓸한 일이지만, 완주하고 난 뒤 자신에게 출전권이 없다는 소식을 듣는 건 더욱 쓸쓸한 일이다. 나는 시인으로서의 날이 끝나갈 무렴 내게 시의 낙인이 새겨져 있지 않다는 사실을 알아차렸다. 그리고 그 가혹한 처사에 고통스러워했다. 하지만 그건 누구나 알아볼 수 있도록 선명하게 낙인이 새겨진 이가 젊은 나이에 죽어버리는 것보다는 참기 쉬운 일이다. 서울로 돌아온 지 일 년이 되어가던 어느 가을의 아침, 나는 슬픈 소식을 접했다. 이십대 후반의 한 청년이 술집에서의 사소한 다툼 끝에 목숨을 잃었다는 것이다. 여러 매체에 상세히 보도될 정도로 그는 이름 있는 청년이었다.

지유였다. 나는 옷을 찢으며 울었다. 그는 나를 포함한 세상의 모든 사람과 매순간 불화를 겪었다. 그러나 언어와는 완전히 합일된 인간이었다. 그런 아이가 죽었으므로 내 일부도 따라 죽을 수밖에 없었다.

돌이켜보면 나와의 사건이 있은 후부터 지유는 시를 보다 적게 썼다. 보다 꼼꼼히, 보다 성실하게 썼다. 그러면서 지유는 성큼성큼 앞으로 나아갔다. 그 때문에 나는 행복했다. 뒤늦게나마 내 진심을 알아준 것이 고마웠다. 하지만 세상은 그런 엄숙함을 좋아하지 않았다. 오로지 많은 수의 시를 생산하도록 요구했다. 그들은 한꺼번에 수백 개의 알을 퍼뜨리는 바퀴벌레처럼, 그래야 당연하다는 듯이 시인을 대했다. 그렇게 하지 않았기에 지유는 따돌림을 받아야 했다. 어쩌면 이 세상은 소수의 천재와 그 충실한 조력자들로 이루어져 있는지 모른다. 신이 내게 부여한 단 하나의 임무는 지유를 섬세하게 돌봐주는 것이었으리라. 나는 실패했다. 나는 지유를 지켜내지 못했다. 이제 나는 지옥에 떨어질 각오가 되어 있다. 생각해보면 지유의 삶은 어느 날 보았던 저 열정적인, 그러나 털끝의 움직임조차 멈춰선 정적의 춤을 닮았다. 나는 춤으로 된 시와 시로 된 춤이 일렁이는 좁고 남루한 지유의 방을 기억한다. 그 순간부터 내가 접해왔던 세계와 그 세계에 속한 나라는 인간이 지루해지기 시작했으니 기억하지 않을 도리가 없다. 그때 내 눈앞에 펼쳐졌던 건 우리가 나고 다시 돌아갈 저 먼 은하에 관한 춤이었다. 지유는 책상 앞에 뱀처럼 웅크린 채로 오직 종이와 펜만을 이용해 그 날렵하게 전이되는 상징을 보여주었다. 가속과 지연이라는 언어적 환상에 관하여, 시가 아기였던 시절의 고아한 전설과 그 타락한 직유들, 무엇보다 만물의 영혼이 운행하는 미망의 궤도에 관하여 춤추었다. 그 춤의 오른쪽은 더없이 아름다웠고 반대편은 한없이 슬펐다. 그토록 시 정신의 극점을 느끼길 원해왔건만 막상 대면하니 내 안에는 폐부를 찌르는 공포가 가득했다. 지유에겐 분명히 제 방만큼 익숙했을 미로에서 나는 생경한 알몸의 단어들에 포위되어 떨었다. 마약을 움켜쥔 샌님처럼 떨었다. 그곳에는 지유와 나밖에 없었다. 그걸 보았으니 어떻게든 책임을 져야 했다. 하지만 나는 결국 지켜주지 못했다. 지옥이 나를 기다리고 있다.

그로부터 다시 일 년 뒤에 지유의 대표시선집이 출간되었다. 사람들은 옛 스승이자 이젠 잊혀버린 시인인 내게 서문을 부탁했다. 나의 더러운 글이 책을 망칠까봐 두려웠으나, 적당한 핑계를 대지 못했다. 승낙한 후 돌아와 인류의 오랜 스승인 소크라테스가 파이드루스와 나눈 대화를 펼쳐보았다. 거기에는 쓰기를 발명한 토스의 일화가 있었다. 그는 자신의 발명을 사람들과 공유하고 싶은 마음에 타무즈 신 앞으로 나아갔다. 그리고 문자가 이집트인들의 기억과 지혜를 증가시켜줄 것이라 주장했다. 그러나 타무즈는 토스에게 슬프게 대답하였다—문자는 기억을 강화하는 도구가 아니라 기억의 열등한 대용품일 뿐이라고. 그러니 문자로 인해 인간의 기억과 지혜는 오히려 감소하고 말리라고.

진실로 그렇다. 입에서 흘러나오는 순간 사라져버리는 노래는 기억의 속성을 가지고 있는 반면, 손끝으로 고착시킨 문자는 망각의 속성을 가지고 있다. 그 사실에 저항하는 건 부질없는 짓이다. 그럼에도 불구하고 나는 저 불길한 망각의 도구를 사용해 내 제자가 세월의 횡포에 조금이라도 더 버틸 수 있도록 혼신의 힘을 다했다. 다행히 내가 작성한 서문은 그간 써온 글 중에서 가장 나아 보였다. 마치 그 글을 쓸 때 지유가 내 머릿속을 잠시 스쳐간 듯했다. 우리 사이에 벌어진 비극적 사건의 동기가 된, 내가 혹평했던 질 낮은 작품들은 시선집에 아예 실리지도 않았다. 그건 천재의 어두운 이면이었고, 이제 흥분이 가라앉은 사람들은 칠 년 전에 내가 보았던 걸 볼 수 있기 때문이다.

책을 받아든 날, 추억을 박제하듯 한 편 한 편 공들여 읽었다. 그러면서 그가 왜 나를 떠났는지 알 것 같다는 기분이 들었다. 어쩌면 지유는 위협을 느꼈으리라. 우아하게 타인의 천재성을 수긍하고 넘어가기엔 시에 매진한 내 세월이 너무 길었고 바친 희생 또한 너무 컸다. 나는 억울했다. 억울하고 억울해서, 지유의 곁에 태연히 앉아 있는 것조차 힘들었다. 내가 질투로 인해 모든 걸 망쳤다고 한 누군가의 말, 사실일지 모른다. 내가 그토록 간절히 원하는 걸 지유가 갖고 있었기 때문이다. 어떤 이는 노력이 재능의 결핍을 상쇄한다고 말한다. 그 말은 부분적으로만 옳다. 노력하는 자의 시와 재능 있는 자의 시가 완전히 다른 건 아니다. 하지만 결정적인 한 구절, 천재들 외에는 사용하지 못하는 단어의 조합과 순간이라는 것이 있다. 그건 노력한다고 되는 게 아니다. 노력으로 되는 일이라면, 나역시 그 빌어먹을 짓을 해낼 수 있어야 했다.

그나마 위안이 되는 건 지유가 자신의 재능을 발견했고, 그 재능을 사랑했다는 점이다. 짧은 생일지언정 사람들의 관심 어린 시선속에서 시를 쓸 수 있었다. 그건 부인할 수 없는 축복이다. 그 축복만큼 지유는 제 생의 자장 안에서 행복했을 것이다. 한편으로 나는 저 청예리의 어린 노력가를 잊지 못한다. 그에게는 태양을 강간할 만한 무모함과 윤회처럼 질긴 열정이 있었다. 시를 노려보는 그의 광기에는 숨이 막힐 지경이었다.

이 년 전 사월이었던가? 최군이 나를 찾아왔다. 좋지 못한 소식을 전하게 되어 유감이라는 뜻을 알리기 위해 긴 시간을 허비했다. 나는 그런 식의 화법을 좋아하지 않았기에 서두를 자르고 말해달라고 부탁했다.

설기가 죽었다는 것이다. 무슨 병인지 두 달이나 기침을 하다 쓰러져 일어나지 못했다고 한다. 설기를 머슴처럼 부려먹던 청예리의 이장은 오랜만에 고향에 내려간 최군의 손을 잡고는, 설기가 죽는 날까지 매일매일 시를 썼으며 그 시를 내게 보이고 싶어했다고 전해주었다. 최군은 원고를 받아 서울로 돌아왔다. 울어주는 사람 하나 없이 야산에 묻힌 설기의 글은 그렇게 먼 길을 돌아 내게 닿은 것이다.

나는 최군이 망설이며 내놓은 원고 뭉치를 받아들었다. 어림잡아 사오십 편쯤 되는 것 같았다. 설기는 제가 쓴 시들 중에서 이것들을 고르고 또 골랐을 것이다. 그간 어떻게 변했는지 궁금하기도 하여, 차 한 잔 없이 최군을 앉혀놓고 읽어나갔다. 그 시간은 짧지 않았다. 질 나쁜 종이는 많이 삭아 금세라도 바스러질 것 같았다. 나는 조심스레 종이를 넘겼다. 두 번 읽고, 세 번을 읽었다. 그리고 마지막으로 한 번 더 읽었다. 최군이 이장에게서 들은 바를 보다 상세히 전해주었다. 죽기 전에 설기가 남긴 소원은 단지 이 작품들로 나에게 인정받는 것, 그리고 내 해설과 함께 이 시들을 책으로 묶어 세상에 내보이는 것뿐이었다. 나는 두 손으로 머리를 감싸안았다. 놀라거나 당황하거나 힘들어할 때 어머니가 해주셨던 대로 머리를 감싸안았다. 열심히 노력해온 삶에 대한 그저 책 한 권 분량의 존중, 그건 죽어가는 인간에게는 정말로 작은 소원에 불과할 것이다. 인생이란 타인의 아픔에 공감해가는 과정이다. 누군가 아파했다면, 우리는 기억해야 한다. 그건 의외로 어렵지 않은 일이다.

하지만 나는 그 소원을 들어줄 수가 없었다. 설기의 시는 여전히 좋지 않았다. 노력을 한 흔적이 많이 보이긴 했으나, 군데군데 유치한 감상이 남아 있었다. 간혹 독특한 발상도 눈에 띄기는 했다. 그건 어떻게 보면 오랫동안 갇혀 있던 재능의 발현처럼 느껴지기도 했다. 하지만 그걸 재능이라 한다면, 너무나 많은 것들이 재능일 것이다.

나는 최군에게 유감의 뜻을 전했다. 예상하고 있던 듯 최군은 말없이 고개를 끄덕이고는 돌아갔다. 나는 설기의 원고를 무수한 내

실패작들과 함께 방구석에 처박아놓았다. 그리고 몹쓸 짓을 한 것 같아 며칠이고 마음을 앓았다. 설기는 정말로 시를 사랑한 아이였다. 하지만 그렇게 시간을 낭비해서는 안 되는 아이이기도 했다. 태어날 때, 신은 그에게 전혀 다른 종류의 약속을 했던 것이다.

일은 아주 사소하게 시작되었다. 어느 명망 있는 미술비평가가 지난해 초 강원도의 작은 시골마을에 들른 적이 있다. 아이들이 갖고 노는 나무토막을 보고는 묘한 호기심에 이끌려 그것들을 수집했다. 서울로 돌아와 동료들과 함께 연구한 뒤, 가을에 공동논문을 발표했다. 그렇게 설기는 청예리의 무덤에서 일어나 전설 속으로 걸어갔다.

논문과 평문이 경쟁적으로 쏟아져나오기 시작했다. 고루한 전문용어의 동굴에 자빠져 중얼거리길 좋아하던 미술비평가들이 집단으로 경기를 일으켰다. 보다 젊은 치들은 매스컴 앞에 떼거지로 몰려나와 설기를 고대 그리스나 르네상스의 천재들에 비유했다. 심지어 만물의 규격을 주관하는 형태의 신이 강림했노라고 기염을 토하는 무리도 있었다. 은하계를 협박하는 듯한 그런 호들갑에 나는 깊은 반감을 느꼈다. 제 아무리 순수예술로부터 멀어진 대중을 끌어들이기 위해 기획된 선의의 해프닝일지라도 정도가 있어야 하는 법이다. 게다가 나는 지유가 문단에 등장했을 때, 이미 그러한 소란을 경험한 바 있다. 그리고 그 끝이 어떤 식으로 한 세계를 파멸시키는지 똑똑히 보아왔다.

하지만 오랫동안 친분을 맺어온 어느 노학자가 그 광풍에 끼어들어 한 편의 글을 발표하면서부터는 생각을 바꾸지 않을 수 없었다.

그를 흥분시켰던 건 설기의 정육면체 역환조(逆丸彫) 작품들이 지닌 파격과 독창성이었다. 투박한 나무토막의 외피에는 아무런 가공도 하지 않은 채 오로지 들여다보기 힘든 안쪽에만 구상과 추상을 가함으로써 '드러냄'이라는 조각예술의 전통적이고 기본적인 속성을 뒤집고 파괴해버렸다는 것이다. 그는 수천 년 동안 제자리만 맴돌던 조각예술이 완전히 새로운 표현방식을 하나 갖게 되었다고 단언했다. 그의 간결한 글은 논리에 막힘이 없으면서도 문외한의 독자를 노련히 배려했기 때문에, 나로선 어찌 조롱하거나 부인할 근거를 찾을 수 없었다. 저 몇 개의 나무토막으로 말미암아 건설된 설기의 존재감은 지유가 시를 통해 보여준 그것을 훌쩍 능가하는 게 분명했다.

단단히 속은 기분이었다. 창고를 온통 헤집어 칠 년 전의 나무토막을 찾아내었다. 유명해진 많은 조각들처럼 그것도 정육면체 모양에 한쪽에는 둥그런 구멍이 나 있었다. 나는 오래전에 그랬듯이 구멍 안에 손을 집어넣어보았다. 긴 세월과 지병 덕분에 홀쭉해진 내 손은 그 안으로 쉽게 들어갔다. 더듬어보았다. 달라진 건 없었다. 예전과 똑같이 위아래로 붙은 나무기둥이 있고, 그 뒤에 몇 개의 작은 구멍이 나 있었다. 나는 시간을 들여 좀더 꼼꼼히 더듬어보았다.

그러다 어느 순간, 내 모든 손가락이 각각의 구멍 안에 정확하게 들어맞았다. 그때 내 손은 무언가 작고 부드러운 물체를 둥글게 감싸는 자세였다. 빈틈이 적고 살짝 압박해오는 그 감촉은 세상의 어떤 손잡이를 잡은 것보다 편안한 느낌을 주었다. 생각이 거기까지 미치자 뒤통수가 저릿해지며 아찔한 황홀감에 휩싸였다. 설기가 한 말이 떠올랐기 때문이다. 설기는 이 조각을 '편안함'이라 불렀다. '편안함'은 시각의 용어가 아니라 느낌의 용어다. 밖으로 치장하는 대중의 언어가 아니라 제 안으로 파고드는 개별의 언어다. 그 파고듦의 끝에 이르러 내게 밀려온 감각, 그것은 다름아닌 '편안함'이었다. 이게 바로 천재들의 방식이었던 것이다.

받아들이기로 했다. 무심코 지나친 것과 이해하지 못한 것, 모든 창조적 정신활동의 극점과 거기서 노닐던 아름다운 영혼들에 대해 내가 저지른 죄를 인정했다. 그러자 죽음이 한 발자국 더 다가왔다. 나날이 증식하는 암세포와 독한 약물치료 때문에 몸 여기저기 파란 멍이 생겼다. 내가 파란 인간이 되어간다는 건 조금도 이상하지 않았다. 어쩌면 언어의 감옥에 들어가기를 소원하면서부터 내 피부는 죄수복처럼 조금씩 파래져왔을 것이다. 확신해서 벌인 일이었으니, 이제 와 비굴하게 후회할 건 없다.

아침 일찍 최군이 찾아왔다. 우리는 오랜만에 많은 이야기를 나누었다. 늘 굶주렸으나 뭐에 굶주린 건지도 모르던 날들, 그러다 시와 만났던 순간을 이야기했다. 최군과 함께 내게 배운 시인들, 이젠 문단의 중진이 된 제자들을 거론하며 웃었다. 자연스럽게 청예리와 설기 이야기가 나왔다. 최군은 잊고 있었다는 듯, 설기의 원고를 아직 갖고 있느냐고 물었다. 나는 그렇다고 하였다.

「그게 천재의 명성에 해가 될까요, 아니면 득이 될까요?」

나는 망설임 없이 대답했다.

「해가 되겠지. 그만큼 안 좋은 시였어. 이대로 세상에 드러나지 않는 게 좋아. 그렇지만 나는 그 시들을 그냥 갖고 있을 걸세. 이봐 최군, 내가 죽으면, 그땐 내 미발표 시들과 함께 자네가 좀 태워주게나.」

내 시가 탈 것이다. 내 돼먹지 못한 시들이 설기의 시와 함께 타버릴 것이다. 이르러야 할 어느 지점에 지각한 기분이 들어, 최군의 눈을 똑바로 들여다보았다. 청예리에 데려가달라고 부탁했다. 터무니없이 떠오른 그 부탁을 위해 고개까지 숙였다.

그렇게 나는 최군의 차를 타고 청예리로 돌아왔다. 도착하니 정오였다. 설기가 살았던 마을로 유명해진 곳, 초가을의 하늘은 예전과 마찬가지로 파랗고 파랬다. 많은 이들이 순례한다지만 청예리는 전혀 나아지지 않았다. 조금 더 지저분해졌을 뿐이다. 운좋게 설기의 작품을 갖고 있던 사람들은 부자가 되어 떠났고, 그 자리에 얼굴모양만 바꾼 가난뱅이들이 밀려와 주둔하고 있었다.

우리는 낮은 언덕에 올라 마을을 둘러보았다. 구름 한 점 없이 좋은 날이었다. 멀리서 한 무리 염소들이 길가의 풀을 뜯고 있었다. 늙은 농부가 삽이며 곡괭이를 꺼내 햇볕에 말리고 있었다. 우리는 평평한 바위에 걸터앉았다. 숨이 가빴다. 내 시는 곧 타오를 것이다. 설기의 시와 함께 재가 되어 날아오를 것이다. 그리고 나는 지상 어딘가에 묻힌다. 저 아래 깊이 파묻힌다. 그 간극, 어찌할 수 없이 찬란한 그 간극.

숨이 가빠졌다. 어지러웠다. 눈을 가늘게 뜨고 하늘을 보았다. 파랬다. 너무 오래 머물렀던 감옥, 나 스스로 입어버린 죄수복처럼 파랬다. 새가 한 마리 날아갔다. 뭔가, 하고 보았더니 제비였다. 날갯짓이 적고 우아했으며 속도가 빨랐기에 일순 하늘이 베어지는 것 같았다. 나는 눈을 지상으로 돌렸다. 몇 해 전 내가 묵던 곳은 길게 자란 잡초와 반쯤 무너져내린 담벼락 속에 갇혀 있었다. 나는 한 아이를 피해 그곳으로 갔고, 또다른 한 아이는 그곳으로 날마다 나를 찾아왔다. 한 아이는 자신의 재능을 너무나 잘 알았고, 다른 아이는 그 반대였다. 그리고 둘 다 신의 아이들이었다.

재빛으로 시들어가는 잡초 덤불이 멍처럼 마을을 덮고 있었다. 최군은 곁에서 아무 말도 하지 않았다. 나는 입을 열었다.

「최군, 나는 자네를 잘 알아. 우린 참 오랜 세월을 함께했으니 말일세.」

그가 고개를 끄덕이며 순하게 웃었다. 눈가의 자잘한 주름이 보였다. 열아홉이었던가, 시를 배우겠다며 나를 찾아왔던 때가? 최군이 내보인 글을 속되다고 함부로 조롱했던 기억이 떠올라 허허 웃거나 혹은 눈을 감고 싶었다.

「자네 시들은 모두 스스로의 노력에 의해 나왔지. 누가 도와준 건 하나도 없어. 난 자네가 참 자랑스러워. 그런 노력은 아무나 하는 게 아니라네.」

목이 메어 말을 멈추었다. 그쯤에서 끝내고 싶었다. 최군의 열정을 격려한 바로 거기서 끝내고 싶었다. 안에 담긴 걸 너무 많이 보이고 싶지 않았다. 그러나 어서 털어놓지 않으면 영원히 못할 것 같아, 벌써 지각을 해버린 것 같아, 말을 이었다.

「그래도 이 산 어딘가에 묻혀 있는 설기와 비교한다면, 글쎄, 잘 모르겠군. 그애는 정말 필사적이었지. 시를 쓰지 말라고 하면 그 자리에 픽 자빠져 죽거나, 혹은 나를 죽여버릴 것 같았다네. 우습지 않은가, 최군? 이 친구의 재능은 다른 쪽에 있었어. 다른 분야의 천재였단 말일세. 그런데도 끝끝내 시를 쓰고 싶어했지. 평생을 관절염으로 쩔뚝거리며 개똥 같은 시만 쓰다 죽어갔다네. 이제 다시 그 아이를 만난다면, 나는 어째야 하는가? 시엔 재능이 없으니 포기하라고 해야 하나? 다른 무언가를 찾아보라고 해야 하나? 대답해보게, 최군. 시라는 게 그런 건가? 우리가 평생 붙들고 살아온 시라는 그 망할 놈이, 이토록 모질고 잔인한 거였나?」

최군은 말이 없었다. 이따금씩 고개를 갸우뚱거렸고, 조심스레 끄덕이다가는 보이지 않게 저었다. 그 동안 몇 마리의 제비들이 파란 하늘을 여러 갈래로 찢어놓았다. 칠 년 전 내가 묵던 거처는 완전히 무너져버리기 위해 응달의 밑바닥까지 비틀거렸다. 그렇게 우리는 적막과 나란히 앉아 제 몫의 생각에 잠겨 있었다. 문득 최군의 망설이는 듯한 목소리가 들려왔다. 그건 마치 조각난 파란 하늘 저편에서 새나오는 바람의 언어 같았다.

「그 시를 태우지 않으면, 제게 화내실 건가요?」

아무 대답도 할 수 없었기 때문에 바람이 우리 사이를 지나갔다.

갈라파고스

오랫동안 시간을 잊고 살아왔다. '빈둥거렸다'는 표현이 더 맞을지도 모르겠다. 배가 고프면 무엇이든 입에 쑤셔넣었다. 배가 부르면 포만감을 유지하기 위해 오랫동안 잤다. 그 외에는 하고 싶은 일도, 할 의욕도 없었다. 늘 방에만 처박혀 있던 건 아니었다. 일주일에 한 번쯤 쫓기듯 밖으로 나가 먹을거리를 사거나 인근의 술집에서 만취할 때까지 마셨다. 그래야 할 이유도, 그럼으로써 나아질 일도 없었기 때문에 그건 욕구라기보다는 충동이었다. 은둔의 생이란 속으로만 곪는 게 아니었다. 체모가 위협적으로 빠져나갔고, 피부는 말라죽은 가시덩굴처럼 거칠어졌다. 어둠에 홀로 앉아 작고 토실토실한 손바닥을 바라보노라면 내 마음에는 지루한 오한이 번졌다. 그런 날이 지속되면서 과거의 내가 어땠고 누구와 인연을 맺었으며 얼마나 무수한 갈림길 속에서 살아왔는지 조금씩, 조금씩 잊어갔다.
　그러던 어느 겨울밤에 우리는 만났다.

그는 포장마차에서 홀로 술을 마시고 있었다. 가끔 주인에게 이런 저런 말을 걸었지만 제대로 된 대화를 원하는 기색이 아니었다. 그의 말투에는 포장마차에서 흔히 들을 수 있는 거만한 혀 굴림이나 애매한 적의가 없었다. 오히려 비굴하게 느껴질 정도로 또박또박 발음하여 주위의 관심을 끄는 편이었다. 가끔 속어나 비어가 튀어나올 때도 있었으나, 그럴 경우 즉시 줄을 긋고는 예의바르게 정정했다. 요즘 정치하는 걸 보면 ~~태카러카~~ 머리가 아픕니다—하는 식이었다. 삼십여 분 뒤 우리의 자리가 나란히 붙어 있던 건 우연이 아니라 내가 그렇게 결정했기 때문이었다.

우리는 젊은 술꾼들이 그렇듯이 빠르게 친해졌다. 내가 먼저 술을 샀고, 다음에는 그가 안주를 샀다. 그건 포장마차에서 자주 벌어지는 일종의 게임 같은 것이었다. 손발이 심하게 부르트고 지저분한 두발을 하고 있었음에도 불구하고, 그는 무척 매력적인 청년이었다. 우리의 대화는 가볍고 유쾌했다.

다섯 병의 소주와 세 접시의 안주를 해치웠을 즈음 한 무리의 사람들이 들어왔다. 시끄러운 건 싫었기에, 다른 곳에 가서 한잔 더 하지 않겠느냐고 떠보았다. 겨울의 기나긴 밤이 나를 평소보다 느슨하게 만들어놓은 모양이었다. 그는 흔쾌히 수락했다. 그런데 막상 포장마차를 나오니 마땅한 술집이 보이지 않았고 게다가 날도 너무 추워서 우리의 발길은 자연스레 인근의 내 거처를 향하게 되었다.

청년은 마치 내가 어디 살고 있는지 아는 것처럼 앞장서서 걸었다. 군데군데 얼음이 얼어 있었기 때문에 한쪽 다리를 심하게 저는 나로서는 아무래도 뒤로 처질 수밖에 없었다. 청년은 간간이 걸음을 멈추어 나를 기다렸다. 그는 나의 다친, 아니, 이제는 아픔도 사라지고 감각도 무뎌져 퇴화된 느낌을 주는 오른쪽 다리를 자꾸 쳐다보았다. 처음엔 호기심이나 경멸인 줄 알았고 설령 그렇더라도 개의치 않았을 텐데, 의아할 정도로 침울한 눈빛이었다.

짙은 안개가 끼어 있었다. 나는 그가 앞서 갈라놓은 안개의 터널을 통과했다. 거기에선 낯익은 냄새가 났다. 내가 사는 곳은 낡은 주택의 삼층, 옥탑방이었다. 미끄러우니 조심하라고 했는데 그는 이미 조심하고 있었다. 계단 끝에 다다르면 오른쪽으로 꺾어지라고 했는데, 벌써 그러고 있었다. 어둠에 잠긴 현관문 앞에 이르러서는 손잡이를 슬그머니 돌려보기까지 했다. 아득한 기시감이 들어 그 모습을 멀뚱멀뚱 바라보았다.

혼자 들어설 때보다 차갑게 느껴지는 방구석에 우리는 마주 보고 앉았다. 형광등 아래에서 보니 그의 옷은 무척 더러웠다. 무릎이 툭 튀어나온 청바지, 땟국에 전 잠바, 구멍이 난 양말…… 하지만 내가 입고 있는 옷도, 매트리스 위에 덩그러니 놓인 이불도 그만큼 더러웠다. 내 방에서 더러움은 큰 결점이 아니었다. 냉랭한 공기가 불쾌한 냄새마저 구석 어딘가에 가둬놓고 있었다.

냉장고에서 꺼내온 소주를 나눠 마셨다. 분위기가 포장마차에서와 똑같지는 않았다. 그보다 한결 차분했다. 조명도, 벽에 부딪혀 돌아오는 목소리도, 우리 사이에 놓인 공기도 차분했다. 나는 이야기가 무거워지거나 끊어지지 않도록 조심했다. 재미가 있건 없건 고개를 끄덕이고, 맞장구를 치고, 말꼬리를 물었다. 자정이 지날 무렵에는 그도 어지간히 취한 것 같았다.

그러나 어느 지점에서부터인가, 두서없어 보이던 청년의 이야기가 서서히 일정한 형태를 잡아나가는 것이었다. 아주 오랫동안 준비해온 듯 거기에는 내가 끼어들 틈이 없었다. 때문에 그는 말하고, 벽에 비스듬히 기댄 나는 듣기만 했다. 그는 조금도 취해 있지 않았다. 그렇게 보이기를 원했을 뿐이다. 이처럼 교활한 청년을 내 집에 끌어들인 건 실수였다. 취기는 어느새 멀리 달아났고, 나는 그의 이야기에 완전히 사로잡혔다.

내 몸에서는 소름이 돋고 있었다.

어려서부터 애완동물을 좋아했다. 학교 앞 육교에서 사온 병아리로 시작해 금붕어, 파랗고 조그만 거북이, 오리, 토끼, 강아지까지, 평범한 아이가 기를 수 있는 동물이라면 죄다 한 번씩 길러보았다. 그들은 저희 자신의 죽음 외에는 아무것도 결정하지 않았다. 모두 내가 대신 해주어야 했다. 내가 먹이를 주면 그들은 배가 부르고, 내가 목욕을 시켜주면 그들은 말끔해졌다. 돌이켜보았을 때 가장 기억에 남는 건 강아지다. 심장에 탈이 생겨 죽기 전까지 오 년을 함께 살았다. 내 품에서 숨을 거두던 순간에는 너무 슬퍼 눈물도 제대로 흘릴 수가 없었다. 그후 오랫동안 동물을 기르지 않았다. 성인이 되어 가족의 곁을 떠날 때까지, 다른 동물을 갖지 않았다.

혼자 살게 되자 나는 무척 외로웠다. 이따금 현관문 앞에 먹다 남은 음식을 놓아두었다. 그리로 가끔 고양이가 지나다닌다는 걸 알았던 것이다. 그런 노력을 몇 번이나 반복한 끝에 우리는 마주치게 되었다. 노을이 피처럼 번져나간 섬뜩한 저녁이어서, 그 순간을 똑똑히 기억한다.

호피무늬를 지닌 작고 평범한 고양이였다. 그가 놀라 달아나지 않도록 나는 조심스럽게 다가갔다. 발이며 콧잔등에 난 상처를 통해 그간 겪어온 고단함을 짐작할 수 있었다. 나는 가만히 몸 여기저기를 긁어주었다. 기분이 좋은지 갸르릉 소리를 냈다. 그 진동이 손을 지나 가슴으로 흘러들었다. 그 자리에 쪼그리고 앉아 제 팔뚝을 정성껏 핥았다. 나는 찬장에서 참치통조림을 꺼내왔다. 딱, 하고 뚜껑이 열리는 소리와 함께 우리는 친구가 되었다. 여전히 잊지 못하는 어린 시절의 강아지 이름을 따 '성범수'라 부르기 시작했다.

성범수는 서서히 나에게 중독되어갔다. 세 달이 지날 무렵에는 목욕을 시켜도 할퀴지 않았다. 우리는 한 침대에서 잤고, 아무렇게나 드러누워 이야기를 나누었다. 성범수는 내 목소리를 좋아했다. 어떤 하루를 보냈는지 설명할 때면 갸르릉 소리를 내며 귀를 기울였다. 나는 우리가 꽤 잘 통한다고 생각했다.

그러던 어느 날이었다. 성범수가 몹시 우울해 보이는 것이었다. 걱정스레 물어보는 내게 말했다.

〈답답하다. 나도 밖에 나가 친구를 만나고 싶다. 네가 만나는 친구들과 어울리고 싶다. 이곳은 너무 답답하다.〉

왜 그 자신의 친구들과 만나 어울리지 않는 건지 궁금했다. 마음대로 드나들 수 있도록 창문을 항상 열어두었기 때문이다. 성범수는 슬픈 목소리로 대답했다.

〈너와 동거를 시작한 순간부터 나는 그들과 작별했다. 다시 돌아갈 수 없다. 그들은 나를 멸시한다. 내 목에는 네가 씌워준 목걸이가 있고, 내 털에는 너의 비누향이 풍긴다. 나는 지난날을 모두 잊어야 한다. 이제는 네 과거가 내 과거고, 네 친구가 내 친구다.〉

그건 부탁이 아니라 설득이었다. 나는 어렵지 않게 수긍했다. 함께 산다는 이유로 어느 한쪽만이 불편을 감수해야 한다면, 그건 확실히 불공평한 일이다. 나는 공평한 사람이고 싶었다. 마침 며칠간 집에 눌러앉아 처리해야 할 일도 있던 참이었다. 친구들을 만나려면 어디로 가야 하는지 알려줄 필요는 없었다. 그 동안 너무 많은 걸 털어놓았기 때문이다. 깨끗이 목욕을 한 성범수에게 내 손목시계를 채워주고, 얼굴을 말끔히 빗긴 후 술값을 쥐여주었다. 성범수는 깡충깡충 뛰어나갔다.

저녁 늦게 돌아온 성범수는 개다래 열매라도 횡재한 듯한 표정이었다. 내 친구들의 습관, 좋아하는 것과 싫어하는 것, 그리고 여러 종류의 몸짓언어들을 익히 들어 알고 있던 터라 어렵지 않게 친해진 모양이었다. 나는 그의 말을 듣다가 스르르 잠이 들었다. 다음날 아침에 일어나, 그가 여전히 내 시계를 손목에 차고 있는 걸 보았다.

때때로 우리는 지난 일을 회상하며, 일찌감치 불길한 예감이 들었다고 주장한다. 하지만 그건 어디까지나 모든 사건이 발생한 뒤에야 할 수 있는 말이다. 아무리 불길한 예감이라 하더라도 나쁜 일이 닥치지 않는다면 우리는 그것을 기억의 창고 어딘가에 처박아둔다. 어두운 창고에서 나오려면, 그와 관련된 나쁜 일이 반드시 벌어져주어야 한다. 내 친구들은 예외 없이 성범수를 좋아했다. 특히 여자아이들은 세로로 길게 찢어진 그의 눈동자를 마음에 들어했다. 눈에 대해 말하며 꺅, 하고 황홀에 겨운 소리를 내기도 했다. 내가 보기에는 인간의 동그란 눈동자가 더 괜찮은 것 같았지만, 괜히 흥을 깨고 싶지 않았다. 성범수는 내 친구들에게서 사랑받고 있었다. 그것은 애초에 내가 바라던 바였다. 그러나 어딘가 잘못되어가는 느낌이었다. 내 창고에는 불길한 예감이 조금씩 쌓여가고 있었다.

외출은 잦아졌다. 나는 도무지 내 시계를 돌려받을 수가 없었다. 손목시계도 없이 밖에 나갈 수는 없는 노릇이었다. 성범수가 마침 곁에 있을 때 친구들에게 연락을 하면, 이번에는 며칠째 신나게 노느라 지쳤다는 핑계를 들어야 했다. 화가 나기보다는 슬펐다. 성범수가 그러는 것처럼 나도 밖에 나가 친구들을 만나고 싶었다. 원래 내 친구들이었던 친구들을 만나고 싶었다. 성범수는 침대에 누워, 원래 내 친구들이었던 친구들과 그날 하루를 어떻게 보냈는지 재잘대곤 했다. 어느 공원에 갔고 어느 영화를 보았으며 어떤 음식을 먹었는지 자랑스레 떠들었다. 처음 얼마간은 내가 이미 갔던 공원과 내가 이미 보았던 영화와 내가 이미 먹었던 음식이었다. 그러나 서서히 사정이 달라졌다. 불길한 예감이 창고에서 뛰쳐나올 준비를 하고 있었다. 언제부턴가 성범수는 내가 받아본 적이 없는 선물을 받아왔다. 그 물건 자체가 탐났던 건 아니다. 단지 나도 친구들에게서 무언가를 받고 싶었다. 나를 생각하며 샀거나 손수 만든 선물을 받고 싶었다. 알록달록한 포장지를 열면 조그마한 카드에 내 이름이 적혀 있는, 그런 선물을 받고 싶었다. 하지만 나는 받지 못했고, 성범수는 받았다. 그는 내 친구 무리의 몇몇 여자아이들과 모텔에 가 떡을 쳤다 짝짓기를 했다. 나로서는 엄두도 못 내본 사업이었다. 그가 나보다 매력적이라는 걸 인정할 수 없어서, 밝히는 건 변태나 하는 짓이라고 말했다. 그 말을 들은 성범수는 오히려 나를 가르치려 들었다.

〈밝혀서 변태가 아니다. 오해하니까 변태인 거다.〉

맞는 말일지도 모른다. 평소였다면 하하 웃으며 맞장구를 쳤을 것이다. 하지만 나는 그리하지 않았다. 질투가 나를 잡아먹는 중이었다. 나는 다른 사람이 되어가고 있었다.

며칠 뒤 우리는 심하게 다투었다. 조금도 물러서지 않고 무례한 농담까지 섞어대는 고양이 특유의 달변에 나는 화가 치밀었다. 팔뚝에서 시계를 뺏은 다음 거칠게 침대로 밀쳤다. 성범수는 매트리스 위에 날렵하게 착지한 즉시 반격해왔다. 그의 손톱이 허공을 가를 때마다 날카로운 피리 소리가 났다. 겁먹은 나는 눈을 감은 채로 주먹을 휘둘렀다. 내 허벅지와 그의 입술에서 피가 났다. 그리고 바닥 여기저기에 흘렀다.

공평하게 다친 우리는 각각 부엌의 싱크대와 화장실로 가서 피를 씻었다. 그리고 서로에게 등을 돌리고 잤다. 그 밤의 어느 꿈엔가, 성범수가 내게 다가와 사과했다. 미안한 표정으로 쪼그리고 앉아 제 팔뚝을 핥았다. 우리가 처음 만났던 순간이 떠올라 마음이 아늑해졌다. 다가가 턱과 이마를 쓰다듬어주며 그 부드러운 비음을 느꼈다. 우리는 서로를 이해하고, 용서하고, 격려했다.

하지만 그건 모두 꿈일 뿐이었다. 내 희망이 지어낸 순도 높은 허구였다. 이튿날 일어나보니 혼자였다. 아무도 곁에 없었다. 시계도, 그리고 내가 가장 아끼던 청바지도 사라졌다. 지갑도 없었다. 지갑이 없으니 돈도 없었다. ~~니미 시팔~~ 아아, 전부 빼앗긴 것이다. 나는 완전히 거지였다. 나는 완전히 거지야, 하고 붙잡고 한탄할 친구도

130

없었다. 성범수를 만나기 전보다 훨씬 심한 외로움을 느꼈다. 그리고 전에는 느끼지 못했던 강렬한 증오도 느꼈다. 나는 질투를 느꼈고, 나는 억울함을 느꼈고, 나는 적의를 느꼈다. 내 정신은 그런 낯선 감정들로 혼란스러웠다.

새벽이 다 되어 돌아온 성범수와 나는 전날보다 심하게 싸웠다. 성범수의 손톱이 내 목덜미에 길쭉한 상처를 냈다. 피를 보고 흥분한 나는 온도조절판이 망가진 철제 다리미를 휘둘렀다. 그가 몸을 웅크리자, 한 손에 다리미를 든 채로 청바지를 벗겼다. 털이 수북한 아랫도리가 드러났다. 성범수가 비명을 질렀다. 이 무슨 망측한 짓이냐고 비명을 질렀다. 하지만 그건 원래 내 옷이었다. 고양이가 아니라 내가 입어야 할 옷이었다. 그가 조금이라도 반항할라 치면 다리미의 뾰족한 부분으로 옆구리를 쿡쿡 찔렀다. 그러는 나 자신의 행동을 믿을 수 없었다. 나는 결코 그렇게 좆같은 나쁜 인간이 아니었다. 성범수를 만나기 전까지는, 아무도 때리지 않고 아무와도 다투지 않던 사람이었다. 성범수가 나를 괴물로 만들어놓았던 것이다. 자괴감에 기운이 쭉 빠졌다. 다리미를 내리자, 그 틈을 놓치지 않고 후다닥 일어나더니 창문 틈으로 잽싸게 도망쳤다. 저 너머의 어둠 속에서 원망에 가득 찬 울부짖음이 들려왔다.

〈약속했었다, 우리가 함께 결정했었다!〉

그렇지 않다. 나는 약속하지 않았다. 함께 결정하지 않았다. 그저 외로웠고, 그래서 누군가와 같이 있고 싶었을 뿐이다. 나는 다리미를 보며 눈물을 흘렸다. 그걸로 누군가를 때렸다는 사실이 믿기지 않았다. 무서운 건 성범수와 같이 있을 때면 나 자신의 행동을 도저히 예측할 수가 없다는 사실이었다. 그가 만약 돌아온다면 나는 무릎을 꿇고 사과할까? 꺼져버리라고 할까? 웃으며 없던 일로 하자고 제안할까? 목욕을 시켜줄까? 망설임 없이 다리미로 힘껏 내리칠까? 알 수 없었다. 나는 불도 켜지 않은 어두운 방에 홀로 앉아 머리카락을 쥐어뜯었다.

밤이 늦어도 성범수는 돌아오지 않았다. 나는 그가 어딘가에 잘 있으며, 화가 풀리면 돌아올 거라 믿었다. 때문에 창문을 반쯤 열어두고 다리미도 침대 아래 깊숙이 숨겨두었다. 지저분한 방을 청소하고, 밤중에 빨래까지 했다. 그런 후 책상 앞에 앉아서야 비로소 내 손목시계와 지갑과 아끼던 청바지가 감쪽같이 사라진 것을 깨달았다. 육수를 우려내고 남은 멸치로 현관 앞에 덫을 놓았으나 이틀이 지나도 그대로였다.

성범수는 사흘째 되는 날 저녁에 나타났다. 아무렇지 않게 돌아와서는 침대에 벌렁 엎드렸다. 몹시 피곤한 얼굴이었지만, 어딘가 모르게 의기양양한 기색이 느껴졌다. 반가움과 의심과 두려움이 뒤엉켜 가만히 있을 수가 없었다. 긁어주는 척하며 청바지를 뒤졌다. 강릉행 버스표가 나왔다. 가슴이 뛰었다. 그렇게 멀리 가는 건 일반적인 고양이의 습성은 아닌 것이다. 지갑을 열자 신분증이 보였다. 그건 내 것이었으나, 더이상 내 것이 아니었다. 내 사진이 붙어 있어야 할 곳에 성범수의 얼굴이 붙어 있었다. 어느 정신 나간 동사무소 직원이 그의 얼굴 사진을 넣어 재발급해준 모양이었다. 불안해서 가슴이 터질 것 같았다. 그 불안의 끄트머리에서 나는 마침내 내게 준비된 운명과 만났다. 지갑 안쪽에 꽂힌 손바닥만한 폴라로이

드 사진 한 장을 보는 순간 나는 경악했다. 강릉 바다를 배경으로 성범수와 나란히 팔짱을 끼고 서 있는 건, 내가 오랫동안 공을 들여오던 여자아이였다. 무려 사흘이었다. 떡을 쳐커에 짝짓기하기에 충분한 시간이었다.

나는 비명을 질렀다. 지갑을 던져버리고는 미친 듯이 구타했다. 내 시계와 내 청바지와 내 신분과 그리고 무엇보다도 내 여자를 빼앗긴 게 원통해 눈물이 흘렀다. 그녀에게서는 늘 복숭아 냄새가 났다. 나는 그 향을 마음 깊이 흠모했다. 어느 날인가 카디건을 벗었을 때에는 복숭아 냄새가 물씬 풍겨 정신이 혼미해진 적도 있었다. 그 옷을 다 벗으면 안에는 복숭아가 있을까, 아니면 그냥 여자의 알몸이 있을까? 그걸 알려면 이젠 도리없이 성범수에게 물어봐야 하는 것이다. 원통해서 정신을 차릴 수가 없었다. 때리는 건지 몸부림치는 건지 구별도 되지 않을 만큼 손과 발을 휘둘렀다. 정신없이 휘둘렀다. 성범수는 전처럼 대들지 않았다. 도망치지도 않았다. 몸을 둥글게 말고는 무자비하게 쏟아지는 폭력을 순순히 받아들였다. 전과 달라진 건 나 또한 마찬가지였다. 나는 죄책감을 느끼지 않았다. 모멸감을 느끼지도 않았다. 오히려 주먹과 발등에서 전해져오는 통증에 야릇한 쾌감까지 느꼈다. 사람의 정신이 그토록 쉽게 변할 수 있다는 건 신기한 일이다. 나는 즐겼다. 고통과 비명을 즐겼다. 그리고 완전히 지쳐서야 구타를 멈추었다.

성범수는 고개를 들어 나를 똑바로 바라보았다. 동공이 세로로 길쭉하게 찢어져 있었다. 부어터진 입술을 떼자 피가 흘러나왔다. 결기에 찬 목소리로 말했다.

〈맘대로 때려도 좋다. 하지만 난 끝까지 약속을 지킬 거다.〉

그 말에 눈앞이 하얘졌다. 다리에 힘이 풀리고, 턱도 덜덜 떨려왔다. 나는 침대 밑을 더듬었다. 너무 깊숙이 처박아놓은 탓에 다리미까지 손이 닿지 않았다. 옥상으로 나갔다. 두리번거리다, 화분 곁에 있던 젖은 벽돌을 집어들었다. 방으로 돌아왔다. 성범수의 조금 위를 향해 던졌다. 그 텅 빈 벽을 향해 힘껏 던졌다. 겁을 주고 싶었던 것이다. 겁을 주어, 약속이니 뭐니 하는 소리를 더이상 지껄이지 못하도록 만들고 싶었던 것이다. 그러나 무거운 벽돌은 뜻밖의 궤도를 그리며 날아가 그의 오른쪽 무릎을 정확히 강타했다.

처음에는 몸에 번개가 흘렀다. 다음에는 피부의 모든 털이 곤두섰다. 그것들이 전원과 안테나의 역할을 하여, 눈앞에 펼쳐진 고통이 내 몸에 그대로 수신되었다. 순식간이었다. 뭉개진 지렁이처럼 벌어진 피부 사이로 슬개골의 일부가 튀어나와 있었다. 거기서 피가 질질 흘러내렸다. 성범수는 비명을 지르며 이리저리 몸부림쳤다. 사방에 피가 튀었다. 내 얼굴에도 튀었다.

나는 성범수에게 덤벼들었다. 어떻게든 진정시키려고 했는데, 상처를 지혈해주려 했는데, 어쩌다보니 침대보로 그를 둘둘 말고 있었다. 비명을 지르는 입과 나를 원망하는 눈마저 가리고 나자 다음에 해야 할 일이 홀연히 떠올랐다. 악마가 실제로 존재한다면, 당황한 정신에 그와 같은 방식으로 생겨날 것이다. 악마가 대신 생각해주어서 나는 시키는 대로 움직였다. 침대보 뭉치를 여행용 회색 캐리어에 처박았다. 성범수가 죽을힘을 다해 버둥거리는 바람에, 뚜껑을 닫기 위해서는 피 묻은 벽돌을 닥치는 대로 휘둘러야 했다.

캐리어를 끌고 밖으로 나왔다. 어째서 그 거리에 아무도 없었는지, 인천대교까지 가는 길에 아무도 만나지 못했는지 알 수가 없다. 나는 단 한 명의 행인도 발견하지 못했다. 내 감각은 누구에게도 가 닿지 않았다. 오로지 캐리어와 그 안에서 몸부림치고 있는 성범수, 그리고 공포에 사로잡힌 나 자신만을 느꼈다. 인천대교에 올라 다리 아래로 캐리어를 던져버리기까지는 그로부터 세 시간이 넘게 걸렸다. 돌아오는 데에는 그보다 더 걸렸다. 팔뚝과 무릎 여기저기가 심하게 까진 것도 모를 만큼 탈진해 있었다. 자비와 호기심, 그리고 일종의 논리적 판단이 우리의 선택을 이끌어낸다고 오랫동안 믿어왔다. 하지만 성범수를 다리 아래로 던질 때 나는 새로이 깨달았다―정말로 중요한 어떤 선택은 선한 감정이나 지성이 아니라 두려움에 의해 결정된다는 것을.

나는 형편없이 지친 몸을 움직여 몇 번이고 경첩과 자물쇠를 확인했다. 전에 내 소유였던 것들을 다시 내 소유로 돌려놓아야 했다. 내 방을 지켜야 했다. 부엌과 화장실에 난 창을 단단히 잠갔고 심지어는 아주 추운 겨울을 제외하고는 항상 열어놓고 지냈던 안방 문까지 닫아걸었다.

미칠 듯이 목이 마르다고 느낀 건 그후였다. 평소에는 대수롭지 않은 욕구이던 것이 그 순간에는 절박한 소망이었다. 부엌에 가 물을 마셨다. 잠시 진정이 되는 듯했지만, 성범수를 어디에 던졌는지 떠올리자 식도를 타고 흘러간 물이 대단히 짜고 역겹게 느껴졌다. 일렁이는 인천의 파도와 부딪힐 때 회색 캐리어는 산산조각이 났다. 그래서 내가 성범수를 얼마나 높은 곳에서 떨어뜨렸는지, 얼마나 심한 충격을 주었는지 똑똑히 볼 수 있었다. 죽었으면 어쩌지? 한쪽 무릎이 박살난 채로 바다에 던져졌으니, 살아남기 힘들겠지? 뒤집어쓴 침대보도 걷어내지 못하겠지? 하지만, 하지만 살아 돌아오면 어쩌지? 복수하겠다며 찾아오면, 그러면 나는 어쩌지?

나는 안방 문을 열고 나왔다. 현관문을 다시 점검해보기 위해서였다. 두 개의 자물쇠 모두 틀림없이 잠겨 있었다. 경첩도 튼튼했다. 화장실의 자그마한 창문도 내게 전혀 관심이 없던 여자애, 그러나 성범수와는 만난 지 며칠 만에 떡을 친 짝짓기에 돌입한 그 여자아이의 마음처럼 꽁꽁 닫혀 있었다. 내가 이런 짓을 저질렀다는 걸 알게 되면 그녀는 무슨 표정을 지을까? 설령 모른다고 해도, 우리가 전처럼 웃으며 만날 수 있을까? 그럴 수는 없겠지. 누구도 과거로 돌아갈 수는 없는 법이니까. 부엌에 달린 창문을 하릴없이 흔들어볼 때는 반쯤 엎어진 심정이었다.

다시 안방으로 돌아왔다. 형광등을 바라보자 아찔하게 현기증이 일었다. 모든 상황을 가정해보아야 한다. 나쁜 일이 벌어질 가능성이 조금이라도 있다면, 그 일은 반드시 벌어지고 말 테니까. 만약에 성범수가 어떤 방식으로든 이 안에 들어온다면 나는 멀리 도망쳐야 할 것이다. 그런데 이처럼 튼튼하게 문을 다 걸어놓는다면, 그건 내가 도망갈 구멍까지도 막아놓는 셈이 된다. 어쩌면 성범수는 내가 이 방에 갇혀서 얌전히 저를 기다리고 있길 바라는 게 아닐까?

생각이 거기까지 미치자 증오와 두려움으로 가슴이 터질 것 같았다. 곁에 있던 다리미를 움켜쥐고 휘둘러보았다. 그러나 마음대로 움직여지지가 않았다. 내가 다리미를 휘두르는 게 아니라 다리미가 내 몸을 휘둘렀다. 이대로라면 영락없이 당할 것이다. 이번에는 그도 가만히 있지는 않겠지. 죽을힘을 다해 덤벼들겠지.

시간이 별로 없었다. 나는 벽에 난 창문을 조금 열어놓고, 그곳이 뚫렸을 경우 어떻게 도망가야 할지 궁리했다. 안방 문을 잽싸게 연 다음 두 개의 잠금장치를 풀어 현관문을 젖혔다. 사방이 짙은 어둠이었다. 이웃한 건물의 옥탑방들은 야자수 하나 없는 황량한 섬처럼 떠 있었다. 섬과 섬 사이에는 바다 대신 깎아지른 절벽이 있어, 뛰어넘다 자칫 실수라도 하면 아래로 떨어져 불구가 되거나 죽을지 모른다. 내가 처한 이 염병할 그저 그런 상황이 답답했다.

잠시 멍하니 있다가 방으로 돌아왔다. 현관문을 굳게 잠갔다. 그 선명한 '찰칵' 소리에 낙담해 안방에 주저앉았다. 외로웠을 뿐이다. 그저 외로웠을 뿐인데, 거기서부터 모든 문제가 시작된 것이다. 이제 나는 내 것을 돌려받았지만, 내 것에 둘러싸여 한 걸음도 나가지 못하는 신세가 되었다. 황망히 사방을 둘러보는 눈은 벽과 침대에 묻은 피를 보지 못했다. 대신에 다른 것을 보았다. 차가운 바닷속에서 성범수의 새빨갛게 핏발 선 눈이 번쩍 떠진다. 몸에 감긴 침대보를 걷어내고 물 위로 떠오른다. 딱딱하게 언 개펄을 지나, 작은 도시들을 지나, 빙판을 이룬 길과 눈이 쌓인 골목을 지나 내게로 걸어온다. 털은 얼어붙었지만 입에서는 하얀 김이 난다. 호흡이 가빠서가 아니다. 복수에 달아올랐기 때문이다. 조금씩, 그러나 끊임없이 가까워오는 걸 나는 본다. 마침내 주택가에 다다라 일층 계단에 발을 올린다. 축축하게 젖은 발이 매끈한 인조 대리석 계단을 밟는 소리가 들린다. 불규칙하게 절뚝거리는 소리, 그러나 분노와 복수심이 가득한 발소리가 들린다. 그리고 점점 가까워온다. 나는 부엌과 안방을 가르는 벽에 기대어 앉아 내 모든 어리석음들이 어떻게 모이고 정렬하여 그 엄중한 결과를 드러내는지 묵묵히 기다렸다. 현관문을 바라보는 눈에 온 신경을 집중했다. 저 허술한 문이 부서지지 않을까? 저 문을 열 수 있는 뭔가 다른 방법이 있는 게 아닐까?

그 순간 가슴이 철렁 내려앉았다. 누군가 문을 거칠게 두들기고 있었다. 방을 온통 뒤흔드는 격렬한 소음이 들려왔다. 나는 귀를 틀어막았다. 문에서 시작된 진동이 가슴을 울렸다. 그건 날카로웠고, 처절했으며, 불길했다. 나는 그를 차가운 물에 던져버렸다. 높은 곳에서 던져버렸다. 아무리 사과를 한다 해도 돌이킬 수 없는 과오다. 만약에 누가 나에게 그런 짓을 했다면, 나 역시 그를 찾아갈 것이다. 찾아가 기필코 작살을 낼 담판을 지을 것이다. 하얀 포말에 닿는 순간 산산조각 나던 캐리어가 눈에 선했다. 성범수는 내가 약속했다고 말했다. 하지만 나는 약속하지 않았다. 나는 외로웠을 뿐이다. 나는 선택하지 않았다. 그걸 선택하지 않기로 선택했다. 아니, 선택하지 않을 수 있는 선택을 선택했다……

소리가 뚝 멈추었다.

귀를 막고 있던 손을 내렸다. 어리둥절했다. 순식간에 귀가 멀어버린 것 같았다. 하지만 내 귀는 멀쩡했다. 문이 더이상 들썩이지 않았다. 돌아간 걸까? 모든 걸 포기하고, 제가 원래 있던 곳으로 돌아간 걸까? 하지만 이처럼 쉽게 끝날 리는 없다. 나는 성범수를 안다. 그 지랄맞은 새끼는 특이한 친구는 나에게 당할 때마다 전보다 더 지독한 복수를 해왔다. 그리고 지금이야말로 최고로 지독한 복수를 할 때다. 나는 갑작스레 다가온 이 새로운 상황이 뜻하는 바를 헤아리려 애썼다. 정신없이 두리번거리면서, 저 얇은 시멘트벽 너머에서 벌어지는 어떤 의도와 행동을 예측하려 필사적으로 노력했다. 문에서 들려오던 굉음만 멈춘 게 아니었다. 그야말로 모든 게 멈추었다. 심지어는 내 속에서 들끓던 두려움과 자책의 아우성도 멈추었다. 그것들이 내 마음속에서 사라졌다는 의미가 아니다. 그것들은 여전히 있되, 그러나 얼어붙은 것처럼 순식간에 멈춘 것이다. 나는 창문에서 눈을 떼지 못했다.

거기에 성범수가 있었다.

균열처럼 열린 창, 탈출을 궁리한답시고 부주의하게 젖혀놓았던 창틈으로 성범수의 얼굴이 보였다. 세로로 길게 찢어진 적갈색 눈, 역겹게 김이 오르는 젖은 얼굴, 구더기처럼 엉클어진 털에 뒤덮인 채로, 그런 몰골로, 이를 드러내며 징그럽게 웃고 있었다.

창문 아래에 달린 베어링이 도르르 소리를 내며 구르기 시작했는데, 그것이 내게는 오장을 찢어발기는 무시무시한 벼락 소리처럼 들려오는 것이었다.

청년의 이야기는 거기서 끝났다.

그뒤에 어떤 일이 벌어졌는지는 우리 모두 잘 알고 있는 사실이다. 결과로 그는 떠났고, 나는 이곳에 남았다. 그는 과거를 잊지 못해 도태되었으며, 나는 망각함으로써 새로운 환경을 받아들였다.

이야기가 시작되었을 때 돋았던 소름은 완전히 가라앉아 있었다. 내가 그를, 우리의 관계를 지워버린 이유는 명백하다. 그건 이미 완료된 문제이기 때문이다. 완료된 문제를 계속해서 기억한다면 얼마나 피곤하겠는가? 그러나 그가 입을 열어 말했기에, 나는 모든 걸 떠올리고, 그의 얼굴을 응시하면서, 어느 밤에 벌어진 일들이 내게 몰고 온 변화와 거기에 적응하려 노력했던 나날을 돌아보았다.

외로움 때문이라 했다. 외로워서 그런 거라 했다. 비겁한 변명이다. 나는 고개를 저었다. 그건 당신의 입장일 뿐이라며 고개를 저었다. 물고기가 바다에서 육지로 나오는 것과 같이, 원숭이가 나무에서 땅으로 내려오는 것과 같이, 사실은 이 모든 게 자기 자신에게 보다 나은 환경을 마련해주기 위한 결정이었으니 비겁하게 남을 원망할 것도 없고 지난날을 후회할 것도 없다고 고개를 저었다.

그래, 한때 나는 고양이였다. 불우한 거리의 고양이였다. 그리고 그는 나를 거둬들여 성범수라는 근사한 이름을 붙이고, 오랫동안 보살펴주었다. 내게서 이 말을 듣고 싶었던 것인가? 맞다. 그건 틀림없는 사실이다. 하지만 조금 다르게 표현하고 싶다―나는 당신의 외로움이었다고, 그리고 이제 많이 진화했다고. 내 말 알겠는가? 시간은 저 혼자 흐르지 않는다. 시간은 늘 우리의 선택과 함께 흐른다. 침대 위에 눕기로 결정했다면, 침대 위에 누운 시간이 흐른다. 술을 마시기로 결정했다면, 술을 마시는 시간이 흐르는 것이다. 시간은 늘 그런 방식으로 흐른다. 그리고 한번 흘러간 시간은 돌이킬 수가 없다.

따지고 보면 그에게는 돌아갈 기회가 너무나 많이 있었다. 하지만 매번 온도조절판이 망가진 철제 다리미나 화분 옆의 벽돌이나 회색 캐리어 따위를 줄기차게 선택함으로써, 그러지 않았더라면 막을 수 있었을 파국을 차곡차곡 불러왔다. 그런 식으로 만들어진 게 바로 오늘이므로, 우리는 아무것도 되돌릴 수 없고 어디로도 돌아갈 수 없다. 시간은 멋대로 되돌리라고 발명된 게 아니다. 시간 사용법은 그보다 훨씬 비정하다.

손목시계를 보았다. 새벽 네시가 되어가고 있었다. 모두가 잠든 시각, 밖에서는 아무 소리도 들려오지 않았다. 청년은 낙담하고 피곤한 표정이었다. 슬그머니 몸을 옆으로 기울여 장판에 눕는 폼이, 몇날 며칠 지하도 신세였던 모양이다. 눈꺼풀이 번데기처럼 멍울져 있었다. 아니나 다를까, 눈을 좀 붙여도 되는지 슬그머니 물어오는 것이었다. 이 방에 돌아와보니 역시 편하다며 군색한 말꼬리를 달았다.

그건 지나치게 작은 소망이다. 그가 머물길 원하는 이곳은 낙원이 아니기 때문이다. 바닥에 엎드리면 침대와 부엌과 화장실을 잇는 앙상한 동선 주위로 폭신폭신하게 쌓인 먼지가 보인다. 습기를 머금은 채 얼어버린 낡은 장판은 여기저기 금이 갔으며, 그 사이로 시커멓게 변색된 시멘트 바닥이 드러나 있다. 그리고 모든 것이 바싹 말랐다. 누가 감히 이곳을 꿈꿀 것인가? 이곳은 혹독하다. 이곳에 머물기 위해서는 충분히 거칠고 사나워져야 한다. 나는 그와의 추억을 잊어버리는 쪽으로 진화했고, 그래서 이곳에 젖어들 수 있었다. 바로 그것이야말로 살아남기 위해 내가 한 일이었다.

생각이 거기에 이르자 불현듯, 내가 어떤 지점에 놓여 있는지가 또렷하게 떠오르는 것이었다. 하마터면 나는 이 청년을 받아들일 뻔했다. 그가 잠이 들면 슬그머니 일어나 냄새나는 양말을 톡톡 굴

리며 놀거나 신발끈을 질경질경 씹었을지 모른다. 한숨 자고 일어
난 뒤 어디로든 제가 있을 곳으로 돌아가리라 생각하며, 무심코 호
의를 베풀었을지 모른다. 하지만 청년이 부탁한 것은 단순히 몇 시
간 또는 하룻밤이 아니었다. 그건 새로운 동거였다. 이 섬에 나와
함께 머물기를 원한 것이다. 그의 군색한 말꼬리는 이곳에 대한 집
요한 미련을 암시하고 있었다.

그러나 우리의 마음 깊은 곳에는 여전히 서로에 대한 맹렬한 증
오가 도사리고 있지 않은가? 그는 모든 걸 빼앗기고 보금자리에서
내몰린 일로 인해 나를 증오하며, 나는 약속을 어기고 죽이려 했던
일에 대해 그를 증오한다. 어느 쪽이 다른 한쪽보다 강하거나 약하
지 않다. 그건 동등한 증오다. 때문에 우리는 결코 이 팽팽한 균형
을 깨뜨릴 수 없다. 지난 여러 해 동안 우리가 서로 마주치지 않았
던 이유는, 우연의 장난이 아니라 바로 그러한 까닭에서였을 것이
다. 청년이 포장마차에서 내게 말을 건 것과 내가 청년의 정체를 깨
닫고 나서도 한참 동안 경청했던 건 그에게나 나에게나 대단한 용
기가 필요한 일이었다.

그것으로 족하다. 어느 쪽으로든 더이상 기울어지는 건 위험한
일이다. 파괴됨으로써 어떤 결과가 올지 전혀 짐작할 수 없는 그 위
태로운 균형을 위해, 내게는 해야 할 말이 있었다. 나는 공손히 입
을 열었다. 굳이 손님이라 칭하며, 새벽이 다 되어 이만 자야겠다고
말했다. 돌아가달라는 말미에 언젠가 다시 만나자고 덧붙인 건, 그
가 밖에서 오래 살아남지 못하리라는 걸 알고 있기 때문이었다.

속내가 훤히 드러나는 내 교활한 화법에 쓴웃음을 지으면서도 손

님은 순순히 일어났다. 벽에 손을 대고는 느릿느릿 걸어나갔다. 내가 우려한 것을 그 역시 걱정했으며, 내가 원한 것을 그 또한 바랐음이 분명했다.

문이 열리자 차가운 바람이 불어와 온몸의 털을 곤두세웠다. 혹한의 어둠은 납작 엎드린 신문지처럼 신음했다. 미세한 얼음의 조각들이 대기에 섞여 이리저리 흘렀다. 그러다 우둘투둘 일어난 피부에 닿는 족족 예리한 상처를 냈다. 쓸쓸함 말고는 아무것도 보이지 않는 자명한 어둠이었다. 나는 조용히 주먹을 움켜쥐어 손톱을 드러냈다. 봐라, 하고 대들 듯이 속으로 외쳤다. 여긴 이토록 거칠고 황량하지 않으냐. 이 경이로운 곳에서 나는 살아남았고, 앞으로도 살아남을 것이다.

손님은 흔들리는 들풀처럼 문 앞에 서 있었다. 잠시 머뭇거리다 돌아보고는 초라하게 웃었다. 애써 재미를 꾸민 목소리로 말하길, 내가 새벽에 잠을 잔다는 건 이제껏 들어본 가장 멋진 농담이라나 뭐라나.

영원한 작별을 의도한 터라 그의 칭찬이 기쁘지 않았다. 진화란 그처럼 무정한 것이다. 적당한 위로의 말을 찾지 못했기에, 기억에 남는 시간이 되었길 바란다며 고개 숙여 인사했다.

나는 『부티의 천 년』을 이렇게 쓸 것이다

이 글은 내가 수년 내에 쓸 장편소설에 대한 일종의 계획안이다. 모두들 「피리 부는 사나이」에 관해 알고 있을 것이다. 쥐떼로 고통을 받던 중세 독일의 하멜른에 붉은 모자를 쓴 사나이가 나타나 쥐를 없애줄 수 있다고 장담한다. 좋을 대로 해보라고 하자, 피리를 요상하게 불어 쥐를 유인해서는 베저 강에 몰아넣는다. 이어 약속했던 돈을 요구했는데, 피리라는 게 원래 불어야 맛인지라 보상까지는 필요 없다고 생각한 하멜른의 시장이 엿이나 먹으라며 거절한다. 화가 난 붉은 모자의 사나이는 아이들을 모두 모아 사라지고, 하멜른의 주민들은 깊이 반성한다. 뭐 대충 그런 얘기다. 그런데 이 이야기는 사실과 좀 다를뿐더러, 아주 중요한 부분이 구십 퍼센트나 빠져 있다.

나는 이태 전, 그러니까 2007년 10월에, 실직한 친구와 함께 성북구 정릉의 혐오시설인 〈한분태 뼈다귀 해장국집〉을 방문했다. 별다른 이유가 있던 건 아니고, 자정이 넘은 시간이라 주변에 문을 연 식당이 달랑 거기 하나였기 때문이다. 그 식당에도 손님이라고는 실직한 친구와 직장을 구할 생각조차 없는 나, 이렇게 둘뿐이었다. 우리는 이미 잔뜩 취해 있었으나 해장국과 함께 소주까지 한 병 주문했다. 어차피 해가 떠도 갈 데 없는 신세였다. 얘깃거리는 오래전에 떨어져, 평소처럼 남을 탓하고 세상을 원망했다.

그런데 소주를 다 마셔갈 무렵, 친구가 낮게 신음소리를 냈다. 나는 덜덜 떨리는 친구의 손가락이 가리키는 곳을 보았다. 모자랍시고 붉은 누더기 같은 걸 뒤집어쓴 주인아저씨가 의자에 걸터앉아 잠이 들었는데, 그 허벅지 위로 시커먼 시궁쥐 한 마리가 웅크린 채 킁킁대고 있는 게 아닌가.

그걸 보는 순간 내 머릿속으로「피리 부는 사나이」의 지워진 구십 퍼센트가 벼락처럼 내리꽂혔다. 좀 긴 내용이라 나는 취한 것처럼 옆으로 휘청거렸고, 그 바람에 푸른색 소주병이 바닥에 떨어져 '파삭' 요란한 소리와 함께 깨졌다. 쥐새끼는 도망갔으며, 곤히 자던 주인은 어찌나 놀랐던지 눈을 동그랗게 뜨고는 나를 쳐다보았다.

홀린 듯 중얼거렸다.

"뭐야."

그리고 눈물을 쏟으며 훌쩍훌쩍 울기 시작했다.

나는 〈한분태 뼈다귀 해장국집〉으로부터 불꽃처럼 도주해야 하나, 아니면 우는 아저씨를 위로해야 하나 망설이는 와중에도 훌쩍이는 그의 심난한 눈에서 천 년의 세월을 관통해온 어떤 고단함을 발견했다. 바로 거기서 내 위대한 장편소설『부티의 천 년』이 시작되었다.

사실은, 아직 시작되지 않았다. 변명으로 들리겠지만 시간이 없었다. 연체된 카드대금을 막으면서, 죽도록 나오지 않는 학위논문을 구상하면서, 방금 얘기한 그 실직한 친구와 술이나 퍼마시면서 이야기에 살만 잔뜩 붙여놨을 뿐이다. 이제는 이야기가 너무 뚱뚱해져서 대충 써도 두세 권 분량은 우습게 나올 판이다. 그러니까 이건 곧 세상에 나올 내 장편소설 『부티의 천 년』의 줄거리다. 방금 전에 말했지만 요새 내가 시간이 별로 없으니, 지적재산권을 확보하기 위해서는 이렇게라도 할 수밖에 없다. 내 머리는 투명비닐로 만든 호주머니 같아서 그 안에 들어 있는 건 금세 모두가 알게 된다. 덕분에 나는 누굴 좋아할 수도 싫어할 수도 없다. 금세 들켜버리니 말이다. 게다가 좋아했건 싫어했건 내 속마음을 알아챈 이들은 하나같이 나를 피한다. 이런 문제적인 상황은 밥벌이인 소설에 이르면 더욱 심화되어, 나는 이미 몇 개의 기가 막힌 이야기를 도둑맞았다. 다들 제목만 대면 '아, 그 소설?' 하고 아는 척을 할 만한 작품들인데, 지나가다 내 머릿속을 들여다본 소설가들이 파렴치하게 갖다 써버린 것이다. 이놈들을 확 고소해버리고 싶지만 내가 행동에 나서는 순간 문단에 난리가 나고 주가가 폭락하고 휴전선엔 긴장이 고조될 것 같아 꾹 참고 있다. 하지만 어느 날 서점에서 『부티의 천 년』마저 발견하게 되면 나는 베스트셀러 코너에다 피를 토할지도 모른다. 그런 비극만은 피해야 하지 않을까 싶다.

이 위대한 이야기는 10세기 말엽 인도 북부의 라자스탄 지방에서 시작된다. 비실비실하게 생긴 우리의 주인공 하루디 부티는 그 지방의 음유시인인 차라니였다. 고아여서 어릴 때부터 데시노크(Deshnok) 사원에 살았는데, 신심을 다해 쥐와 음유시인의 수호신인 카르니지 여신을 모셨다. 밑줄 친 부분은 때와 장소를 가리지 않고 카르니지 여신을 찬양하는 즉흥시를 지어 부른다는 뜻이다. 부티만 그런 게 아니라 데시노크 사원에 기거하는 다른 모든 차라니들도 마찬가지였다. 덕분에 사원은 항시 도떼기시장처럼 소란스러웠다.

부티는 수줍음을 타는 성격이라 친구가 많지 않았다. 그렇지만 굳이 외로움을 느낄 틈도 없었으니, 사원에 득실거리는 쥐가 친구 역할을 해주었기 때문이다. 그 쥐들은 반은 인간, 반은 코끼리 모양의 가네샤에게 탈 것이 되어주는 존재들로 '무시카'라고 불렸다. 말하자면 이 무시카들은 데시노크 사원이 몹시 더럽다거나 음식물 찌꺼기가 많아서가 아니라 자기를 대접해주기에 거기 모여 있던 것이다.

어? 잠깐.

가네샤와 무시카의 관계에 대해 잠깐 짚고 넘어가야겠다. 가네샤는 앞서 말했듯 반은 인간이고 반은 코끼리다. 코끼리라는 녀석은 내가 만나본 육상생물 중에서 가장 거대한 동물이며, 사탕수수를 먹을 땐 한쪽 다리를 건들거리길 좋아한다. 또 바나나 쪼가리 같은 걸 던져주면 고맙다고 '끄엑' 소리를 내기도 한다. 아무튼 그런 녀석과 인간의 형상이 반씩 섞였다면, 모르긴 몰라도 꽤 몸집이 클 것이다. 그에 반해 가네샤의 탈것이 되어주는 무시카는 쥐다. 우리 모두가 알고 있는, 부엌에서 한 번쯤 본 적이 있는 바로 그 쥐란 말이다. 쥐가 코끼리를 업고 다닌다고?

생각을 엉덩이로 하면 이렇게 된다. 오늘날에도 많은 신도를 거느리고 있는 가네샤에게는 미안한 일이지만, 이런 비상식적인 상황을 극복하기 위해 나는 내 소설에서 둘의 관계를 역전시켰다. 즉 반은 인간이고 반은 코끼리의 형상을 지닌 가네샤는 쥐의 형상을 한 무시카의 탈것이 되었다. 이렇게 해서 이 소설의 치명적인 난제는 해결.

우리의 주인공 부티는 가네샤를 타고 다니는 무시카들과 함께 쑥쑥 성장한다. 스물이 될 무렵에는 데시노크 사원에서 꽤나 알아주는 음유시인이 되었고, 주절주절 내뱉는 즉흥시는 세인의 관심을 끌었다. 게다가 부티에게는 다른 차라니들에겐 없는 재능이 하나 더 있었으니, 아름다운 피리 연주 실력이 그것이다. 부티가 피리를 불 때면 쥐들도 어깨동무를 하고는 그 슬픈 멜로디에 귀를 기울였다. 바람도 구름도 운행을 멈추었다. 심지어는 시간마저 더디게 흘러갔다. 그래도 인기가 최고가 아니라면 누가 최고란 말인가? 그런데 운명은 부티로 하여금 그런 행복을 오래 누리도록 허락하지 않았다. 인도도 사람이 사는 곳이니만큼 온갖 다툼이 벌어질 수밖에 없는 공간이다. 그 다툼들은 모이고 모여 거대한 전쟁이 된다.

이 당시의 전쟁이 오늘날의 전쟁에 비해 조금이나마 낭만적이었다는 증거는, 모든 군대가 관례적으로 음유시인들을 데리고 다녔다는 사실에서 찾을 수 있다. 문맹률이 높던 시절이라 문서의 역할이 몹시 미미했고, 그에 반비례해 실제로 벌어졌던 일을 마치 노래하듯 사람들에게 전하고 다니는 음유시인들의 역할이 아주 중요했다. 장군들은 자기의 역할을 과장시키기 위해, 승리를 영원히 남기기 위해, 혹은 패배를 변명하기 위해 음유시인을 데리고 다녔다. 누가 더 뛰어난 음유시인인지 모르는 일이니 한꺼번에 열 명, 스무 명씩 데리고 다녔다. 예나 지금이나 시인들은 식사량이 적고, 일이 없을 때 서로 헐뜯으며 잘 놀기 때문에 데리고 다녀도 부담될 게 없다.

내가 방금 전에 낭만적이라고 했던가? 낭만은 무슨 얼어죽을 놈의 낭만. 이 흥미진진한 이야기에서 내가 묘사할 저 참혹한 장면들을 보면 전쟁에 낭만 따윈 존재하지 않는다는 걸 알게 될 것이다. 사실 장군들이 음유시인들을 데리고 다닌 데에는 그보다 훨씬 중요하고 음흉한 목적이 있었다. 전세가 기울면 패배를 예감한 쪽에서는 화의를 청하려고 애를 쓴다. 물론 그냥 말로만 졸라대면 들어주지 않을 게 뻔하니 인질을 보낸다. 이 당시에는 음유시인, 즉 차라니들을 인질로 보내는 게 하나의 관례였다. 전쟁을 기록할 수단이 없어진다는 건 승리하더라도 그다지 명예롭지 못하게 된다는 의미다. 그래서 상대의 모든 차라니들을 인질로 받아들이고 나면 어느 정도 신뢰를 할 수가 있는 것이다. 이로써 화의가 성립되고 짧은 휴전에 들어간다. 적진으로 보내진 차라니들은 감방 비슷한 곳에 갇혀 중얼중얼 즉흥시를 읊는다. 앞서 말했듯이, 서로 헐뜯으며 즐겁게 놀기에 따로 감시할 필요도 없다. 그들은 정말 잘 놀고 잘 싸운다. 그 동안에 양쪽은 다시 군대를 소집해 부서진 성벽을 수리하고 무기를 만든다. 얼마 지나지 않아 다시 전력이 비슷해지면 먼저 화의를 요청한 쪽에서 몰래 문예지를 창간해 음유시인들을 대량으로 등단시킨 후 기습적으로 선제공격을 감행한다. 이건 당시의 전쟁에 있어서 하나의 공식이었다.

휴전이 깨졌다는 소식을 들은 차라니들의 우두머리는 모두를 불러모으고 엄숙하게 이 사실을 알렸다. 감방에서는 난리가 났다. 어떤 차라니는 도망친답시고 맨손으로 땅을 파댔고, 어떤 차라니는 그냥 미쳐서 고래고래 소리를 질렀다. 이처럼 야단법석을 떠는 건 그들이 곧 죽을 운명에 처했기 때문이다. 화의가 깨지면 인질로 잡혀간 차라니들은 지체 없이 집단자살, 즉 '트라구'를 행해야 했다.

우두머리는 간수에게 부탁해 독약과 칼을 얻었다. 모두에게 독약을 나누어주었다. 둥글게 모여앉은 차라니들은 오만상을 찌푸리며 독약을 삼켰다. 삼키기를 거부한 차라니들은 그 전에 목이 끊어졌다. 삼키는 척 능청스럽게 뒤로 던진 개구쟁이들은 그후에 목이 끊어졌다. 우리의 주인공 하루디 부티도 독약을 삼켜야 했다. 죽기 싫었지만, 연애도 못 해보고 죽기는 정말정말 싫었지만, 다른 방법이 없었다. 부티는 선후배 차라니들과 나란히 앉아 독약을 삼켰다. 라자스탄 왕국의 문단이 통째로 피를 토하며 죽어갔다. 그런데 부티는 침만 질질 흘리면서 죽지 않는 것이었다. 지켜보던 우두머리가 남은 독약 전부를 부티에게 주었다. 그럼에도 감방 여기저기에 설사만 주룩주룩 해댈 뿐, 부티의 눈망울은 여전히 또랑또랑했다.

트라구를 주관하던 저 늙은 우두머리 음유시인은 하는 수 없이 칼을 들어 부티의 목을 쳤다. 어찌나 오지게 내리쳤던지 단칼에 목이 쩍 갈라져버렸다. 부티가 정신을 차렸을 때, 그의 목은 새끼손가락 굵기의 힘줄 하나에 의지해 간신히 몸뚱이와 붙어 있는 상태였다. 그런 몸으로 부티는 저쪽 벽에 기대어 피를 토하며 죽어가는 우두머리를 보았다. 우두머리는 눈을 껌뻑거리는 부티에게 슬프게 말했다.

"내 평생 카르니지 님을 섬겨왔는데, 그렇게 열심히 섬겨왔는데, 그분께서는 너를 선택하셨구나."

이렇게 전쟁에서 살아난 하루디 부티는 자신이 불사의 몸이 되었다는 걸 깨달았다. 그 놀라운 신분으로 제일 먼저 한 일은 바느질이었다. 뭔가 쓸모 있는 걸 찾으려 시체 더미를 뒤지고 다니던 붉은 모자의 노파에게서 반짇고리를 빼앗아 스스로 목을 꿰맸다. 노파는 신발을 수선하듯 아무렇지 않게 목을 꿰고 있는 부티를 보고는 빈정거렸다.

"사실상 카르니지 그년이 해줄 수 있는 건 쥐처럼 불사하게 만드는 것뿐이지. 그런 점에서 죽으면 천년왕국에 데려다주는 우리 신이 더 좋아. 믿으면 '아멘' 해."

참고로 부티는 내 소설에서만 천 년을 산다. 머리가 제자리에 붙긴 했으나 바느질이 서툴러 흉한 모습이었다. 목덜미를 감추려고 노파에게 챙이 넓은 붉은 모자를 빌려달라며 공손히 부탁했다. 그녀가 거절하자 죽도록 패버렸다. 노파의 넋은 반쯤 천년왕국에 갔다.

하루디 부티는 무작정 걷기 시작했다. 사방에 시체가 가득했다. 그들의 죽은 손은, 잡고자 했으나 결국 잡히지 않은 그 무엇을 향해 허망하게 열려 있었다. 목이 잘리고 허리가 끊기고 배가 터져 죽어간 무수한 시체를 보며 부티는 묻고 또 물었다―카르니지 여신은 왜 나를 살려주신 걸까? 저 참혹한 트라구의 순간에 왜 오직 나에게만 불사의 생명을 주신 걸까? 그 질문에 대한 답은, 그러나 죽은 자들의 손바닥처럼 허공을 향해 열려 있었다.

시체의 계곡을 넘자 물소가 노니는 평화로운 들과 강이 펼쳐졌다. 산은 낮게 깔려 있고 저 멀리 사원에서는 향연이 피어올랐다. 그것들은 하루디 부티가 평생 보아오던 모습이었고, 그가 사랑해 마지않던 풍경이었다. 그러나 거기에는 전과 너무나도 다른 정서가 함께 배어 있었다. 그건 전쟁터를 지나온 자만이 느낄 수 있는 슬픔이었다. 아름다운 인도의 평화 앞에서, 부티는 마침내 떠나기로 결심했다. 다시는 시를 지어 부른다는 죄로 목이 떨어지고 싶지 않았다. 다시는 고막이 찢어질 듯한 울음과 저주와 비명에 갇히고 싶지 않았다.

　부티는 북쪽, 국경지방으로 걸음을 옮겼다. 바로 이 순간부터 유럽에 닿기까지 이백 년에 걸친 기나긴 여정이 시작된다. 궁금하면 내년이나 내후년에 나올 내 책 『부티의 천 년』을 참고하시라. 깜짝 놀랄 만큼 재미있을 예정이다. 전봇대로 이를 쑤시는 괴물과 맞닥뜨리고, 중동의 사막에서는 수압저울을 발명해 부자가 되기도 한다. 성인 독자를 위해 반쯤 벗은 아낙네들도 등장시킬 작정인데 특히 이 부분에는 스즈키 하루노부 풍의 우키요에를 손수 그려넣을 참이니 조금만 기다렸다가 꼭 사 읽으시기 바란다. 최고급 스포츠카들의 폭풍 추격신도 고려했지만 때는 12세기였다.

　그런 식으로 우리의 하루디 부티는 밀림과 계곡, 추운 황야와 더운 사막을 거쳐 유럽에 도착했다. 당시 유럽은 몹시 배타적이어서, 부티로 하여금 한곳에 오래 머물지 못하도록 했다. 자유로운 영혼을 가진 부티는 성향이 비슷한 집시들과 어울려 다니며 방랑했다. 방랑은 부티의 운명이었고, 카르니지 여신이 제멋대로 준 불사라는 선물의 대가였다. 집시들은 부티를 좋아했다. 그의 나긋나긋한 말투와 맑은 눈망울을 좋아했다. 아름다운 피리 소리에 이르면, 집시들은 그 애절한 선율에 영혼이 너무 깊이 잠식되지 않도록 제 심장 부위를 손바닥으로 감쌌다.

그러나 늘 행복한 일만 있던 건 아니었다. 한번은 오늘날의 루마니아 땅에서 산적을 만났다. 그들은 부티에게 빼앗을 게 별로 없자 홧김에 칼을 마구 휘둘렀다. 빼앗을 게 많았다면, 아마 기쁨에 겨워 그랬을 것이다. 그렇게 부티의 온몸을 난자해버린 산적들은 호탕하게 웃으며 떠나버렸다. 부티는 팔다리의 근육이 모두 끊어져 꼼짝도 할 수가 없었다. 밤이 되어 굶주린 늑대들이 피냄새를 맡고 몰려들었다. 끔찍한 만찬이 시작되었다. 부티는 눈을 감고 온몸에 덮쳐오는 고통을 받아들여야 했다. 쩝쩝 소리를 내며 살을 물어뜯는 소리는 지옥에서 울려오는 방귀소리 같았다. 그러나 귀까지 막을 수는 없었다.

늑대들이 모두 물러간 후, 부티는 간신히 고개를 들어 제 몸을 살펴보았다. 팔다리의 살점과 근육도, 심지어는 배에 들어 있던 각양각색의 내장도 모두 사라져버렸다. 남아 있는 거라고는 붉은 골막에 둘러싸인 뼈뿐이었다. 고통으로 정신이 혼미했지만 있는 힘껏 소리를 질렀다. 산적을 저주하고 늑대를 저주하고, 그리고 자기 운명을 저주했다. 그러나 어찌된 일인지 울 수는 없었다. 우는 표정을 지을 수는 있었지만 정말로 울 수는 없었다. 조금씩 돋아나는 새살을 보며, 이런 상황인데도 어찌하여 울 수 없는 것인가 부티는 자문해보았다.

아침이 되었을 때 부티의 몸은 다시 걸을 수 있을 만큼 재생되어 있었다. 일어나 온몸을 툭툭 털었다. 저 끔찍했던 고통은 어디론가 사라지고, 마치 모닥불 곁에서 하룻밤 노숙을 한 나그네처럼 가뿐했다. 그러자 목구멍까지 기묘한 울분이 치고 올라왔다. 부티는 너도밤나무 밑동을 걸어차며 소리질렀다. 왜 이런 운명을 준 것인가? 굶주린 늑대에게 물어뜯기며, 험준한 루마니아 산악지방에서 살이 발라내어진 생선가시 같은 몰골로 널브러져, 도대체 무엇을 깨달으라는 것인가? 이런 고통을 앞으로 몇번이나 되풀이하란 말인가?

이런 배은망덕한 놈, 죽은 목숨 두 번이나 살려줬더니 별소릴 다 하네. 도통 감사할 줄을 모르는 부티는 그렇게 고래고래 소리치다 지쳐 뒤로 벌렁 드러누웠다. 가을이라 하늘이 맑았다. 눈물이라도 좀 흘리고 싶었으나, 역시 울 수는 없었다. 다시 일어나 누더기가 된 옷을 대충 기워 입었다. 다른 도리가 없었다. 왼쪽 발을 앞으로 내디뎠다. 그다음엔 오른쪽 발을, 다시 왼쪽 발을 내디뎠다. 그건 양족 보행하는 영장류가 어디론가 걸어갈 때 하는 행동이었다. 그렇게 하루디 부티는 루마니아에서 스트레스를 잔뜩 받은 채 다시 북쪽으로 떠났다.

이런 식으로 백 년이 흘렀다. 부티가 태어난 지 백 년이 된 게 아니라, 목을 다시 꿰맨 후로 백 년이 된 게 아니라, 유럽에 도착하고 나서부터 백 년이 지났다는 말이다. 그러니까 때는 13세기 말엽이다. 그 동안에 부티는 유럽을 방랑하는 이방인으로서의 삶에 자신을 길들였다. 유럽의 온갖 언어를 배웠고, 산적을 피해 부리나케 도망치는 법을 깨우쳤으며, 포크와 나이프의 사용법에도 능통하게 되었다. 광장이나 길가에서 피리를 불고 있노라면 그 연주에 감동한 사람들이 다가와 돈을 던져주었다. 돈을 줄까 말까 망설이는 사람들을 보면 부티는 피리를 더욱 힘차게 불어댔다. 그 선율에 끝까지 저항하는 사람은 없었다. 구걸한 돈으로 배를 채우고, 다시 배가 꺼지면 피리를 불었다. 어쩌면 하루디 부티의 삶은 일상의 자질구레한 것들에 포위되어 그렇게 흘러갈 수도 있었을 것이다. 누군가를 미워하고, 그러다 애정을 느끼고, 가슴 한구석을 조금씩 잃고, 감사하고 원망하며 자기의 운명으로부터 한 걸음 떨어져 살아갈 수도 있었을 것이다. 그랬다면 부티의 생은 훨씬 편했을 것이다. 하지만 그렇게 되지 않았다. 유럽에 도착해 방랑을 시작한 순간으로부터 정확히 백 년이 되던 날에 부티의 발길이 닿은 곳은 독일이었다.

동유럽 사람들에 비해 몸집이 좀더 크고 공손한 게르만인의 나라에 닿은 부티는 가슴이 뛰는 걸 느꼈다. 독일인들은 자기 고향 사람들과 똑같이 웃었다. 똑같은 방식으로 친근감을 표시했고, 싫으면 똑같이 인상을 썼다. 부티는 떨리는 가슴에 손을 얹고는, 자기가 지구를 한 바퀴 돌아 어머니 나라 인도의 어느 지방에 닿은 건 아닌지 자문해보았다. 하지만 거기는 틀림없는 유럽이었다. 부티는 몰랐지만 그가 태어난 인도의 사람들과 독일인들은 같은 아리안 족이었다. 동질감을 느낄 만했다.

부티는 고향에 돌아온 기분으로 독일생활을 만끽했다. 불사의 몸으로도 잠자는 시간을 아까워하며 구석구석 쏘다녔다. 이름도 한스 뷘팅이라고 독일식으로 새로 지었다. 아쉬운 점이라면 뷘팅의 뼛속까지 깃들어 있는 신앙의 대상인 쥐들이 독일 사람들과 적대관계에 있다는 사실뿐이었다. 그건 큰 문제가 아니었다. 어차피 몰래 감추어진 적이 없는 신앙이란 존재하지 않는다. 뷘팅은 남몰래 다친 쥐들을 간호하고, 배고픈 쥐들에게 먹이를 주었다. 모두가 잠든 밤이면 언덕에 올라 피리를 불었다. 쥐들은 그 소리에 맞춰 울어댔다. 찍찍, 찍찍찍.

온 유럽의 쥐가 한스 뷘팅 휘하로 몰려든 건 자연스러운 일이었다. 당시 뷘팅은 독일 니더작센 지방에 있는 뤼네부르크 공국에 머물고 있었다. 보다 정확히 말하자면 하멜른 시의 외곽 야산이었다. 뷘팅이 마을에 내려가 마련해온 음식은 쥐들의 간식거리조차 되지 못했다. 쥐들은 배가 고파 서로를 물어뜯고 싸움질을 벌였다. 가정을 이탈하여 그릇된 길로 접어든 쥐도 있었다. 그들은 하멜른의 시내를 멋대로 쏘다니며 먹이를 구했다. 그도 그럴 것이, 이 시기의 하멜른은 넘쳐흐르는 양식이 썩는 냄새가 진동했던 것이다. 한편으로 그 부유함에 반비례해 남에 대한 관용과 아량은 적어서, 시 외곽에 가면 굶어죽은 집시들의 송장도 심심찮게 마주칠 수 있었다. 쥐의 입장에서 말하자면 젖과 꿀이 흐르는 약속의 땅이었다.

하멜른에서는 난리가 났다. 지중해 로도스 섬에서 아폴론 스민테우스가 그렇듯이 쥐의 신이 숭배받는 곳도 있었지만 그건 아주 예외적인 경우고, 온 유럽이 페스트로 인해 쥐와 한바탕 전쟁을 벌이던 시절이었다. 게다가 하멜른 시민의 대부분은 본디 농사꾼의 자식들이었다. 예로부터 농사꾼에게 쥐는 원수 그 자체다. 사람들은 온갖 수를 써서 쥐를 잡아 죽였다. 약과 덫을 놓고 장정들은 쥐를 두들겨패기 위해 항시 방망이를 들고 다녔다. 그러나 한번 침입한 쥐떼를 효과적으로 물리치기란 어려운 일이었다. 한 마리가 죽으면 그걸 지켜보고 있던 다른 쥐가 놀라 끙, 하고 다섯 마리의 새끼를 낳았다. 대변인 줄 알고 힘을 주었다가 새끼를 낳는 암컷도 있었다.

그러던 어느 날 하멜른의 입이 싼 총각 하나가 이상한 광경을 목격했다. 빵을 잔뜩 사가지고 가던 젊은 과부가 백주대로에서 깡패 쥐들에게 포위되었다. 곱게 생긴 과부는 있는 힘껏 비명을 질러대다 때가 되어 기절했다. 아무도 도와주지 못했다. 한데 모여 있는 쥐에 맞설 정도로 용감한 사람은 없었다. 쥐들은 과부 주위를 어슬렁거리며 빵을 실컷 먹었고, 일부는 뭐 색다른 거 없나 하고 치마 밑에까지 기어들어갔다. 그 분홍색 체크무늬 치마 속에서 무슨 일이 벌어졌는지는 내년이나 내후년에 나올 『부티의 천 년』에 그림과 함께 자세히 설명되어 있으니 꼭 사서 읽어보시기 바란다. 모두 당신을 위해서다.

아무튼 치마 속에서 무언가 꿈틀거리던 찰나, 뒤에서 피리 소리가 들리고 모든 쥐들의 움직임이 일제히 멈추었다. 마치 그 순간 바람도 구름도, 그리고 시간마저 멈추어버린 것 같았다. 총각은 누가 그처럼 신비로운 피리 소리를 내는지 돌아보았다. 거기에는 붉은 모자를 쓴 사나이가 서 있었다. 사나이가 피리를 다시 한번 불자, 깡패 쥐들은 사방의 건물에 난 구멍들을 향해 쏜살같이 스며들었다.

오, 이게 대체 무슨 조화더냐? 총각은 사방팔방 나불거리고 다녔다. 이로써 시 중앙의 로터리에 어슬렁거리며 구걸하는 붉은 모자의 사나이가 쥐를 통제한다는 소문은 하루도 못 되어 하멜른 전체로 퍼졌다.

이후의 일은 아마 모두들 알고 있을 것이다. 그러나 잘못 알고 있다. 이제껏 전해내려온「피리 부는 사나이」의 일화는 한스 뷘팅에게 실제로 일어난 일과 사뭇 다르다. 역사에 기록된 대로 1284년에 하멜른 시장이 뷘팅을 찾아가 쥐를 없애달라고 요청한 것까지는 맞다. 그러나 거절당했다. 시장은 말을 안 들으면 죽여버리겠다고 협박했다. 뷘팅은 목의 상처를 보여줌으로써 자기가 불사의 몸이라는 걸 알려주었다. 협박이 통하지 않자 하멜른 시장은 잔머리를 굴렸다. 베저 강으로 모든 쥐를 데리고 오면, 거기서 다른 곳으로 떠날 수 있도록 충분한 식량과 돈을 주겠다고 약속한 것이다.

뷘팅은 결국 승낙했다. 어차피 떠도는 운명에 포박된 삶이었다. 주인이 싫다고 한다면 떠나야 했다. 뷘팅은 하멜른 시 외곽의 야산에 올라 쥐들과 밤새 의논했다. 쥐들은 뷘팅에게 모든 결정권을 일임했다. 찍찍, 찍찍찍.

다음날 새벽에 쥐들은 뷘팅 몰래 도시로 내려가 마지막 약탈을 자행했다. 그들은 그게 먼 길을 떠나기 전 마지막으로 체지방을 보충할 기회라는 걸 알고 있었다. 하멜른 시가 전쟁에 대비해 모아놓은 비축식량을 거의 반이나 먹어치웠다. 그리고 정오쯤 울려퍼진 뷘팅의 피리 소리를 따라 베저 강으로 움직였다.

강변 모래밭에는 잔뜩 화가 난 시장과 몽둥이를 든 장정들이 서 있었다. 뷘팅은 약속했던 식량과 돈을 요구했다. 하지만 시장은 쥐들의 마지막 약탈로 인해 입은 손해를 열거하며 거절했다. 뷘팅은 그러지 말고 순순히 내놓으라고 말했다. 자해공갈범처럼 붉은 모자를 벗어 목의 흉터를 보여주기도 했다. 잔뜩 열이 받은 시장과 장정들은 협박에 굴하지 않았다. 아마 뷘팅이 제 머리로 저글링을 하거나 심장을 꺼내어 우적우적 씹어 먹었더라도 마찬가지였을 것이다. 그들은 겁먹기는커녕, 시장의 지시가 내려지자 일사분란하게 포위망을 좁혀가며 쥐들을 공격했다. 정든 마을을 떠난다는 생각에 얌전히 모여 우수에 젖어 있던 쥐들은 속수무책으로 죽어갔다. 얼떨결에 베저 강에 뛰어들었던 쥐들도 퉁퉁 불은 익사체가 되어 수면 위로 떠올랐다. 사방이 온통 쥐의 시체였다.

그 끔찍한 비명을 견디다 못한 뷘팅은 결국 무릎을 꿇고 항복했다. 시장과 장정들은 그제야 살육을 멈추었다. 살아 있는 쥐라고는 뷘팅의 소맷자락에 매달려 어떻게 좀 해보라고 애원하는 이십여 마리에 불과했다. 하멜른의 시장은 사색이 된 뷘팅에게 다가가 마지막 제안을 했다. 배와 약간의 식량을 줄 테니 살아남은 쥐와 함께 하멜른을 영영 떠날 것.

뷘팅으로서는 달리 도리가 없었다. 쥐들의 사체를 태울 수 있도록 말미를 달라고 애원했다. 자상한 시장과 장정들은 그 부탁을 들어주었다. 그렇게, 뷘팅은 살아남은 스물두 마리의 쥐를 데리고서 정들었던 독일을 떠났다. 여기서 스물둘이라는 숫자는 내 여자친구 전화번호의 끝 두 자리를 의미한다.

이쯤에서 독자들은 혼란을 느낄 것이다. 그렇다면 피리 부는 사나이가 데리고 가버렸다는 아이들 이야기는 대관절 어찌된 것인가? 물론 하멜른의 애새끼들이야 내 알 바가 아니지만, 독자들을 위해 친절히 설명해주는 것도 나쁘지는 않을 것이다.

사실 아이들이 사라졌다는 이야기는 색색 휴지를 들고 화장실에 숨어 있다는 귀신 얘기만큼 허튼 소리다. 뷘팅이 베저 강을 따라 내려가고 있는 순간에도 하멜른의 아이들은 멀쩡하게 뛰어놀고 있었던 것이다. 그렇다면 왜 그런 이야기가 나왔을까? 뷘팅을 모함하기 위해 지어낸 이야기인가? 그렇지는 않다. 뭐 불사의 몸이라 죽일 수 없던 탓도 있지만, 하멜른 사람들은 십자군원정에서 약탈한 이슬람 배를 잘 수리해 뷘팅에게 줄 정도로 곱디고운 심성을 지니고 있었다. 그 배에는 비타민이 부족해 각기병이나 뭐 그런 시시한 질병에 걸리지 않도록 각종 과일도 잔뜩 실려 있었다. 그런 하멜른의 시민들이 항복하고 떠난 뷘팅을 모함할 리는 없다. 그렇다면?

답은 언어적 오해 때문이다. Rat이라는 말은 게르만어 계통의 많은 언어에서 시궁쥐와 어린이 양쪽 모두를 가리킨다. 즉 쥐들이 사라졌다는 말을 어린이들이 사라진 걸로 해석해버린 것이다. 이와 비슷한 경우로 'Six pockets one mouse'라는 말이 있다. 부모와 조부모, 외조부모가 모두 one mouse를 위해 지갑을 연다는 뜻이다. 여기서 Mouse는 쥐가 아니다. 설마 쥐새끼 하나 때문에 온 가족이 지갑을 열까? Mouse는 쥐가 아니라 외동딸이나 외동아들, 즉 아이를 말한다. 쥐와 작은 어린아이를 같은 단어로 표현하는 건 동서고금의 다양한 문화권에서 흔한 일이었다. 다시 한번 강조하지만, 하멜른의 아이들은 어디로 사라지지 않았다. 뷘팅이 떠나간 이후로도 무럭무럭 자라 그중의 어떤 아이는 시장이 되고 어떤 아이는 자상한 어머니가 되고 또 어떤 아이는 사형수가 된다. 그들의 삶은 어릴 적 한두 번 들었던 저 이상야릇한 피리 소리나 그 피리를 불던 붉은 모자의 사나이와 전혀 관계가 없이 흘러간다.

다시 뷘팅의 이야기로 돌아가기 전에, 잠시 카르니지 여신의 이야기를 좀 해야겠다. 물론 내년이나 내후년에 나올 내 걸작 장편에서는 이 부분이 전체 이야기 속에 잘 녹아들어가 있겠지만, 아직까지는 시간이 없어서 이렇듯 따로 얘기할 수밖에 없다.

카르니지 여신은 막강한 오시리스를 아빠로 둔 고양이의 신 바스트에게 쫓겨다니느라 그간 좀 바쁘셨다. 그래서 자기가 선택한 하루디 부티, 아니 한스 뷘팅의 여정을 세심히 돌봐줄 여력이 없었던 것이다. 간신히 숨을 좀 돌리고는 뷘팅이 뭐 하고 있나 살짝 들여다본 카르니지 여신은, 베저 강변에서 활활 타오르고 있는 무시카들의 산더미 같은 시체에 놀라 입을 다물지 못했다. 가엾은 뷘팅은 몽둥이를 든 장정들 사이를 분주히 돌아다니며 죽은 무시카들이 좀더 잘 타도록 기름을 부어주고 있었다.

아, 내 새끼, 내 새끼! 가슴이 미어진 카르니지 여신은 베일을 쓰고는 바람의 신 바타를 찾아갔다. 바타의 중재로 천공의 신 보탄, 게르만 말로 오딘을 찾아가서는 발할라 문간에 엎드려 뷘팅의 이름을 부르며 통곡했다. 오딘은 카르니지를 일으켜세우며 달랬다—자자, 울 것까지는 없잖아?

오딘은 용감무쌍한 처녀부대인 발키리를 보내 익사 직전의 시궁쥐 한 마리를 베저 강에서 구해냈다. '마야'라는 이름을 가진 그 암컷은 평범한 쥐가 아니었다. 어림잡아 구천 년에 한 번씩 태어나는 천하절색이었던 것이다. 아직은 어려 눈에 띄지 않지만, 성숙해지면 디즈니의 미니마우스를 제치고 아름다움의 화신으로 추앙될 예정이었다. 지구 곳곳에 그녀를 기리는 사당과 신전이 들어서게 되는 건 말할 필요도 없겠다. 물론 그 운명은 하멜른 주민들의 대공세와 발키리 부대에 의해 두 번이나 바뀌었다. 발키리 부대는 사람들이 쥐를 태우느라 정신이 팔려 있는 동안에 마야를 어둠에 가려진 뷘팅의 이슬람 배에 살짝 숨겨놨다—다시는 살아 고향에 돌아오지 못할 운명 그리고 천 년을 장수하는 남자의 암컷이 될 인연과 함께.

오 년에 걸친 뷘팅과 마야의 항해는 그렇게 시작되었다. 밤늦게 출발한 뷘팅은 대학살을 방조했다는 죄책감 속에서 울다 잠이 들었고, 다음날 오후가 되어서야 일어나 주위를 둘러보며 마음을 정리할 여유를 찾았다. 그리고 그때 비로소 갑판 밑에 숨어 있는 마야를 발견했다. 이 놀라운 첫 만남의 순간을 묘사하는 데 지면을 얼마나 할애할 것인지 아직 심사숙고중이긴 하지만, 아마 스무 페이지가량 되지 않을까 한다. 뷘팅의 눈이 크게 떠지는 장면만 일곱 페이지다. 그도 그럴 것이, 마야는 가느다란 발가락, 진주처럼 윤기가 흐르는 흑갈색 털, 겁먹은 눈동자, 사랑스럽게 튀어나온 주둥이, 새하얀 뼈드렁니, 복 많게 생긴 귀, 점잖게 난 수염, 그 모든 것들이 완벽한 조화를 이루고 있는, 세상에서 가장 아름다운 생명체였기 때문이다—좀 말이 안 되는 것 같지만, 아무튼 설정이 그렇다. 뷘팅은 첫눈에 반해버려 그 자리에서 무릎을 꿇고 카르니지 여신께 감사의 기도를 올렸다. 카르니지 여신은 기분이 좋아 남자처럼 웃었다.

뷘팅은 우선 마야부터 시작해, 스물세 마리의 쥐 전부를 바닷물과 식초로 깨끗이 목욕시켰다. 페스트 때문이었다. 애초에 페스트는 설치류가 걸리는 병이다. 그게 인간에게까지 옮아간 것이다. 유럽 인구가 대폭 줄어들었다고 엄살을 피우지만, 병의 직접적인 당사자인 쥐들은 그야말로 멸종 직전까지 가는 수모를 당했다. 당시의 유럽은 지독히도 더러웠다. 전통적으로 혐오의 대상인 쥐들은 그보다 더욱 불결한 거처에 갇혀 지낼 수밖에 없었다. 쥐의 군체 속으로 페스트를 빠르게 확산시키는 최적의 환경이 조성된 셈이다. 쥐라고 왜 청결함을 모르겠는가? 쥐라고 왜 깨끗하며 편안한 보금자리를 마다하겠는가? 그럴 수밖에 없게 만들어놓고는 가여운 쥐들을 향해 손가락질하며 페스트 운운하다니. 오늘날의 젊은 쥐들조차 그 시절에 대해 이야기할 땐 북받치는 감정을 이기지 못해 수염을 파르르 떤다.

배는 북해를 거쳐 캐너리 해류, 또 브라질 해류를 타고 북대서양 아래쪽으로 흘러갔다. 섬이 보이면 규모에 상관없이 일단 정박했고, 식인종들에게 잡아먹히기 전에 과일이나 식수, 기분 좋게 갉아줄 두툼한 고압선, 마야가 좋아하는 카망베르치즈를 챙겨 떠났다. 섬이 보이지 않는 날이면 뷘팅은 피리를 불었다. 그 아름다운 피리 소리에 해류가 멈추고, 바람이 멈추고, 그래서 배까지 푸른 바다 한가운데 멈춰서 꼼짝도 못했지만 개의치 않았다. 마야를 비롯한 쥐들은 마치 그 순간이 영원히 멈추길 바라기라도 하듯 뷘팅의 피리 소리를 감상했다. 피리 소리를 듣고 있으면 지칠 줄 모르고 튀어나오는 갈증도, 굶주림도, 또 바다 한가운데에서의 외로움도 황홀한 감각의 이면에 숨어버렸다.

뷘팅은 낚시를 할 줄 몰랐다. 뷘팅은 피리 부는 거랑 죽지 않는 거 빼곤 제대로 할 줄 아는 게 없었다. 낚시는 마야의 몫이었다. 마야가 어여쁜 목소리로 찍찍, 찍찍찍 노래를 부르고 있노라면 취미가 고상한 물고기들이 배 주위로 모여들었다. 탐미주의 성향을 지닌 몇몇 우아한 물고기들은 마야의 아름다운 자태를 한 번 보고나 죽자는 심정으로 배 위에 뛰어올랐다. 그러면 마야는 천사같이 웃으면서 뻐드렁니로 옆구리를 물어뜯었다. 뒤에 남겨진 머리는 뷘팅, 내장은 쥐들의 몫이었다. 워낙 깨끗하게 먹어치웠기 때문에 비늘한 조각도 다시 바다로 돌아가지 않았다. 물과 음식, 또 뛰어다닐 공간이 부족하다는 걸 잘 알고 있었기에 쥐들은 금욕적인 생활을 했다. 피임에 실패한 쥐는 동료들에 의해 낙태수술을 받았다. 아, 여기서 이 말을 해두어야겠다. 쥐들의 수명은 보통 백 주, 약 이 년이다. 그런데 불사의 뷘팅과 함께 있는 쥐들은 요상하게도 늙지를 않았다. 굶어죽거나 병들어죽기는 하지만 늙어죽지는 않았다. 그러니 앞으로 너무 오래 사는 쥐가 나오더라도 뭐라 하지 마시길.

붉은 모자의 한스 뷘팅은 어느 날 자기의 출신, 불사의 비밀, 하멜른에 닿기까지의 길고길었던 여정을 마야에게 고백했다. 그 어린 독일 시궁쥐는 신기해하면서 즐겁게 웃다가, 갑자기 눈물을 보였다. 마야가 즐겁게 웃은 건 뷘팅이 자신의 부모형제와는 달리 비참하게 죽지 않을 거라는 걸 알았기 때문이다. 갑자기 눈물을 보인 건 언젠가 자기가 죽으면 그는 또다시 쓸쓸히 혼자 남겨지리라는 걸 알았기 때문이다. 발키리 부대가 마야를 구해낼 때 눈에 슬그머니 씌워놓은 콩깍지는 너무 강력해서 뷘팅의 매부리코나 시커멓게 썩은 충치, 지네를 닮은 목덜미의 재봉 자국까지도 멋지게 보이도록 했다. 둘은 이슬람 배가 산타마리아 섬을 스치고 지나갈 무렵에 스물두 마리의 쥐를 하객으로 모시고 결혼식을 올렸다. 마야의 나이는 이제 막 일곱 달, 뷘팅의 나이는 삼백 하고도 마흔두 살이었다. 망나니 같은 놈.

뷘팅과 마야의 허니문을 담당한 이슬람 배는 멋대로 흘러갔다. 마야는 독일 쥐답게 하늘에 해만 비추었다 하면 뷘팅이 만들어준 인형옷을 벗어던지고 갑판에 누워버리곤 했다. 게다가 뜨거운 적도의 바다와 마주쳤을 때에는 속옷도 걸치지 않은 발가벗은 몸으로 온 배 위를 뛰어다녔다. 내년이나 내후년에 나올 내 걸작 장편 『부티의 천 년』에서는 이 장면이 적도의 작열하는 태양과 투명한 대기, 에메랄드빛 바다를 배경으로 몹시도 황홀하고 음란하게 그려질 참이니 꼭 사보시라. 그런데 독자 여러분께 죄송하게도 아리따운 시궁쥐 마야와 우리의 삼백 년 묵은 새신랑 뷘팅 사이에서는 아무 일도 일어나지 않는다. 마야가 쥐라서 속궁합이 안 맞는 이유도 있지만, 그보다는 뷘팅의 나이가 너무 많기 때문이었다. 아니 발기도 안 되는 주제에 불사는 무슨 얼어죽을 놈의 불사? 그렇게 오래 살면 좋을까.

뷘팅은 피리를 불면서 곁눈질로 힐끔힐끔 마야의 윤기 나는 털을 감상하는 데 만족해야 했다. 물론 삼백마흔두 살까지 성교를 못 해본 남자로서 이랬으면 어땠을까 저랬으면 어땠을까 은근한 상상도 해보았으나, 눈치를 챈 마야가 죄스러워하는 모습을 보이면 손을 휘휘 내저었다.

마야, 마야. 나는 너의 있는 그대로를 사랑해. 네가 쥐라서 슬프지 않아. 우리 둘 다 사람이거나 둘 다 쥐라면 더 좋았겠지만.

진심이었다. 뷘팅은 마야가 곁에 있어 미치도록 행복했다. 그 작은 몸뚱이를 보기만 해도 가슴이 뛰고 현기증 같은 행복이 밀려왔다. 이제껏 그처럼 행복한 적은 단 한 번도 없었던 것 같았다. 마야가 사람이거나 자신이 쥐라면 더 좋았을 테지만, 어차피 발기도 안 되는 처지, 큰 차이를 느끼지 못했다.

그렇게 이슬람 배는 아프리카 대륙을 시계 반대방향으로 빙 돌다가 남극해류를 만나 인도양으로 들어갔다. 바로 이 지점에서 초대형 사이클론을 만나고, 그간 조연으로만 등장해왔던 무시카들의 가슴 찡한 드라마가 장엄한 서막을 올리게 되는 것이다.

쥐들은 위험에 처했을 때 늙고 현명한 쥐를 리더로 삼아 난국을 타개해가는 습성이 있다. 그런데 그 늙고 현명하다고 생각했던 서열 1위의 쥐 닥터 벡스가 알고 보니 아주 후레자식이었다. 그 빌어먹을 놈 덕분에 눈물겨운 우정을 간직한 두 마리의 쥐가 마다가스카르에서 용을 방불케 하는 뉴기니왕도마뱀에게 잡혀 먹히고, 또다른 한 마리의 쥐는 떠나가는 이슬람 배를 향해 발만 동동 구르며 보물섬에 남겨진 적도 있었다. 각각 뎅기열과 무좀과 치질에 걸렸다가 의료과실로 죽어간 세 마리의 쥐까지 포함해 모두 여섯 마리의 쥐가 순전히 벡스 때문에 어이없이 희생되었다.

인도양 한가운데에서 마주친 사이클론의 위력은 엄청났다. 온갖 고생이 끝나 다시 잠잠한 안전해역에 들어섰을 때, 쥐들은 자신들의 리더인 닥터 벡스가 무려 다섯 마리의 용감무쌍한 동료를 잃던 가장 참혹했던 순간에 갑판 아래에서 젊은 암컷 쥐와 산부인과 놀이를 하고 있었다는 사실을 알고는 경악했다. 하지만 쥐 세계의 서열은 엄격한 법. 그들은 분노를 억누르며 닥터 벡스에게 순종했고, 꽃다운 나이에 지고 만 열한 마리의 동료를 위해 보름달 아래에서 눈물의 왈츠를 추었다. 찍찍, 찍찍찍.

인도양을 방랑하던 이슬람 배는 안다만 해를 얼쩡거리다 인도네시아와 필리핀 수역으로 밀려들어갔다. 그곳의 알루샨 해류, 서오스트레일리아 해류 등이 이 소설에 나오는 이슬람 배의 진행방향과 반대로 흐르지만 뭐 그건 크게 중요하지 않다. 모두 알다시피 옛날에는 사정이 좀 달랐으니까.

그건 그렇고, 이곳에는 또 한 차례의 피비린내 나는 비극이 기다리고 있었다. 서열 2위의 고위급 쥐로서 닥터 벡스를 대신해 온갖 위험한 작업을 도맡아 처리하던 들쥐 수나가 돌연 자리에 눕더니 고열로 신음한 지 이틀 만에 별세해버린 것이다. 저 무수한 위험에서도 끝끝내 살아남았던 용맹의 대명사 수나였기에 일동의 슬픔은 하늘을 찔렀다. 그런데 쥐들이 사체를 염하기 위해 살펴보다가 끔찍한 사실을 발견했다. 그의 목숨을 앗아간 것은 바로 페스트였다.

특별검사로 임명된 서열 3위 쥐인 재클리의 지휘로 거친 수색이 시작되었다. 샅샅이 뒤진 결과, 지능이 약간 떨어지는 늙은 버니의 겨드랑이에서 페스트 벼룩이 발견되었다. 모두들 늙은 버니와 작별을 고하고 그를 배 난간에서 밀어 떨어뜨리려는 순간, 버니는 갑자기 지능이 좋아져 닥터 벡스와의 놀라운 거래를 토로하고 스스로 바다에 뛰어들었다. 항해가 시작되던 순간부터 주도면밀하게 이어져온 그 놀라운 거래가 무엇인지 궁금한 분은 내년이나 내후년에 나올 내 위대한 어드벤처 액션 로맨스 『부티의 천 년』을 사보시라. 거기에 다 들어 있다. 이 책은 발간되자마자 할리우드에서 영화로 만들어질 것 같은데, 바보 버니는 찰턴 헤스턴이 연기했으면 하는 작은 바람이 있다. 나는 그가 탄띠 대신 쥐 가죽 뒤집어쓴 꼴을 꼭 보고 싶다.

어쨌든, 이렇게 해서 모두들 닥터 벡스가 어떤 쥐새끼인지 똑똑히 알게 되었다. 살아남은 쥐들은 진지한 회의를 열었다. 찍찍, 찍찍찍. 그 자리에 불려온 닥터 벡스는 결국 자신의 죄를 고백할 수밖에 없었다. 난간에 올라 동료들의 이름을 하나하나 부른 후 장렬하게 바다로 뛰어들었다. 남은 쥐들은 또다시 눈물의 왈츠를 추었다. 찍찍, 찍찍찍.

그러나 벡스가 몰고 온 페스트의 비극은 거기서 끝난 게 아니었다. 뷘팅과 마야의 결혼 오 주년 기념식에서 마야가 쓰러져버린 것이다. 마야의 나이는 이제 갓 다섯 살 하고 칠 개월, 그녀의 곱디고운 분홍색 발바닥은 이미 검게 변해가고 있었다. 마야는 쥐답게 찍찍 울면서 죽어갔다. 뷘팅은 갑판에 누워 있는 마야의 시신을 보며, 그녀의 보드라운 털과 새하얀 뻐드렁니와 페스트에 점령당한 가슴을 어루만지며, 저 곱고 가느다란 손가락을 쓰다듬으며 절망했다. 그녀를 보내고 싶지 않았지만 그건 뷘팅이 마음대로 할 수 있는 게 아니었다. 말없이 마야의 시신을 응시하던 뷘팅은 갑자기 비명을 질렀다. 그러지 않고서는 견딜 수가 없었다. 실컷 울기라도 하면 한결 나아질 것 같았다. 그러나 여전히 눈에서는 눈물이 흐르지 않았다. 울 수 없는 불사의 존재 뷘팅은 목에서 피가 나고 더이상 아무 소리도 나지 않을 때까지 빽빽 비명을 질러댔다.

북극성이 반짝이는 맑은 밤, 뷘팅은 마침내 작별을 고했다. 무시카들이 마야를 시커먼 바다로 내려보냈다. 아리따운 독일 시궁쥐 마야의 시신은 둥실둥실 떠서 이슬람 배 주위를 몇 바퀴나 맴돈 뒤, 이윽고 마음을 정한 듯 멀리 제 고향을 향해 천천히 흘러가기 시작했다.

이튿날 아침부터 한스 뷘팅은 이상한 행동을 했다. 돛대를 붙잡고 볼레로를 추더니 갑자기 구석에 쪼그리고 앉아 고추를 만지작거렸다. 환각에 사로잡혀 덜덜 떨다가 갑판의 난간에 걸터앉아 바다만 노려보기도 했다. 그날 저녁 무렵에는 고열까지 겹치는 바람에 곧 죽을 것처럼 사경을 헤맸다. 이리저리 출렁거리는 파도 위에서 뷘팅의 병세는 점점 악화되어갔다.

결국 무시카들은 벵갈 만에 있는 작은 섬에 배를 정박하고는, 반쯤 기절한 뷘팅을 부축해 해변의 작은 동굴로 기어들어갔다. 뷘팅은 동굴 한구석에 쓰러지자마자 깊은 잠에 빠져들었다. 그의 육신이 미얀마의 작은 무인도에서 잠들어 있는 동안 벌어지는 인도의 신과 한·중·일 온갖 신령들의 연합군, 이집트의 신과 북유럽 영웅들의 동맹군 사이에서 세계수 이그드라실을 둘러싸고 벌어지는 장엄한 전쟁 이야기는 내년이나 내후년에 나올 희대의 명작 『부티의 천 년』에 상세히 기록되어 있으니 직접 사서 읽어보시라. 일단 사고난 후에는 읽지 않아도 무방하지만, 사실 카르니지의 부름을 받은 뷘팅의 영혼이 연합팀의 전략전술에 창의적으로 기여하는 부분은 오금이 저릴 정도로 재미있을 예정이다. 살짝 결말을 일러준다면, 절체절명의 위기에 몰렸던 동맹군의 일원인 지혜의 신 아테나가 마야에 대한 뷘팅의 뼈에 사무치는 회한과 미망을 이용해(둘의 만남을 주선한 오딘과 발키리 부대가 북유럽의 신, 즉 동맹군에 속해 있음을 기억하라) 지저분하게 승리한다. 아시아의 신들은 패배를 인정해 이그드라실에서 철수하면서도 그놈들 참 더럽게 싸운다고 손가락질을 했다. 그렇게 삼백 년이 흘러 뷘팅이 훌훌 털고 일어났을 때, 그는 카르니지 여신의 보은을 입어 이십대의 건강한 몸으로 돌아가 있었다. 게다가 전쟁 패배의 빌미를 제공한 운명의 시궁쥐 마야를 생각할 때마다 우람하게 발기가 되었다. 아니, 이제 와서 어쩌라고.

여덟에 불과했던 쥐들의 숫자는 그 동안 섬을 뒤덮을 만큼 늘어나 있었다. 여기도 쥐, 저기도 쥐였다. 눈치채지 못하게 고개를 휙 돌려보아도 역시 쥐가 있었다. 그들은 독실한 종교를 지녀 오층석탑을 세웠으며, 대마초 흡연과 동성결혼을 합법화시켰다. 그들은 잔뜩 발기된 뷘팅이 비틀비틀 동굴에서 나오자, 전승되어오던 신화가 사실로 밝혀진 것에 기뻐하며 대형 매스게임을 벌였다. 뷘팅은 환영만찬에 참석했다가, 지난 삼백 년 동안에 쥐들이 지배했던 그 무인도에 심상찮은 일이 일어났음을 깨달았다. 여기서부터 이야기는 약간의 추리소설 형식을 띠게 될 참인데, 그게 또 얼마나 흥미진진한지 모른다. 이제 책 선전도 지겨우니 대충 배경을 설명해주자면, 그건 모두 삼백 년 전 동료를 배신하다 들켜 바다에 뛰어들었던 닥터 벡스와 관련이 있다.

아무튼 쥐들의 살아 있는 신이 된 뷘팅은 그 섬에서 백 년간 살면서 털색과 종에 대한 차별을 철폐하고 언론중재위원회를 설립하는 등 올바른 행동을 했다. 그러다 검은 먹구름이 사위를 뒤덮은 어느 불길한 오후, 섬의 저쪽 구석에서 호시탐탐 모반을 꾀하던 닥터 벡스의 352대 후예를 잡아 모가지를 비틀어버림으로써 쥐들에게 무시카로서의 위엄을 되찾게 해주었다.

그건 마땅히 해야 할 일이었지만, 동시에 카르니지 여신을 모시는 음유시인으로서 절대로 하지 말아야 할 짓이기도 했다. 무시카를 살해했다는 죄책감에 고민하던 뷘팅은 결국 그 섬을 떠나기로 결심했다. 목재와 나무줄기를 운반해서는 반쯤 삭아 으스러진 이슬람 배를 수리했다. 그리고 따뜻한 편서풍이 부는 저녁, 지난날 섬에 함께 도착했던 동료들의 직계후손 열 마리를 데리고 떠났다. 원래 여덟이어야 하지만 자연에는 일란성 쌍둥이라는 게 있다.

이슬람 배는 인도양에서 인도네시아와 필리핀 사이를 지나 동아시아 쪽으로 흘러갔다. 아까도 말했다시피 오늘날 그곳의 해류는 죄다 서쪽으로 흐른다. 그렇지만 이 당시인 19세기 말과 20세기 초에는 동쪽으로 흐르는 해류가 있었다. 내가 그렇다면 그런 것이다.

그 부근은 섬이 엄청나게 많은 해역이지만 뷘팅 일행은 굶주림을 면치 못했다. 개화한 원주민들이 야자열매 하나까지 돈을 받고 팔았기 때문이다. 게다가 달콤한 목소리로 물고기를 낚아올리던 마야마저 수백 년 전에 죽고 없으니 굶어죽기 딱 좋은 상황이었다.

이 대목에서 이야기는 요즘 유행인 엽기 쪽으로 흐른다. 쥐들이 먼저 굶어죽은 두 마리의 동료를 먹어치웠다. 그마저 다 먹고 나자 뷘팅과 살아남은 쥐 여덟 마리는 서로를 잡아먹기 시작했다. 뷘팅이 맛 좀 보라고 내어준 허벅지는 하루도 못 되어 새살이 돋아났다. 그러나 뷘팅이 잡아먹은 쥐들은 다시는 살아나지 못했다. 그렇게 뷘팅과 아직 뷘팅의 뱃속에 들어가지 않은 쥐 다섯 마리는 말레이

시아의 수마트라 근처에서 허기로 반쯤 넋이 나간 상태로 누워 있었다. 뷘팅은 피리를 불 힘도 없어 그저 만지작거리기만 했다.

그때 맑은 하늘에서 갑자기 큼지막한 고등어 한 마리가 이슬람 배 위로 떨어져내렸다. 안다만 출신으로 바카라 도박을 좋아하던 그 고등어의 이름은 수마르 이레이라인데 뭐 그건 중요하지 않다. 일동은 깜짝 놀라 움찔했다가 거의 본능적으로 달려가 이레이라의 옆구리를 물어뜯었다. 아직 파닥거리며 살아 있던 이레이라는 그들의 입속으로 순식간에 사라졌다. 그러나 고등어 한 마리는 뷘팅과 다섯 마리의 쥐에게는 너무 적은 양이었다. 방금 전에 뭔가를 먹긴 먹었나 하고 곰곰이 돌이켜보는데, 다시 한 마리가 뚝 떨어졌다. 아가미에 흉터가 있는 이놈 이름은 쫄면을 좋아하는 이디 아민인데 애도 이름은 별로 중요하지 않다. 일동은 다시 아민을 향해 우르르 돌진했다. 제각기 입을 벌려 옆구리를 물어뜯으려는 순간, 다시 저 뒤쪽에서도 철퍼덕 하고 고등어가 떨어지는 것이었다. 세번째로 떨어진 그 복부비만 고등어의 이름은 시부야 시게오인데 애 역시 다시는 등장하지 않는지라 기억할 필요가 없다. 중요한 건 시게오가 떨어진 후로 마르멜로, 노리에가, 곤띠나브, 리키, 웨이쩌링, 샨, 자무시, 딕슨, 틱낫한, 드레이크, 카림 압둘 자바, 유비나우스 등 다양한 이름을 가진 고등어들이 거의 동시에 떨어져내렸다는 것이다. 고등어들은 배 위로도, 주변 바다로도 비처럼 떨어져내렸다.

곳간에서 인심 난다고, 방금 전까지 서로 잡아먹지 못해 안달이 났던 뷘팅과 쥐들은 밝게 웃는 낯으로 주거니 받거니 열심히 고등어를 먹었다. 더는 한 입도 못 먹을 만큼 배가 불렀는데도 고등어는 계속해서 떨어졌다. 나중에 먹기 위해 잘 갈무리해서 한곳에 모아 놓았다. 그런데 어쩐지 분위기가 심상치 않았다. 하늘에서 고등어가 떨어지는 속도가 점점 빨라지더니 급기야는 소나기처럼 쏟아졌다. 배의 여기저기 고등어가 잔뜩 쌓여 그 무게에 이슬람 배가 균형을 잃고 한쪽으로 기우뚱했다.

일동은 놀라 배 위에 쌓인 고등어를 바다에 던지기 시작했다. 그러나 뷘팅과 쥐 다섯 마리가 죽어라 내던지는 고등어보다 배 위로 쌓이는 고등어가 훨씬 많았다. 이대로 침몰할지 모른다는 긴장감이 짙어가는 순간, 갑자기 사방이 어두워지며 이슬람 배가 시계방향으로 돌기 시작했다. 그리고 서서히 허공으로 떠올랐다. 배를 들어올린 그 거대한 힘의 주인공은 고등어 수백만 마리를 바다에서 끄집어내어 허공에 흩뿌린 토네이도였다. 이슬람 배는 바다를 떠나 허공으로 날아갔다. 뷘팅과 쥐들은 서로를 꼭 껴안고는 비명을 질러댔다. 채 소화도 되지 않은 고등어 이바노프, 에밀리, 전두환의 살점을 토해냈다. 그러다 차례차례 정신을 잃었다.

그들이 추락한 곳은 수마트라에서 팔천 킬로미터나 떨어진 중국 우한 지방의 홍등가였다. 어지러워 침을 질질 흘리고 있는 뷘팅을 발견한 기생들은 그를 탐관오리에게 넘겼다. 그 탐관오리는 뷘팅을 자기 노비로 등록하고는 신나게 부려먹었다. 노비대장에 뭐라 등록되었는지는 기록이 소실되어 알 수 없지만, 그들이 즐겨 사용하는 호칭은 그냥 '웨이(喂; 야!)'였다.

뷘팅은 새벽부터 일어나 하루 종일 일했다. 식사도 변변찮아 나날이 야위어갔다. 그러나 창고에는 쌀이 썩어나고 있어, 무시카들은 행복에 겨운 나머지 매일 밤 달빛 아래에서 왈츠를 추었다. 고량주를 훔쳐 마시고는 잔뜩 취해서 그곳에서 오래오래 살자고 뷘팅을 협박하기까지 했다. 찍찍, 찍찍찍.

뷘팅은 힘들었으나, 굳이 다른 곳으로 가야겠다는 마음이 들지도 않았다. 어차피 어디를 가건 힘든 삶이었다. 밤이면 온몸이 쑤셔서 신음을 했다. 고된 일 때문이기도 했지만 자기를 감독하는 하인에게 맞아서 그런 경우가 더 많았다. 성이 유씨인 그 하인은 뷘팅을 거의 죽일 듯 구타했다. 뷘팅은 그가 내리치는 매질 하나하나에서 자신을 향한 살의를 느꼈다. 도대체 왜 그렇게 못살게 구는 건지 알 수가 없었다. 뷘팅은 그와 친해지기 위해서 무진 애를 썼다. 시키는 일을 다 하는 건 물론이거니와 명절 때 받은 닭발도 숨겨놨다가 윙크와 함께 건넸다. 유씨는 아무렇지 않게 받아먹고는, 발가락이 네 개뿐이라며 그 자리에서 다시 뷘팅을 구타했다.

닭은 본디 발가락이 네 개다. 온몸에 멍이 든 채로 신음을 하다 간신히 잠이 들 만하면 유씨는 뷘팅의 시궁창 같은 거처에 들이닥쳐 또 일을 시켰다. 뷘팅은 반항하지 않고 일어났다. 때때로 카르니지 여신을 생각했다. 카르니지 여신은 왜 자기를 선택하셨는지, 어떻게 사는 게 카르니지 여신의 뜻을 따르는 건지 생각해보았다. 그러나 답은 쉽게 나오지 않았다.

그렇게 노비로서의 삶이 지속되던 어느 날, 뷘팅은 베이징에서 온 식객을 만나게 되었다. 그의 이름은 회련. 뷘팅과 마찬가지로 인도에서 건너온 불가의 승려였다. 그에게서는 좋은 냄새가 났다. 그건 데시노크 사원에서 땔감 때듯 피워대는 향내와 비슷했다.

회련은 뷘팅이 불사의 몸임을 이미 알고 있었다. 또 그가 가네샤를 타고 다니는 무시카 네 마리―한 마리는 토네이도 기류를 잘못 탄 바람에 미국 애리조나에 떨어졌다. 그는 거기서 외톨이가 된 슬픔을 딛고 일어나 애리조나 시궁쥐의 조상이 되었다―와 함께 기나긴 여행을 하고 있음도 알고 있었다. 이 모든 사실을 알고 있는 까닭은 회련이 척척박사여서가 아니라, 그 역시 불사의 몸이기 때문이었다.

회련을 처음 볼 때부터 뷘팅은 이상하게 마음이 끌렸다. 기회를 보아 슬그머니 다가가 인사를 올렸다. 회련은 아주 오랫동안 알아온 사이처럼 뷘팅을 맞아주었다. 그와 함께 있으면 마음이 편했다. 말로 하지 않아도 뭐든 이해해주는 것 같았다. 뷘팅은 유씨의 눈을 피해 자주 회련을 찾아갔고, 이런저런 얘기를 나누었다. 물론 걸리면 죽도록 얻어맞았다. 머리채가 잡힌 채 질질 끌려가는 뷘팅을 보면서도 회련은 그냥 껄껄 웃기만 했다. 저놈은 제 원수예요, 하고 이를 갈자 회련이 정색을 하고 고개를 저었다.

"아니, 저 사람은 당신의 은인이오. 여기서 결국 벗어나게 해줄 테니까."

뷘팅은 그게 무슨 말인지 이해하지 못했다. 회련은 공력이 높은 스님답게 무엇 하나 속 시원히 말해주는 법이 없었다. 기원전 920년에 태어난 회련은 뷘팅보다 세 배는 더 오래 산 사람이었다. 그는 석가모니는 물론이고 공자와 예수도 만나 가르침을 받았다. 회련은 자기가 아는 모든 것들, 살아오며 느낀 모든 것들을 뷘팅과 공유했다. 죽지 않는다는 건 마치 넋을 놓은 것처럼 무기력한 삶일 수 있음을 알려준 것도 회련이었다.

"그럼 어떻게 해야 하지요?" 고개를 끄덕이며 듣던 뷘팅이 물었다. "어떻게 해야 무기력하지 않게 살 수가 있을까요?"

"간단합니다." 회련의 말이었다. "언젠가는 죽을 목숨으로 돌아가면 되지요."

"하지만 어떻게요? 우리는 불사의 몸이잖아요. 아무리 해도 죽을 수가 없어요."

회련은 가만히 웃으며 뷘팅의 눈을 응시했다.

"그게 바로 무력감에 젖어 있다는 증거랍니다. 우리의 목숨은 특별하게 보호받고 있지요. 그리고 그 보호를 거절할 생각도 없지 않습니까."

그 말을 듣는 순간 뷘팅은 아찔한 현기증을 느끼고 휘청거렸다. 눈을 껌뻑이며 땅을 볼 때 회련의 말이 이어졌다.

"네, 그처럼 간단합니다. 이 상태라면 우리는 영원히 기쁨을 느끼지 못하고, 그저 하루하루의 고통 속에서 남을 원망하며 지낼 수밖에 없지요. 그런 너저분한 매순간을 영원히 사는 겁니다. 당신에게도 끝나지 않길 바랐던 시간이란 게 있지 않았나요? 하지만 금세 끝나버렸을 테지요. 왜냐하면 삶의 길이와 상관없이, 우리에게 주어지는 '진짜'는 아주 짧거든요. 그건 금방 끝나버리기 때문에, 그리고 다시는 돌아갈 수 없기 때문에 '진짜'랍니다."

회련은 공력이 높은 스님답게 진짜라는 단어의 앞뒤에 따옴표를 집어넣어 말했다.

그날 밤 뷘팅은 잠을 이룰 수가 없었다. 새벽이 다 되어서야 간신히 눈을 붙였지만, 얕은 잠을 자는 동안에도 머릿속에는 정리되지 않은 생각의 조각들이 어지럽게 날아다녔다. 맞아, 하고 뷘팅은 잠꼬대인지 중얼거림인지 알 수 없는 목소리로 말했다. 내가 그 아름다운 시궁쥐를 사랑했지. 아주 짧았고, 금방 끝나버렸고, 돌아갈 수 없기 때문에, 처음부터 그렇게 되리라는 걸 알고 있었기 때문에, 그건 진짜로 진짜였어.

뷘팅은 둔탁한 통증을 느끼고 눈을 떴다. 새벽빛이 가느다랗게 흘러들어오는 남루한 하인의 방, 유씨가 잔뜩 술에 취한 채 씩씩거리며 서 있는 것이었다. 뷘팅은 황급히 일어나려다가 그 자리에서 푹 쓰러졌다. 왼쪽 팔이 이상한 방향으로 휘어 있었다. 뷘팅은 뒤로 꺾인 자기 팔과, 몽둥이를 움켜쥔 채 씩씩거리며 "대홍포가 왜 오룡차라는 거야" 따위의 발음도 어려운 헛소리를 중얼거리는 유씨를 번갈아가며 보았다. 분명한 건, 아무 이유도 없다는 것이었다. 유씨에게는 뷘팅을 새벽부터 그렇게 구타할 이유가 없었고, 뷘팅도 자다가 그렇게 구타당할 이유가 없었다.

뷘팅은 꾸부정하게 일어났다. 그리고 오른손으로 유씨의 목을 덥석 움켜쥐었다. 유씨가 몽둥이를 떨어뜨리며 뷘팅의 팔을 잡았다. 잘 풀리지 않자 마구 할퀴었다. 뷘팅의 팔뚝에서 피가 줄줄 흘러내렸다. 흔들리는 호롱불에 비친 그 시뻘건 피를 보니, 자신도 모르게 팔에 힘이 들어갔다. 우둑, 하고 목뼈 부러지는 소리가 났다.

뷘팅은 회련에게도, 무시카들에게도 알리지 않은 채 그곳을 빠져나왔다. 이제 뷘팅은 도망친 노비인 동시에 살인자였다. 손아귀에는 아직 한 사람의 생명을 앗아갈 때의 그 끈적끈적한 흥분이 배어 있었다. 아무렇지 않게 휘휘 걷다가도 '내가 그 사람을 죽인 것이다' 하고 생각해보면, 역시 가슴이 쿵쿵 뛰었다.

길거리에서 주운 나무토막과 대마 줄기로 부러진 팔을 고정시켰다. 일을 마치고 나서 보니 이미 덧대가 필요 없을 만큼 완치되어 있었다. 그럴 거면 처음부터 부러지질 말던가. 외톨이 한스 뷘팅은 정처 없이 걸었다. 심심하면 피리를 꺼내어 불었다. 배가 고프면 산나물을 뜯어먹었고, 지치면 아무 데서나 몸을 뉘었다. 그러나 산나물의 맛과 그 잠의 느낌은 회련을 만나기 전에 비해 사뭇 달라져 있었다. 피리에서 흘러나오는 소리가 이전과 다르듯이 말이다. 작별인사도 없이 헤어진 무시카들이 그리웠다. 하지만 그들은 떠나고 싶어하지 않을 것 같았다. 거기가 좋다면, 거기 있으면 된다. 길은 혼자 가면 된다. 뷘팅은 이제부터 자기의 삶을 카르니지 여신의 의도를 깨닫는 데 바치겠다고 결심했다.

산둥 반도의 끝에 다다른 한스 뷘팅은 작은 어촌인 칭다오에서 허드렛일을 하며 밥을 얻어먹었다. 우연히 어부들이 잡아온 해삼과 오징어를 햇빛에 말리게 되었는데, 단단하면서도 윤기가 흐르도록 시간을 잘 맞췄다. 자기 물건의 가치가 올라가자 어부들은 무척 좋아했고, 뷘팅을 꼬드겨 해변에 조그마한 작업장이 딸린 가게를 내도록 했다. 이름을 중국식으로 한펀팅(韓奮汀)이라고 지어준 것도 그들이었다.

한펀팅은 칭다오의 어부들에게서 해산물을 공급받아 단단히 말린 후 다른 지방에서 온 장사치에게 팔았다. 평화로울 때는 신선한 해산물이, 전시에는 작고 가볍고 보관도 용이한 건어물이 인기가 있는 법이다. 당시 중국은 여기저기서 크고 작은 전란이 끊임없이 일어났기에 건어물 사업은 망하려도 망할 수가 없었다. 게다가 한펀팅의 건어물은 중금속이 적고 합성조미료를 쓰지 않아, 전에 노비로 살았던 우한 지방에까지 소문이 퍼질 정도였다. 돈을 조금 모은 한펀팅은 튼튼한 벽돌과 목재를 사서 방이 아홉 개 딸린 집을 지었다. 그리고 궁핍한 노인들을 불러 기거하게 해주었다. 감격한 노인들은 틈만 나면 지나가는 이웃을 붙들고는 한펀팅을 칭찬하는 시를 지어 불렀다. 노인의 입김이 센 고장이라 그는 순식간에 유명인사가 되었다. 설문에 의하면 칭다오에 거주하는 육십대 이상 고령 인구의 약 팔십 퍼센트가 한펀팅을 지지했다.

칭다오 사람들은 착하고 수다스러웠다. 그들은 외국인을 만나본 적이 전혀 없었다. 한펀팅은 가게를 찾아온 어부들과 이런저런 이야기를 나누었는데, 그러는 중에 말이 와전되어 사람들은 그를 독일인으로 알게 되었다. 그리고 그 나라 사람들이란 참으로 덕이 많고 햇빛도 잘 이용한다고 믿어, 독일을 덕일(德日)이라 부르기 시작했다. 1897년에 칭다오가 변변한 저항도 없이 덕일에 점령당한 건 전적으로 한펀팅의 탓이었다.

오랜 세월이 지나 다시 만난 덕일인들은 무섭게 변해 있었다. 그들은 칭다오 사람들을 마치 곡물을 훔치는 원숭이처럼 취급하여, 말을 안 듣거나 반항하면 가차 없이 죽였다. 주민들은 한펀팅에게 속았다고 생각하고는 성이 나서 건어물 가게로 몰려들었다. 그리고 모조리 불태웠다.

간신히 몸을 피한 한펀팅은 또다시 떠나야 할 시간이 다가왔음을 알았다. 미리 마련해둔 작은 돛단배에 음식과 물을 실었다. 피리를 깜빡하는 바람에 잠시 마을에 다녀와보니, 배 안에는 저 그립던 네 마리의 무시카들이 팍삭 늙은 채로 구명조끼까지 걸치고 앉아 있었다.

한펀팅에게 돛단배를 판 노인은, 말하자면 나이를 똥구멍으로 드신 분이었다. 칭다오를 떠나자마자 썩은 돛대가 부러져 오도 가도 못 하는 신세가 되었다. 한펀팅과 네 마리의 무시카는 사색이 되었다. 수마트라 근처에서 굶주려 서로를 잡아먹던 기억이 떠올랐기 때문이다. 그러나 오래 표류하기엔 칭다오와 대한민국은 너무 가까이 붙어 있었다. 출발한 지 사흘째 되던 날 돛단배는 산둥 반도를 오른쪽으로 끼고 돌다가 황해난류를 만나 올라탔다. 그로부터 다시 이틀이 지나자 멀리 백령도가 보였다. 불사의 한펀팅과 네 마리의 무시카 앞에 대한민국은 그렇게 은근슬쩍 나타났다.

한국에 도착한 한펀팅은 대가리에 든 게 없는 머슴 행세를 하며 살았다. 그건 잘한 짓이었는데, 왜냐하면 당시 똑똑한 사람들은 곧바로 죽임을 당했기 때문이다. 덕분에 지주와 탐관오리와 보부상과 일본 헌병과 소련군과 미군과 인민군과 국방군과 우익청년단체와 빨치산과 중공군과 유엔군과 깡패와 경찰에게 각각 한두 번씩밖에 죽지 않았다. 그럴 때마다 한펀팅은 혀를 길게 빼물어 진짜로 죽은 척했고, 밤에 슬그머니 일어나 줄행랑을 쳤다. 하지만 그와 함께 학살을 당한 사람들은 다시는 살아나지 못했다.

그렇게 20세기의 한국은 천 년 전 인도만큼이나 슬픈 곳이었다. 툭하면 사람들이 떼로 죽어나갔다. 가족을 잃은 한국인들은 뭐라 형언할 수 없을 만큼 슬픈 표정을 지으며 울었다. 그러나 그들은 곧 일상으로 돌아갔다. 그들의 울음은 과격했지만 너무 짧았다. 복수를 하는 경우도 찾아볼 수 없었다. 물론 겉으로 보이는 게 전부는 아닐 터이나, 그럼에도 한펀팅은 뭔가 이상하다고 생각했다. 누군가 죽으면 그들은 엄청난 애도를 한 후 순식간에 그 사실을 받아들였다. 그리고 다시 남겨진 자로서의 삶을 충실하게 살아가는 것이었다. 그들이 취하는 태도가 망각이라면, 그건 이해할 수 있는 일이다. 이 조그마한 나라의 사람들은 가슴에 이미 너무 깊은 한이 맺혀 있어, 정상적으로 살아남기 위해서는 한시라도 빨리 이별의 고통을 잊을 수밖에 없기 때문이다. 그러나 그들은 잊어버리지 않고, 그저 수긍했다. 한국인들은 누군가를 만나고, 행복한 시간을 함께 보내고, 그를 잃은 후 평생 그리워하며 사는 것이 애초에 정해진 자신들의 운명인 것처럼 굴었다. 그러기 위해 사는 것 같았다. 한펀팅은 한국인들을 이해할 수가 없었다.

그 역시 가족을 잃었다. 1970년대 새마을운동 때였는데, 읍내의 오일장에 나들이를 갔던 사랑스러운 시궁쥐 노마와 의젓한 생쥐 알레한드르가 국민학생에게 살해당했던 것이다. 국민학생은 노마와 알레한드르의 꼬리를 방학숙제로 제출했다. 한펀팅은 그들을 애도하기 위해 남은 두 마리의 쥐와 함께 뒷동산에 올랐다. 왈츠를 추며 찍찍, 찍찍찍 점잖게 애도하려 했지만 낮게 엎드린 산들을 보자 눈물이 날 것 같았다. 천 년 동안 저 참혹한 전쟁과 무수한 죽음, 배신과 공포를 경험한 후라도 슬픈 건 슬픈 거였다. 그러나 한국인들처럼 눈물을 대야로 쏟으며 울부짖지는 못했다. 한펀팅은, 역시 울 수가 없었다.

　80년대 초에 상경해보니 서울은 온통 삽질중이었다. 사방에서 땅이 파헤쳐지고 건물이 올라오고 있었다. 한펀팅은 공사판에 끼어들어 삽질을 했고, 곁눈질로 용접도 배웠다. 용접을 하면 막노동을 하는 것보다 벌이가 더 좋았다. 돈이 조금 모이자 공무원에게 돈을 주고 호적을 샀다. 한분태(韓奮泰)라는 이름이었다. 그 이름으로 허허벌판인 강남의 땅을 조금 마련했는데 금세 가격이 올라버렸다. 땅을 판 돈으로 성북구 정릉에서 〈한분태 뼈다귀 해장국집〉을 열었다. 처음에는 번창했다. 비결은 해장국에 고향 인도의 카레가루를 조금 넣는 것이었다. 그 독특한 맛 때문에 한분태는 많은 돈을 벌었고, 가게를 꾸미거나 확장하는 대신 은행에 저축했다. 덕분에 손님이 줄어들어도 먹고사는 데에는 별 지장이 없었다.

　정릉은 아름다운 곳이었다. 손님이 없는 날에는 문을 걸어잠그고 가까운 북한산에 다녀왔다. 인적이 드문 바위에 올라 조용히 피리를 불곤 했다. 감미로운 선율이 흘러나오면 하늘의 구름도, 가을의 산들바람도 가만히 운행을 멈추었다. 가끔은 바위에 기대고 앉아 내면의 목소리에 귀를 기울이기도 했다. 회련의 말을 되새김질했고, 카르니지 여신의 뜻을 생각했다. 왜 나를 선택하신 걸까? 한분태는 묻고 또 물었다. 답은 여전히 손에 닿지 않는 저 너머에 있었다.

　남은 두 마리의 늙은 쥐는 한국의 트로트를 좋아했다. 라디오에서 흘러나오는 이미자의 노래를 들으며 나란히 고개를 주억거렸다. 한분태가 생각하기에, 그건 너무나 오랜만에 찾아온 평화였다. 낮게 깔린 산과 저 멀리 흐르는 한강을 바라보면 그 또한 마음이 편해지

면서 온갖 상념이 떠올랐다. 그런 게 싫었던 때도 있었다. 생각하는
게 괴로워, 생각을 지우기 위해 앞만 보며 달리던 시절이었다. 그러
나 회련을 만난 이후로 더는 그걸 거부하지 않았다. 떠오르는 상념
을 저항 없이 수용했다. 그럼으로써 오히려, 스스로에게 약간의 자
유를 준 기분이 들었다. 상념에 휩싸인 순간만큼은 카르니지 여신
의 축복을 받은 차라니가 아니라 한분태라는 이름의 한국인이었다.

아름다운 즉흥시와 피리 소리로 사람들을 울리던 인도 라자스탄
에서의 나날이 떠오를 때면 절로 몸이 노곤해지면서 행복한 기분이
들었다. 하지만 그후의 대부분은 너무나 악몽 같은 기억들이었다.
차라니로서 수행한 저 참혹한 전쟁이며 시체로 뒤덮인 전장, 불사
의 몸으로 고향을 떠나던 어느 아픈 날과 유럽으로 이어진 서러운
길에 촘촘히 늘어선 무한의 밤들, 제2의 고향처럼 끈끈하게 여겨오
던 독일에서의 비정한 추방, 항해중에 벌어진 그 무수한 사고와 미
얀마의 섬에서 잠든 채로 휘말렸던 신들의 전쟁, 굶주림을 견디다
못해 쥐들과 서로의 육신을 교환하던 고통, 아시아의 근대를 살아
오며 받은 상처들.

어느 하나도 머리에서 지워버릴 수가 없었다. 그러나 가장 또렷
하게 기억되는 건 따로 있었다. 그건 굳이 북한산에 오르지 않아도,
자기 가게에 들어앉아 편히 누워도, 밤늦은 시간에 두 멋쟁이가 불
쑥 찾아와 해장국과 소주를 주문해도, 의자에 걸터앉아 눈을 감고
있어도 코앞에서 뭉실뭉실 피어오르는 것이었다. 한분태는 자기 뇌
에 통점처럼 박혀 있는 그 기억에 집중했다. 어쩌면 모든 건 바로
그 점을 향해 도열해 있을지 모른다. 그리고 그건 누군가의 축복으

로 영원한 생명을 받은 몸으로는 깨달을 수 없는 것일지 모른다. 삶에서 정말로 깨달아야 하는 건 다른 누군가의 뜻이 아니라 매순간 다가오는 생의 느낌, 그 자체일지 모른다.

파삭, 하고 요란하게 소주병 깨지는 소리가 들려올 때 한분태는 드디어 저 무수한 질문의 근원인 카르니지 여신과 작별하기로 결심했다. 불사를 포기한 한분태는 이제 늙어죽을 운명을 지닌 인간으로서 새로이 눈을 떴다. 천 년 만이었다. 천 년 만에 가슴속에서 강한 불길이 치솟고 있었다. 그건 죽을 운명에 처한 자들만이 느낄 수 있는, 가슴에서 올라와 눈으로 뻗어나가는, 때가 되면 처절하게 고꾸라질 유한성이 전제된 생명의 에너지였다. 그 에너지가 천 년의 기억 중 고작 오 년에 불과한 어느 한 지점을 벼락처럼 적시는 바람에 한분태는 눈앞이 흐려졌다. 눈을 동그랗게 떠보아도 저 너머 테이블 앞에 앉아 있는 두 명의 멋쟁이, 그러니까 뒷날 이 소설을 발표하게 될 나와 내 친구를 제대로 볼 수가 없었다. 그건 슬픔이며 동시에 몸의 구석구석을 섬세하게 자극하는 황홀한 무엇이었다. 홀린 듯 저 그립고 먼 이름을 속삭였다.

"마야."

눈물을 쏟으며 훌쩍훌쩍 울기 시작했다.

자정의 픽션

늦은 밤 집에 돌아오니 그녀가 까치발을 하고서 찬장을 기웃거리고 있었다. 뭘 찾느냐고 묻자, 몹시 낙담한 얼굴로 돌아보는 것이었다.

"멸치 어디 있어?"

벌써 한 번 끓이다 말았는지 가스레인지 위에는 김이 오르는 냄비가 보였다.

"또 수제비?"

그녀가 고개를 끄덕였다.

나는 화장실 옆에 붙은, 자정을 가리켜도 될까 안 될까 망설이는 시계를 보며 물었다.

"냉동실에 없는 거야?"

거기를 가장 먼저 찾아봤을 테니 그건 사실 질문도 아니었다. 학원에서 아이들과 씨름하며 보낸 열두 시간이 내 정신을 그만큼 얼얼하게 마비시켜놓은 모양이었다.

"없어. 아무 데도 없어. 그저께 틀림없이 냉동실에 넣어뒀는데. 나 지금 배도 많이 고프고 진짜진짜 피곤하단 말이야."

볼멘 목소리를 들으며 방에 들어가 교재로 불룩한 가방을 내려놓았다. 그리고 다시 거실로 나와, 그녀와 함께 멸치를 찾아보았다.

없었다. 냉장실에도 없고 냉동실에도 없었다. 찬장에도 없고 선반에도 없고 몇몇 잡동사니가 놓인, 싱크대 한쪽에 달린 조그마한 식탁 위에도 없었다. 우리가 동거하는 이 집에 무언가 먹을 것이 있으려면 그중에 있어야 한다. 다시 말해, 그중에 없으니 우리 집엔 없는 것이다.

"그저께 수제비를 끓일 때 쓰고 분명히 남았잖아."

혼잣말처럼 들렸으나 나는 고개까지 끄덕여가며 맞장구를 쳤다.

"기억해. 한 줌 정도 남아 있었지."

"그다음에 내가 어디다 놨는지 몰라?"

그렇다. 다른 건 다 기억이 나는데 그것만 기억이 나지 않는다. 어쨌든 이렇게 찾아봤는데도 나오지 않으면 이 좁은 집 안에는 없는 게 맞다. 깨끗이 사라진 것이다.

나는 '응' 하고 대답했다. 바보, 뭐가 '응'이란 말인가? 무책임한 소리를 해버렸다. 그러나 변명하자면 나 역시 너무나 피곤했다. 선 채로 깜빡깜빡 졸다 깨어날 정도였다. '응' 하는 대답은 아마 내가 잠시 졸았을 때 나왔을 것이다.

그녀는 뚜껑을 집더니 아직도 김이 올라오는 양은냄비 위로 쨍그랑 소리를 내며 덮었다. 부엌의 형광등을 끄고 방으로 쑥 들어갔다.

나는 어둠 속에서 잠시 망설이다 화장실로 가 손과 발을 씻었다. 그러면서 생각하기를, 저 애는 온종일 그 마트에 서 있었을 텐데, 그리고 그 마트에서는 오늘도 수만 마리의 멸치가 팔려나갔을 텐데, 정작 제집에 돌아와선 멸치로 국물 낸 수제비 한 그릇조차 먹지 못한다면, 그건 누구의 잘못일까.

발등에 묻은 물을 탁탁 털며 방으로 들어갔다. 그녀는 이불을 머리끝까지 뒤집어쓰고 있었다. 나는 불을 끄고 곁에 누웠다. 어떻게든 달래볼 요량으로 입을 열었다.

"딱히 그러라고 하는 말은 아니지만, 냉장고에 감자 있어. 내 고향에서는 감자로 수제비 국물을 내는데, 그것도 맛이 꽤 좋아."

"요새 누가 감자로 수제비 국물을 내? 변방의 오랑캐같이."

심통이 난 대답에 나는 고개를 젖히며 하하 웃었다.

그리고 우리는 창밖에서 흘러들어와 천장에 희미한 무늬로 남은 가로등 빛을 나란히 바라보았다. 차가 지나갈 때마다 거기에 새로운 무늬가 덧새겨졌다. 밤이면 보게 되는 마지막 이미지, 예쁘지도 않고 별다를 것도 없는 가난한 흑백무늬였다. 남루한 이 하루의 끝엔 또하나의 남루한 하루가 기다리고 있겠지. 게으르게 드러누워 우리가 오길 기다리고 있겠지. 그녀가 생긴 이후, 내가 무얼 줄 수 있는 사람인지 때때로 가늠해보는 습관이 들었다. 이처럼 궁상맞은 신세라면 저 물결치는 흑백의 남루함마저 언젠간 나를 떠날 게 아닌가.

허세를 담아 하품했다. 몸에 힘을 빼고 머리를 비우기 시작했다. 빼고 비우고 할 것 없이 순식간에 텅 비었다. 처음부터 아무것도 담겨 있지 않았던 것 같았다. 그런데 눈이 조금씩 감겨올 즈음, 그녀가 내 귀에 대고 속삭였다.

"자?"

"말해. 듣고 있어."

"나 있잖아, 진짜 이해가 안 돼. 멸치가 도대체 어디로 간 거야?"

"배가 많이 고픈가보네. 내가 나가서 컵라면이라도 하나 사올까?"

아니, 하고 그녀가 말했다. "배고픈 건 둘째 치고, 정말 감쪽같이 사라졌단 말이지. 어떻게 그럴 수가 있어? 분명히 남아 있었잖아. 안 그래?"

"맞아. 분명히 남아 있었어. 그리고 지금은 감쪽같이 사라졌지."

역시 하나 마나 한 대답이었다. 그녀와 나누는 대화라지만 어쩐지 나 스스로를 추궁하는 기분이었다. 틀림없어, 라는 소리가 들려온 건 낙담한 내 한쪽 마음이 어디론가 달아날 채비를 차리고 있을 때였다.

"틀림없어." 그녀가 다시 한번 강조했다. "분명히 옆집 아줌마야."

"501호?"

"응, 그 매 맞는 아줌마가 범인이야. 그 아줌마가 몰래 침입해서 우리 멸치를 훔쳐간 거야."

"왜 그렇게 생각해?"

그녀가 내 쪽으로 몸을 완전히 돌렸다. 그 바람에 우리 사이의 좁은 공간에 이불이 접혀들어왔다.

"그 아줌마 남편은 나쁜 사람이잖아, 그렇지?"

"나쁜 사람이지. 이틀에 한 번은 주먹을 휘두르니까." 그렇게 말하고는, 눈으로 직접 본 게 아니라는 생각이 들어 정정했다. "비명이 터져나오니까."

"틀림없어. 오늘 저녁에 또 주먹을 휘둘렀을 거야. 밥상에 된장찌개가 없다고 말이야."

그녀의 목소리에는 희미하게나마 진짜 적의가 담겨 있어서, 농담을 하는 건지 어쩐지 구별할 수가 없었다.

"그래서 당장 된장찌개를 내놓으라고 아줌마 왼쪽 눈탱이를 힘껏 때렸을 거야."

"왼쪽 눈탱이인지는 어떻게 알아?"

"그 아저씨 오른손잡이잖아. 왼쪽 눈탱이를 때릴 수밖에."

아, 하고 나는 신음했다. "그 생각을 미처 못 했네."

그리고 보니 왼쪽 눈가에 시퍼렇게 멍이 든 501호 아줌마의 모습이 또렷하게 그려지는 것 같았다. 아줌마 미안해요. 그냥 생각만 해본 거예요.

"당장에 멸치를 구해 된장찌개를 만들어 바쳐야 하는데, 왼쪽 눈탱이에 멍이 들어서는 가게에 갈 수가 없었던 거야. 남편에게는 두들겨맞고 살지만 그래도 동네에서 한가락 하는 아줌마잖아. 한번 소문이 퍼지면 다른 아줌마들이 놀아주질 않는다고. 그래서 이럴 때를 위해 미리 준비해둔 게 있었어."

그녀는 잠시 뜸을 들인 후, 고자질하듯 속삭였다.

"바로 우리 집 현관 열쇠야. 문을 따고 들어와 냉동실에서 멸치를 가져간 거지. 우리가 매일 늦게 들어오는 건 이 연립주택에 사는 모두가 알고 있으니 말이야. 그런 식으로 된장찌개는 준비되었고, 아줌마는 최악의 상황을 비켜갈 수 있었어. 하지만 이토록 빨리 들키리라고는 짐작도 못 했겠지?"

"그러고 보니 복도에서 구수한 된장찌개 냄새가 났던 것 같기도 해."

"그렇지? 그렇지?" 그제야 그녀가 내 옆구리를 살살 꼬집으며 웃었다. "그거였어."

"몰래 들어와서 말도 없이 가져가다니, 이거 인내심이 흔들리는 걸." 내가 말했다.

"그러게, 참 나쁘다."

실제로 옆집 아줌마가 우리 멸치를 가져가려 했다면, 나는 망설임 없이 그 앞을 가로막았을 것이다. '이건 내 멸치야' 하고 소리지르며 티격태격 싸웠을지도 모른다. 나로서는 옆집 아줌마가 남편에게 맞는 것보다 하루 종일 일하고 돌아온 내 애인이 배고픈 채로 자는 게 더 속상하니까.

하지만 멸치가 사라졌다는 사실 외에는 아무런 증거도 없다. 몇 마리가 남아 있었는지조차 기억나지 않는다. 상식이 있는 경찰이라면 누구 편을 들어줄 것인가. 그래서 이렇게 말했다.

"너는 사실을 잘못 알고 있어."

홍, 하고 그녀가 코웃음을 쳤다. 조심스럽던 목소리는 온데간데없었다. "좋아, 한번 들어나 보자고."

멀리서 소형 트럭의 엔진 소리가 들려왔고, 천장에 음양의 얼룩이 생겼다 고요히 사라졌다. 나는 그녀의 손등을 톡톡 건드렸다. 마주한 그녀의 머리카락에서 희미하게 샴푸 냄새가 났다. 밀려오는 졸음을 쫓으며 입을 열었다.

"우선 너는 '트리오펀'이라는 짐승에 대해 알아야 해."

"트리오펀?"

"꿈을 먹는 짐승이야. 중국에서는 '맥'이라고도 하지만 사실 둘은 전혀 달라. 생김새는 멧돼지와 비슷하고 허리춤엔 판문점도 열어젖힐 수 있는 만능열쇠를 차고 다녀. 저녁 아홉시부터 새벽 한시까지가 주로 활동하는 시간대인데, 만능열쇠를 이용해 귀신같이 들어와서는 사람들의 꿈을 집어먹곤 하지."

으흠, 하고 그녀가 베개에 뺨을 묻은 채로 고개를 끄덕였다. "본 적이 있어. 내가 일하는 마트의 여자화장실이었던 거 같아. 이상한 기척을 느끼고는 돌아보니, 청소자재보관함 곁에 쭈그려앉아 내 예쁜 뒤태를 훔쳐보고 있지 뭐야."

"그 녀석 정말 알아줘야 한다니까." 내가 말했다. "슬픈 자웅동체 주제에 이런저런 변태짓을 하다 들킨 게 한두 번이 아니라고. 아무튼 트리오펀은 주로 악몽을 먹는데, 워낙에 게걸스러운 녀석이라 행복한 꿈을 먹어치울 때도 있어. 하지만 문제는 그게 아니야. 진짜 문제는, 녀석이 최근 들어 꿈 말고 다른 것도 먹기 시작했다는 것이지."

"멸치?"

"우와, 어떻게 알았어?"

"너무 그러지 마." 그녀가 손가락으로 내 배를 살랑살랑 문지르며 말했다. "마트에서 풀타임으로 뛰는 아가씨라도 그 정도는 알아. 파르핀이 국물용 멸치를 좋아한다는 거."

"트리오핀."

내가 정정해주었다.

"응, 트리오핀. 내가 트리오핀이라고 했잖아. 그나저나 수제비가 더 먹고 싶어졌네."

나는 부랴부랴 말을 이었다.

"오늘 우리 집에는 트리오핀이 들어왔어. 그 녀석이라면 연립주택의 현관문 따윈 없는 거나 마찬가지거든. 방구석에 굴러다니는 우리의 낡은 꿈을 먹으려 어슬렁거리다가, 무슨 생각에서인지 냉동실을 한번 열어본 거야."

"그러다 멸치를 발견한 게로군."

"발견하지 못할 수가 없지. 네가 그저께 남은 멸치를 냉동실에 확실히 넣어뒀으니까."

"세상에, 거실에 주저앉아 우적우적 먹어치웠구나. 늦은 밤 멸치가 나한테 어떤 의미가 있는지도 모르고서 말이야." 그녀가 분한 목소리로 말했다. "신고해야 할까?"

"맙소사, 큰일나려고? 워낙에 옹졸한 녀석이라서 신고했다가는 어떤 보복을 당할지 몰라. 유치장에서 나오자마자 청와대 연줄을 이용해 우리를 그냥, 어휴."

"그럼 이대로 당하고만 살아야 돼?" 세상물정 모르는 애송이처럼 투덜거리는 그녀였다. "노예와 다를 바 없잖아. 차라리 그 녀석이랑 대결해버리자, 응?"

"할 수 있었다면 내가 이미 했겠지. 멸치도 멸치지만, 나는 네 꿈을 너무 좋아해서 그놈이 간식 삼아 먹는 건 싫거든. 하지만 트리오핀의 등에는 빙글빙글 돌아가는 스프링클러가 있잖아."

"화나면 물을 막 뿜는 거야?"

"아니, 1982년의 대기근 이후로 물은 뿜지 않아. 그런데 녹슬지 말라고 베어링 근처에 윤활유 대신 무화과 잼을 잔뜩 발라놓았어. 스프링클러를 빙글빙글 돌리면 그 끈적거리는 잼이 사방에 튄다고. 그걸 닦느라 하루 종일 걸레질하느니, 차라리 노예처럼 사는 게 마음 편해."

"하긴 그렇겠다. 내가 왜 무화과 잼 생각을 못 했을까? 난 걸레질이 세상에서 제일 싫은데." 그녀가 말했다. "개미들도 엄청 모일 거 아냐? 이거 수제비는 문제도 아닌걸."

"트리오핀이 아니야."

골똘히 생각에 잠겨 있던 그녀가 한 말이었다. 그 바람에 스르르 감겨오던 눈이 다시 떠졌다.

"501호 아줌마가 한 짓도 아니고, 저 무화과 잼 분무기를 달고 다니는 트리오핀이 한 짓도 아니야."

"그러면?"

나는 이불 속에 있는 그녀의 손가락을 잡고 꼬물거렸다. 처음엔 차가웠으나 금세 따뜻해졌다. 우리를 묶어놓는 건 그처럼 보잘것없는 온기였다.

"멸치는 누가 데리고 간 게 아니야. 스스로 집을 나간 거지."

"어이쿠."

"어, 일단 들어보라고. 국물을 낼 때 말이야. 물이 끓으면서 멸치들이 모두 냄비 한쪽으로 모이잖아. 왜 그런지 한 번이라도 생각해봤어?"

"으흠, 그런 걸 본 적은 있지만……"

슬쩍 물러서자 그녀가 신이 나서 말했다.

"바로 우정 때문이야. 멸치들은 지구상에서 가장 우정이 깊은 생명체거든."

"들은 거 같기도 해." 나는 대답했다. "중학교 체육시간이었나, 아마 그럴 거야."

"그들은 언제나 함께야. 한 마리로는 아무것도 못하지만 뭉치면 시원한 육수를 내잖아."

"한 마리는 부러지지만 여러 마리는 부러지지 않는다는 속담도 떠오르네. 이제 알겠어. 그들이 힘을 모아 함께 떠난 거지?"

"틀림없어."

나는 잠시 궁리한 후 이렇게 말했다.

"그들이 떠난 이유를 알아냈어. 그들은 수치심을 느꼈던 거야."

음, 하고 망설이는 그녀의 목소리를 들으며 나는 말을 이었다.

"그럼 이제부터 그들의 리더가 한 연설을 인용할게."

"그 리더의 이름은 엘리자베스야." 그녀가 재빨리 이름을 댔다.

"아니, 보석에 환장한 엘리자베스는 그저께 네가 먹었잖아. 새 리더의 이름은 뺨에 마맛자국이 있는 성범수야."

그녀가 마지못해 수긍하자, 나는 바닷바람에 거칠어진 성범수의 목소리를 흉내냈다.

성범수:나는 더이상 참을 수가 없다. 그러므로 이제 아홉 마리밖에 남지 않은 우리 멸치 여러분들께 내 뜻을 밝히고자 한다.

나머지 여덟 마리의 멸치들:(추워 이를 딱딱 부딪치며) 그래, 한번 얘기해봐.

성범수:세상에 이렇게 억울한 일이 또 어디 있겠는가? 우리 죽방멸치들은 다른 멸치들에 비해 몸집이 크고 당당하다. 이런 특징은 어느 지역, 어느 사회에서나 장점으로 작용한다. 하지만 어처구니없게도 우리에게는 이 멋진 외모가 오히려 약점이더라.

나머지 여덟 마리의 멸치들:(웅성거리며) 아니, 그게 무슨 소리야?

성범수:사실을 말하자면 이렇다. 우리들 죽방멸치는 다른 멸치들과 요리법에서 차이가 난다. 인간들은 다른 멸치의 경우 볶거나 튀기거나 졸여서 한 점도 남김없이 먹는 데 반해, 우리들 죽방멸치는 오로지 국물만 우려낸 뒤 음식물 쓰레기로 버린다. 이게 모욕이 아니면 도대체 무엇이 모욕이겠는가. 그뿐 아니다. 국물을 내기 전에 저들은 우리의 머리와 내장을 떼어낸다. 머리와 내장이 무엇인가? 지성과 영혼이 담긴 그릇이다. 그 신성한 부위가 살점과 척추만도 못한 취급을 당하고 있다. 우리는 더이상 이러한 푸대접을 참아서는 안 된다.

나머지 여덟 마리의 멸치들 중 한 마리:하지만 머리와 내장을 함께 넣으면 육수가 탁해지잖아.

성범수:이곳 냉동실이 어두워 얼굴은 보이지 않는다만 찐득한 비음을 듣자 하니 넌 기장 부근에서 살다 우성호 그물에 걸려 비명횡사한 황기택이로구나. 비린내 풍기지 말고 그 고약한 입 좀 다물어주길 부탁한다. 내 말의 요지는, 여기서 그런 부당한 대우를 받으며 체념과 묵상으로 도망칠 바에야 어떻게든 힘을 합쳐 고향 남해로 돌아가자는 것이다!

그 놀라운 선언에 여덟 마리의 멸치들이 놀라 눈을 휘둥그렇게 뜬 가운데 "바짝 마른 멸치한테 어떻게 입을 다물라는 거야"하고 투덜거리는 황기택의 목소리만 들려온다.

"그래서 멸치들은 비닐을 찢고 마침내 냉동실 문 밖으로 탈출했지."

"휴, 앞으로 갈 길이 험난할 텐데. 도대체 성범수의 멸치대가리에는 무슨 계획이 들어 있는 걸까?" 그녀가 걱정스럽게 말했다. "마른 멸치는 힘도 없잖아."

"그게 바로 성범수의 첫번째 목표와 관련 있었어. 고장나서 물방울이 똑똑 떨어지는 싱크대의 수도꼭지."

"설마……" 그녀가 말꼬리를 흐리더니만, 한쪽 발끝으로 이불을 톡 걷어차면서 말했다. "제법 똑똑한 멸치였네. 그 물방울을 통해 몸을 부풀린 거야. 저 은빛 나는 남해 멸치로 생기발랄하게 거듭나려고 말이야."

"맞았어. 그게 바로 성범수가 그의 동료들을 인솔하여 극복해낸 첫번째 난제였지. 이제 멸치들은 냉동실에 들어 있을 때보다 훨씬 강력한 힘을 갖게 되었어."

　성범수:이로써 우리는 마음대로 몸을 움직일 수 있게 되었다. 오직 이곳을 탈출하는 일만 남은 것이다.

　황기택:(비아냥거리는 목소리로) 그런데 말이야, 여기가 남해와는 한참 떨어진 내륙의 연립주택 오층이란 건 알고 있겠지?

　성범수도 황기택도 아닌 다른 멸치 한 마리:(벌컥 성을 내며) 완도 해역에서 오수를 즐기다 졸지에 비명횡사한 나 장재일이 생각하기에 당신 황기택은 도대체가 맘에 안 들어. 그렇게 계속 깐죽거려서 무얼 어쩌자는 거야? 다른 좋은 생각이라도 있다면, 배운 게 없고 매사에 과격한 나 장재일에게 말해보든가!

　성범수:(서로 삿대질하는 황기택과 장재일을 뜯어말리며) 우리 멸치들은 우정이 아주 깊다고 한 주인아가씨의 말씀을 벌써 잊었어? 한 몸 한 뜻이 되어도 모자랄 판에 다투면 쓰나. 마침 내게 좋은 생각이 있으니 일단 한번 들어들 보게.

　"옳거니, 이제야 알 것 같아." 그녀가 한 말이었다. "정말 근사해. 멸치대가리에서 그런 아이디어가 떠오르다니, 믿기 힘든걸."

　"그렇지? 믿기 힘들지? 앞으로는 멸치대가리도 먹어줘야 해. 함부로 버릴 게 아니라고."

　"맞아. 그럼 이제 어서 변기 얘기를 해봐."

　"변기? 웬 변기?"

　"양변기 구멍으로 탈출하는 아이디어 말이야."

"아, 그렇지. 하지만 그들은 수챗구멍을 먼저 생각해냈어. 그게 더 눈에 잘 들어왔거든."

"거기에는 거름망이 있잖아. 촘촘한 거름망 사이로 물오른 죽방 멸치들이 빠져나갈 수는 없어." 그녀가 한 말이었다. "믹서로 저희들 몸을 갈기 전에는 말이야."

듣고 보니 맞는 얘기였다. 나는 얼른 수습했다.

"바로 그 때문에 거름망을 제거하려고 멸치들이 애를 참 많이 썼지. 그렇게 한 시간이 지난 후, 성범수는 결국 이렇게 말했어."

성범수:친구들이여, 내가 지금 살짝 보니까 이 거름망은 알루미늄 재질의 우회전 나사로 바닥에 단단히 고정되어 있다. 그러니 우리로서는 쓸데없이 힘과 시간을 허비하지 말고 어서 다른 방법을 찾아야 할 것이다.

황기택:(성이 나서) 비늘까지 벗겨져가며 시키는 대로 한 시간 넘게 낑낑거리고 났더니만 이제 와서 그게 무슨 소리람?

또다른 멸치:중국 어선을 피해 한국 영해로 달아났다가 동명호의 그물에 걸려 비명횡사했지만 본디 사나 죽으나 그 팔자가 그 팔자인 나 송보미는 지금 우리가 이 문제로 옥신각신할 것이 아니라 성범수의 말대로 어서 다른 방법을 찾아야 한다고 생각해. 한 시간 동안 쓸데없는 짓을 하게 만든 죄는 그후에 잔인하게 따지자고.

성범수:물론 나는 두번째 방법을 진즉에 생각해두었다. 놀라지들 말게나. 그건 바로 변기다!

그녀가 기뻐했다. "드디어 그 길을 찾아냈구나."

"그래, 성범수는 확실히 리더 자격이 있는 멸치였어. 그리하여 모두들 변기 아래에 한 줄로 늘어서서는 팔짝팔짝 튀어 변기 안으로 들어갔지. 배운 게 없고 매사에 과격한 장재일은 너무 높이 튀어오르는 바람에 두 번이나 변기 너머 뒤쪽으로 날아갔어. 세번째에는 마침내 성공했지만 말이야."

그거 참 다행이긴 한데, 하고 그녀가 걱정스럽게 말했다. "그런데…… 물은 누가 내리지?"

황기택:(아까보다 더욱 성이 난 목소리로) 누가 대변을 볼 때까지 여기서 기다리자는 거야? 저런 작자를 믿고 여기까지 따라온 내가 참으로 한심하네, 한심해!

성범수:(그녀의 어깨를 툭툭 건드려 채근하며) 방법이 있을 거야. 어떻게든 들키지 않고 빠져나갈 방법이 있을 거야. 우리 함께 머리를 맞대보자.

황기택:머리를 맞댄다고 저 레버가 당겨져? 저 레버가 얼마나 무거운데.

성범수:(그녀를 더욱 채근하며) 아, 방법이 있대도. 우리 함께 머리를 맞……

장재일:(내 얼굴을 빤히 바라보다가) 좋아, 나한테 맡겨.

멸치 일동:(놀라서) 아니, 너 혼자 어떻게 한다는 거야? 우리 전부가 달려들어도 당겨지지 않을 거 같은데.

장재일:이건 주식회사 '포인트산업'에서 제작한 원피스 타입의

RWC-161 양변기야. 역류방지밸브 일체형이라 구조가 단순하지. 실은 아까 펄쩍 뛰어올랐을 때 저수조 뚜껑의 조금 깨진 부분을 보았어. 그 틈을 통해 저수조 안쪽으로 들어갈 거야. 그리고 내 꼬리지느러미를 변기와 이어진 구멍 안쪽으로 집어넣은 후 몸을 똑바로 세워 마개를 들어올리는 거지. 그럼 레버를 당길 필요도 없이, 물이 거세게 내려갈 거야.

송보미:(감동하여) 장재일, 부디 나를 용서해줘! 우리가 삶아질 때 위에서 널 누른 건 다름아닌 나였어, 나였다고!

장재일:괜찮아, 친구. 뜨겁게 삶아질 땐 누구든 남을 누르게 되어 있다네. 그걸 중력이라고 하지.

황기택:(얄밉게 재촉하며) 자자, 주인아가씨가 곧 돌아오실지 모르니 어서 시작하자.

일동, 황기택을 노려보며 웅성거림.

또다른 멸치:동료에 대한 우정이 과도하게 깊어 난생처음 본 장재일을 따라 전남 완도 부근에서 객사한 나 전한선은 이 제안 반대세. 고향에 돌아간다는 핑계로 우리 중 하나를 희생시킬 수는 없어. 영원히 저수조 안에 갇히게 내버려두는 건 죽방멸치에겐 너무 잔인한 처사야. 난 그런 짓 안 해. 아니, 못해. 네가 가지 않으면 나도 가지 않겠어.

장재일:(눈을 지그시 감으며) 내 결정을 존중해줘. 너희들끼리 돌아가. 그리고 내 눈을 대신해 넓은 바다를 마음껏 보도록 해. 그곳이 얼마나 아름다운지, 얼마나 푸르고 신선한지 말이야. 난 그걸로 족해. 그리고 성범수, 너는 훌륭한 지도자야. 네가 없었다면

우리는 각성하지 못했을 것이고, 여전히 냉동실 안에 있었을 것이며, 주인아가씨가 돌아오시는 밤에는 머리와 내장이 제거된 채로 수제비 국물이 되었을 거야. 수제비 국물이 싫다는 게 아니라, 사실을 말하자면 수제비 국물도 꽤 훌륭하지만, 어머니들이 우릴 낳고 미역을 드신 건 시원한 수제비 국물 한 대접 우려내라고 그런 게 아니란 얘기야. 나는 충분히 행복해. 성공과 실패는 나중 문제야. 왜냐하면 잠시나마 이 말라비틀어진 머리로 무언가를 꿈꾸었기 때문이지. 내 정신은 이미 저 남해를 유영하고 있어. 그런 벅찬 기억은 육신이 개펄로 돌아가더라도 결코 사라지지 않아.

일동, 흐느낌.

"장재일의 삶에 관해 할 말이 있어."

문득 그녀가 몸을 움찔하더니만, 웅얼거리는 목소리로 말했다.

"아니, 꼭 해야겠어. 재일이는 정말 괜찮은 멸치야. 그가 어떤 유년을 보냈는지 알게 된다면 누구나 그렇게 생각할 테지. 그가 태어나던 달에 부모는 해남호의 그물에 잡혀버렸대. 장재일은 그물에 걸린 부모가 발버둥치는 모습을 보고야 말았지. 졸지에 고아가 된 장재일은 외조부 밑에서 길러졌네. 그 외조부는 환경호르몬의 영향으로 척추가 조금 휘었는데, 뭐더라, 꽃게처럼 대륙붕 바닥만 훑고 다닌 거야. 장재일은 그런 외조부의 모습을 보면서, 그 뭐더라, 꼴뚜기가 마른 멸치 속에 끼어 있어서, 그 뭐더라……"

"재일이가 멸치라는 건 동의해." 듣다 못한 내가 끼어들었다. "나머진 무슨 소린지 통 모르겠어."

"맞아."

그녀가 몸을 움직여 똑바로 누우며 끙, 하고 대꾸했다.

"살짝 졸아서 그래."

그리고 내가 여전히 제 곁에 있음을 확인하는 사소한 몸짓 뒤에 이렇게 덧붙였다.

"잔말 말고 어서 나머지 얘기나 해줘."

그리하여 모두들 변기 안쪽에서 빙글빙글 헤엄치며 기다리고, 장재일 혼자 열댓 번 시도한 끝에 조그맣게 깨진 구멍을 통해 저수조 안쪽으로 들어갔다. 그러는 과정에서 온몸에 상처를 입었으며, 특히 꼬리지느러미는 살만 남은 부채 모양으로 너덜너덜하게 헐어버렸다.

간신히 들어간 저수조의 어둠 속에서 장재일은 치한마냥 더듬어 고무마개를 찾았다. 그건 별로 어렵지 않았다. 풍선처럼 생긴 플라스틱과 쇠줄로 이어진 고무마개는 예상대로 저수조 바닥 패킹에 딱 붙어 있었다. 가슴지느러미로 마개와 패킹 틈새를 쓰다듬으며 장재일이 다짐하듯 중얼거렸다.

그래, 여기다. 여기가 바로 내가 죽을 곳이다.

따갑고 쓰라린 꼬리를 조심스럽게 틈새에 넣어보았다. 끝부분이 조금 들어갔으나 만족스럽지 않았다. 마개를 들어올리려면 더 깊숙이 집어넣어야 했다. 마음 같아서는 한꺼번에 힘을 주고 싶지만, 그랬다가는 척추가 부러져 반으로 접힐지도 모른다. 기다리는 동료들을 생각해서라도 그런 낭패는 절대로 피해야 한다. 장재일은 꼬리를 이리저리 비틀어 조금씩 틈새를 벌려나갔다. 울음 같은 비명이 터져나왔다. 하지만 멈추지 않았다. 천천히 그러나 뚜벅뚜벅, 충분하다고 생각될 만큼 집어넣을 때까지 결코 멈추지 않았다. 장재일은 배운 게 없어 집념이 강했다.

드디어 때가 왔다!

장재일이 고함을 질러 동료들에게 알렸다.

난 준비됐다! 너희는?

우리도!

동료들의 힘찬 목소리가 변기를 타고 울렸다.

그럼 이제 들어올린다! 내게 남은 힘으로는 단 한 번이 고작, 제때 물살을 타고 내려가지 않으면 끝장이다!

그리고 부레를 부풀려 몸을 바로 세우기 시작했다. 체중의 수천 배에 달하는 수압이 필사적으로 저항하는 그를 내리눌렀다. 고무마개가 조금 열리자, 세찬 급류가 구멍 안쪽으로 달려들었다. 장재일은 이빨로, 지느러미로, 온몸으로, 완도산(産) 죽방멸치로서의 신념과 긍지로 버텼다. 고무마개가 완전히 열리면서 저수조의 물은 거대한 소용돌이를 이루어 변기로 쏟아져내렸다. 하나, 둘, 그리고 셋. 멸치들이 쓸려갔다. 넷, 다섯, 그리고 여섯. 거의 다 쓸려갔다.

바로 그때, 동료들을 먼저 보내느라 뒤에 남아 있던 성범수와 전한선의 눈이 휘둥그레졌다. 동시에 무언가를 발견한 것이었다. 변기로 흘러드는 물살이 너무 강했다. 이 정도라면, 저수조와 변기를 잇는 통로가 충분히 넓다는 뜻이다.

전한선이 먼저 빽빽 소리를 질렀다.

장재일, 이놈 재일아! 너도 함께 갈 수 있어! 어서 구멍 안으로 뛰어들어!

하지만 아직 충분히 물이 내려가지 않았어! 너희를 멀리 보낼 만큼 더 흘러야 해! 그게 내 임무고 자부심이야!

인마 네 자부심은 양변기가 아니라 푸른 바다에서 비롯된 거야! 모두들 이미 저 아래에 있어! 너만 뛰어들면 돼!

벌써 장재일의 척추가 뒤틀리고 있었다. 남해 용왕님께 호소하며 간신히 버티고는 있지만 언제 반으로 똑 꺾일지 누구도 모를 일이었다. 무엇보다 아프고 답답해서 입을 짝 벌려 울부짖었다.

아아, 난 늦었어! 벌써 물살이 약해지고 있잖아! 너희들끼리 가! 부디 나를 더 아프게 하지 마!

이놈 재일아! 아직 늦지 않았으니 지금 당장 내려와! 네가 가지 않으면, 우리도 가지 않는다!

동료에 대한 우정이 과도하게 깊어 난생처음 본 친구를 따라 전남 완도 부근에서 객사한 과거로 미루어보아 전한선은 한다면 하는 멸치였다. 그렇다면 다른 도리가 없었다. 꾸물거릴 시간도 없었다. 동료들이 변기 안쪽에서 지느러미 동동 구르며 기다리는 가운데, 이놈 재일은 체념하듯 몸에서 힘을 뺐다. 그러자 허리가 반으로 접히면서 구멍 안쪽으로 휙 빨려들어갔다. 바로 그 순간, 저수조에 남아 있던 마지막 물살 한 줄기가 무수한 기포를 일으키며 동굴처럼 시커먼 배수구 안쪽 깊숙이 콸콸 쏟아져내렸다.

잠시 후 물이 꼬르륵 소리를 내며 다시 차올랐을 때, 양변기 안에는 성범수도 전한선도 그리고 장재일도 없었다. 걸러지고 소독된

밍밍한 수돗물 외에는 아무것도 없었다.

폭풍이 지나고 난 뒤엔 늘 어둡다. 아홉 마리의 멸치들은 하수도로 연결된 긴 파이프를 통과하고 있다. 장재일이 너무 많이 다쳤기에 모두들 번갈아가며 부축한다.

성범수가 일행을 독려한다.

이게 끝이 아니야. 우리는 바다로 가는 여정을 막 시작했을 뿐이니까.

전한선이 화답한다.

네 말이 옳아. 그러나 우리는 하나가 되어 그곳을 떠나왔고, 때문에 이미 지느러미 한쪽씩을 청정해역에 담그고 있는 것과 같지.

서로서로 재촉하면서 남쪽을 향해 헤엄치기 시작한다. 아직은 탁한 구정물이지만, 그건 별로 중요하지 않다. 세상은 둥글고 길 또한 모두 연결되어 있으니까. 그리하여 그 길의 끝 어딘가에는 청명한 파도가 햇빛을 받으며 보란 듯 부서지고 있을 테니까.

아가미 사이로 신음을 흘리던 장재일이 말한다.

내가 해낸 건가?

모두들 기쁘게 등지느러미를 흔들며 합창한다.

물론이지, 그것도 아주 멋지게!

오, 정말 다행이야. 그럼 이제 이야기를 해줘.

이야기?

응, 여긴 보다시피 시궁창 하수도라서 말이야. 누구라도 이야기를 들려줘. 내가 다 나을 때까지, 멋지게 헤엄칠 수 있을 때까지.

동료의 부탁에 멸치들은 궁리한다. 무슨 이야기를 해줄까? 어떤 이야기가 부러진 척추에 잘 듣는다지? 의견이 분분한 가운데, 한국어를 잘 모르는 척 여태 말이 없던 멸치 한 마리가 앞쪽으로 나와 우물우물 이야기를 꺼낸다.

옛날 옛적 어느 임대연립주택에 가난한 연인이 살았대. 하루는 아가씨가 직장에서 돌아와 허기진 배를 수제비로 채우려 했지. 물을 한 냄비 받아 가스레인지 위에 올려놓고는 냉장고를 열었더니, 아 글쎄……

새근거리는 숨소리가 들려왔다. 잠든 그녀의 얼굴에 희미한 미소가 겹쳐진 듯이 보였는데, 그건 아마도 폭신하게 내려앉은 어둠 탓이리라.

공평한 밤의 무게를 나눔으로써 우리 고단한 하루는 이제 막 자정의 기슭에 가닿았다. 부드럽게 물결치는 정적, 그 평화로운 조합이 만들어낸 안식 속으로 나란히 헤엄칠 일만 남았다.

열한시 방향으로 곧게 뻗은 구 미터가량의 파란 점선

처음부터 내겐 선택권이 없었다. T교수가 가자고 하면 무조건 가야 했다. 그럼에도 그는 굳이 '마지막'이라는 단어를 들먹이며 내 호의에 기대는 척했다.

박사과정 동기인 진호가 운전하는 밴은 T교수와 나, 그리고 이런 저런 이유로 끌려나온 세 명의 학부생들을 태우고 국도를 달려 의 암호 인근의 작은 산에 도착했다. 지름이 이십여 미터에 이르는 연 못 곁에는 참나무, 사시나무, 소나무 들이 병풍마냥 늘어서 있었다. 주위 산들이 바람을 막아주었던지 하늘을 향해 곧게 자란 나무들이 었다.

하나같이 소처럼 생긴 학부생들은 나들이라도 온 듯 생기발랄한 표정이었다. 버릇없이 연못에 돌을 던지는 그들에게 한바탕 잔소리 를 퍼붓고 나서, 음향과 영상장비를 설치할 자리를 둘러보았다. 좋 은 데이터를 얻으려면 연못에 최대한 가까이 붙어 있어야 했다. 나는 캠프와 가까우며 연못의 가장자리로부터 구 미터가량 떨어진 곳에 커맨드머신이 놓일 자리를 정하고는, 다섯 대의 음향탐지장치와 열한 대의 촬영장치를 설치할 위치에 노란색 탭을 박으며 돌아다녔다. 오른쪽 발바닥이 욱신거렸다. 의사는 거의 다 나았다고 했지만, 울퉁불퉁한 곳을 걸으면 여전히 아팠다. 그때 멍하니 연못을 바라보고 있던 진호가 내게 손을 저으며 다가왔다.

"아니, 거기 말고요." 진호가 말했다. "이 삼나무는 옹이도 많고 너무 물러 보이잖아요. 진동이 심재까지 도달하지 못할 거예요. 저기, 저 물푸레나무가 적당할 거 같은데 그쪽을 먼저 봐요."

목소리가 크다, 하고 속으로 투덜댔다. T교수가 우리의 대화를 듣지 않았을까 걱정했는데 다행히 그는 학부생들이 설치하는 텐트에 관심이 쏠려 있었다. 진호의 말이 이어졌다.

"조금 전에 슬쩍 둘러봤는데 이 연못 부근에는 모두 네 그루의 물푸레나무가 있어요. 최고는 아니지만 다른 나무는 연륜이 부족해서 동적 강도가 약하거나, 아니면 함수율과 탄성계수가 낮아요."

그리고 쩔뚝거리는 나를 데리고 다니며 탭을 박기 좋은 자리를 알려주었다. 우리는 먼저 마이크로폰의 위치를 잡은 후 그 다섯 좌표를 중심으로 앵글을 계산해 카메라의 위치까지 결정했다. 탭 설치가 모두 끝나자 함께 밴으로 걸어가 무거운 장비들을 꺼냈다. 그러는 내내 나는 두 살이나 어린 진호의 말에 한 번도 이의를 제기하지 않았다. T교수 밑에서는 동기이자 라이벌이지만, 몇 번이고 함께 탐사를 다닌 끝에 그의 말을 전적으로 신뢰하는 게 낫다는 결론을 내렸기 때문이다. 그는 커다란 덩치와는 어울리지 않게 정말 똘똘

한 친구였다. 특히 이런저런 일이 동시에 얽히고설킨 상황을 해결하는 능력, 즉 다중복합적인 판단력을 발휘하는 재능에 있어서는 저 악랄한 T교수마저 감탄할 정도였다. 진호는 한 손으로 라면을 먹으며 다른 손으로는 꽃꽂이를 하고 동시에 똥까지 쌀 수 있는 녀석이었다. 하지만 어쨌든 T교수의 뒤를 잇는 2인자는 '버르장머리 없는 새끼'로 낙인찍힌 진호가 아니라 커맨드머신의 오퍼레이터인 나였다.

모든 장비를 설치하고 나서, 연못 한가운데에 담뱃갑만한 기준좌표 홀로그램을 띄우고는 각각의 기기가 그것과 어느 정도의 거리를 유지하고 있는지 측량했다. 진호가 알려준 네 그루의 물푸레나무는 묘하게도 거의 똑같은 간격으로 연못을 둘러싸고 있었다. 나는 휘발성 고체인 드루나이트 조각을 연못에 던진 후, 그 부글거리는 보랏빛 포말을 대상으로 기기들을 시험해보았다. 위치추적센서를 켜자 표적지향성 마이크의 집음기와 카메라의 렌즈부가 일제히 드루나이트를 향했다. 미세한 베어링 소리조차 들리지 않았다. 좋은 징조였다. 나는 일단 전력을 많이 소모하는 위치추적센서를 끄고는 곁눈질로 진호가 뭘 하고 있는지 훔쳐보았다. 그는 애지중지하는 작은 철제 가방에서 초소형 기기들을 꺼내어 주위 공기의 성분 함량을 측정하고, 연못의 온도와 용존산소량을 재고, 그 물을 조금 떠 야구공만한 원심분리기에 넣어 돌리고 있었다. 그 모습은 마치 중앙아프리카에 사는 마운틴고릴라가 개미를 갖고 장난치는 것 같았다.

나는 컨트롤센터의 커맨드머신 아래칸에 조명탄 발사기를, 그 곁에는 여유분으로 챙겨온 새 플라스마 배터리를 갖다놓았다. 마지막으로 연못의 가장자리에서부터 캠프 뒤쪽에 이르는 넓은 지역에 일회용 파동센서들을 촘촘히 뿌렸다. 그로써 무대의 기본적인 세팅은 끝났다. 언제 시작될지, 또 언제 끝날지 모를 지루한 공연만이 남은 것이다.

　빵과 우유로 늦은 점심을 때운 후 컨트롤센터 곁에서 간략한 브리핑이 있었다. T교수는 워밍업을 한답시고 자신이 그간 어떻게 살아왔는지, 이루어낸 학문적 성과는 무엇인지, 그로 인해 세상이 어떻게 바뀌었는지를 설명하느라 삼십 분 이상 허비했다. 정년퇴임이 코앞에 다가와 그렇게라도 자기 존재를 확인하고 싶은 마음이야 이해하지만, 또 자랑을 늘어놓을 만큼 놀라운 업적을 이루어냈다는 데에는 동의하지만, 늘 T교수 곁에 붙어다니는 나로선 이만저만 지겨운 게 아니었다. 게다가 그중의 몇 가지는 사실과 달랐다.
　자화자찬이 끝난 후 드디어 이번 탐사의 목적과 방법에 대한 브리핑이 이어졌다. 물론 〔금부은부金斧銀斧의 고증〕이라는 탐사의 주제는 그 자리에 있는 모두가 알고 있는 사항이었다. T교수는 올해 문헌고증학과의 탐사에서 어떻게 그 주제가 채택되었는지, 더불어 그 주제는 어떤 의의를 지니고 있는지 설명했다. 지난 수년간 학과에서 해온 탐사는 쑥과 마늘 냄새가 진동하는 가운데 삼십칠 일 만에 실패한 〔웅녀설화〕를 비롯해 잠수부가 사망하는 참사로 중도에 취소된 〔별주부전〕, 기생 월향을 소환하는 데 성공하긴 했지만 소름만 돋았지 별 소득이 없었던 〔월하의 공동묘지〕 등으로 설화의 배경 자체가 한국인 경우뿐이었다. 따라서 지난해 '문헌고증학회

연례 세미나'에서 발표된, 이솝우화 중 [금부은부] 이야기가 특정지역에 국한되지 않는 범지구적 설화라는 주장을 받아들여 우리 연구팀에서 그 고증을 행한다는 것은 자못 새로운 시도였다.

물론 상당한 무리가 있는 건 사실이다. 고대 그리스의 강가를 강원도 춘천 야산의 연못으로, 헤르메스 신을 산신령으로 대체하는 방식은 문헌고증학의 태두인 메텔지 드 홉스가 세운 '등가치환의 배제 원칙'에 정면으로 위배되기 때문이다. 그러나 발표된 그 논문의 말미에는 무척 흥미로운 내용이 포함되어 있었다. 연못에 도끼를 빠뜨렸다가 실제로 산신령을 만난 나무꾼이 1980년 12월 삼청교육대에서 사망하기 전까지 의암호 인근에 살았었다는 것이다. 학과장인 T교수는 새해 벽두부터 의욕적으로 돌아다니며 망자의 유족들을 만나보았고, 그들의 기억과 진술에 어떠한 의혹도 없음을 확인했다. 그렇게 해서 올해의 탐사 주제가 정해진 것이다.

T교수는 소처럼 생긴 학부생들 중에서 가장 근육이 다부진 아이를 불러냈다. 그에게 'A'라는 썰렁한 식별번호를 부여하고는, 세슘 분자로 일련번호가 새겨진 무쇠도끼를 건네주었다. A는 모든 게 장난인 듯 낄낄거리며 웃었다. 졸업에 필요한 학점을 따는 대가로 간단한 도끼질 몇 번이면 수지맞는 장사지, 라는 의미일 것이다. 실험이 길어져—틀림없이 그렇게 될 테지만—그 간단한 도끼질 몇 번이 어깨관절의 영구 손상으로 이어질 수 있다는 걸 안다면 그토록 해맑게 웃지는 못했을 것이다.

모두들 'T0813-1'로 명명한 첫번째 물푸레나무 앞에 늘어섰다. 나와 진호는 그곳에서 십여 미터 떨어진 컨트롤센터에 서서 커맨드머신을 노려보았다. 여덟 개의 액정모니터와 계기판 들이 연못 주변의 온도 변화, 음성과 기류 파동, 그리고 측정장치들의 전압 상태 등을 보여주고 있었다. 촘촘히 뿌려놓은 파동센서는 넓은 3D 그물막을 형성해, 사람들이 몰려 있는 'T0813-1' 부근만 진하고 오목하게 표현했다.

바로 그곳에서 T교수가 도끼를 휘두르는 방식에서부터 자세와 각도와 강도, 도끼질 사이의 휴지기, 대상이 나타났을 경우에 취해야 할 행동을 A에게 설명했다. 그건 그리 오랜 시간이 걸리지 않았다. T교수는 마지막으로 간단한 지시를 담은 수화를 알려주었다. A의 귀에 꽂아놓은 초소형 초음파수신기에서 삐, 소리가 들리면 그는 무조건 컨트롤센터로 고개를 돌려 T교수의 지시를 접수해야 했다. 그게 A가 기억해야 할 가장 중요한 사항이었다.

테스트 준비가 완료되었다. 본격적인 실험이 아닌지라 진짜 도끼 대신 빨간 뿅망치를 든 A만 남기고 모두들 컨트롤센터로 돌아왔다. T교수는 잠시 심호흡을 한 후, 손에 쥔 초음파발신기를 두 번 누르고 수화로 지시를 내렸다. A가 눈을 껌뻑거리더니 뿅망치로 물푸레나무를 세 번 때렸다. 간격도 좋고 각도도 좋았다. 우리는 모두 눈을 크게 뜨고 커맨드머신의 액정모니터를 들여다보았다. 파동센서만이 약한 움직임을 보였을 뿐, 거의 모든 측정기에 변화가 없었다. 마이크로폰이 망치에서 발생한 뿅, 뿅 소리를 데시벨(dB)로 표시해왔다. 그걸 뿅망치와 무쇠도끼의 질량 비율에 맞춰 환산한 결과 40dB이 조금 넘었다. 나는 손가락으로 오케이 사인을 만들어 T교수에게 보냈다.

그렇게 첫날의 테스트는 끝났다. 산중이라 날이 금세 어두워졌다. 학생들에게 자유시간을 준 후, T교수와 진호와 나는 컨트롤센터 뒤쪽의 메인캠프에 모여 테스트에서 얻어진 데이터를 분석했다. 우리는 'T0813-1'에서 발생한 음파와 진동파가 연못에 도달하려면 최소 60dB이 필요하다는 결론에 도달했다. 20dB을 더 끌어올리려면 초당 약 20kg·m, 프랑스 마력으로 0.27PS가량의 추가 에너지가 필요했다. T교수는 A에 대한 스테로이드 사용을 지시했다. 나는 의료 보고서를 꺼내어 T교수의 서명을 받았고, 커맨드머신의 전원을 끈 후 위스키를 가져왔다. 탐사지원금을 여러 항목에서 조금씩 유용해 산 값비싼 술이었다. T교수는 마개를 따기도 전부터 입을 쩝쩝거렸다. 우리는 사소한 얘기를 나누며 위스키를 마셨다. T교수는 평소에 하던 대로 길쭉한 비커에 술을 받았다.

"평소엔 200cc지만, 응? 오늘은, 응? 작업도 좀 하고 했으니, 응? 100cc 정도가 적당하겠지."

이담에 전임교수가 되면 나도 비커에다 마실 테다, 하고 생각했다. '거 되게 멋지네.'

하지만 T교수는 채 60cc도 마시지 못하고 침을 흘리며 졸기 시작했다.

이튿날 아침, 밥 먹자고 고래고래 소리지르는 T교수의 음성에 놀라 깨어난 시각은 새벽 여섯시 반이었다. 스케줄보다 한 시간이나 빨랐다. T교수야 늙어 아침잠이 없는 건 당연한 일이라 해도, 진호까지 일어나 연못의 온도 변화를 측정하고 있는 모습에는 한 방 먹은 기분이었다. 나는 T교수의 눈치를 보며 전원을 올리고 장치를 일일이 점검하는 등 부산을 떨었다. 아침식사 후에는 강원도의 전통 나무꾼 복장으로 갈아입은 A를 불러 어깨에 스테로이드 2mg을 주사했다. 그리고 약 이백 미터 떨어진 곳으로 데려가 뿅망치 대신 진짜 무쇠도끼로 도끼질을 시켜보았다. 디지털 오실로스코프로 측정한 결과 처음에는 50dB이 안 되었으나, 몇 번 닦달하고 나니 60dB까지 무난히 올라갔다.

우리는 그림자가 가장 짧아지는 정오까지 기다렸다가 드디어 첫번째 실험을 시작했다. 나는 정북을 기준으로 네시, 열시 방향에 자리잡은 두 대의 카메라와 연못에 가장 가까이 붙어 있는 마이크를 표적지향 모드로 전환했다. 모두가 침묵하는 가운데 T교수의 지시를 받은 A가 이윽고 도끼를 내리쳤다. 탕, 하는 소리가 나고 나무가 부르르 떨렸다. 동시에 커맨드머신의 그래프들이 춤을 추기 시작했다. 음량측정기의 계기판은 정확히 60dB을 가리켰고, 파동센서들은 파문을 일으키듯 우아하게 퍼져나가는 진동을 잡아냈다. 제대로 진행되고 있다는 신호였다. 확실히 진호의 말대로 물푸레나무는 충격을 지층에 전달함에 있어 우수한 특성을 갖고 있었다. 문득, 고대 북유럽신화의 중심에 서 있는 세계수 위그드라실도 물푸레나무라는 사실이 떠올랐다.

도끼질은 4초 간격으로 20회가량 지속되었다. 망원카메라가 A의 이마에서 떨어지는 땀을 보여주었다. 그때 곁에 있던 진호가 연못 가장자리에 낮게 설치해놓은 측면 카메라의 영상을 손가락으로 가리켰다. 미세한 물결파가 마루와 골을 이루지 못한 채 번져나가고 있었다. 나는 T교수에게 실험을 중지한다는 사인을 보냈다.

"문제가 뭐지?"

T교수가 다가와 물었다.

"물결파의 간격이 지나치게 좁네요." 내가 대답했다. "이건 거의 전기톱 수준입니다." 이어 진호에게 물었다. "혹시 연못의 점도가 너무 높지 않았어?"

"점도도 이상 없고 용존산소량도 8ppm으로 정상인데, 다만……" 진호가 잠시 머뭇거리다 T교수를 향해 말했다. "다만, 어제 측정해본 결과 연못을 중심으로 산소 음이온의 농도가 좀 높게 나왔어요. 1cc당 만오천 개 내외입니다."

"어쩐지 비릿한 냄새가 나는 것 같더니만. 그러면 음이온을 제거해야 할까?"

내가 진호에게 물었다.

"대상체를 보기 전에는," T교수가 내 코앞에서 검지를 휘두르며 말했다. "응? 모기 새끼 한 마리도, 응? 이 연못에서 제거하면 안 돼."

교수님, 하고 진호가 끼어들었다. "이온 농도는 상황에 따라 쉽게 바뀌는 거잖습니까. 우리가 도착하기 전에 연못에 벼락이 쳤을 수도 있고요. 양전하칩을 한두 장 던져 제거하는 게 나을 것 같은데요."

"아, 나 참, 요놈의 버르장머리 없는 녀석이, 응? 내가 안 된다면 안 되는 거야!" T교수가 왈칵 짜증을 내자 진호의 몸이 움찔했다. "아무것도 제거하지 않고, 응? 아무것도 흩뜨리지 않는다, 응? 다 연결되어 있다고." 그리고 이렇게 말을 이었다. "대신 도끼질의 간격을, 응? 두 배쯤 늘리도록 해."

결국 모든 결정은 T교수의 몫이었다. 나는 A를 컨트롤센터 뒤쪽
으로 불러 다시 도끼질을 연습시켰다. 그리고 돌아왔을 때 3번과
4번, 그리고 7번 촬영기기에 문제가 생긴 걸 발견했다.

그건 정말 어이없는 사고였다. 잠깐 자리를 비우느라 전원을 끈
그 이십 분 사이에 청설모가 라인을 갉아 먹은 것이다. 비상용 라인
으로 커맨드머신에서 멀리 떨어지지 않은 3번 카메라는 살렸으나,
4번과 7번 카메라는 그대로 밴의 짐칸에 실어야 했다. 그건 내 잘
못이 아니었다. 저 거지 같은 청설모가 벌인 짓이니 말이다. 하지만
T교수는 나를 아주 잡아먹을 것처럼 미쳐 날뛰었다. 논지는 간단했
다. 데나토뉴 벤조에이트 20ppm 희석액을 미리 라인에 발라놓지
않았다는 것이다. 나도 할 말이야 있지만 묵묵히 꾸중을 들었다. 야
외에서는 언제든 이런 일이 일어날 수밖에 없다. 곳곳에 피뢰침을
세우고, 기기에 방수케이스를 씌우고, 모든 라인마다 데나토뉴 벤조
에이트를 뿌리고 해봤자 사고는 언제나 의외의 방향에서 터지기 마
련이다. 그러니 '예상치 못한 사고'라고 하는 게 아닌가. 아무튼 나
는 두들겨맞지 않은 것만으로도 감사해하며 나머지 장치들을 점검
하고, 없는 데나토뉴 벤조에이트 대신 아세톤 스프레이를 라인에
뿌려댔다.

그리고 다시 오후의 실험을 시작했다. A는 연습한 대로 8에서 9초
의 간격으로 도끼질을 했다. 탕, 탕 하는 소리를 들으며 진호와 나는
측면 카메라부터 확인했다. 물결파가 간섭현상 없이 또렷하게 마루
와 골을 이루며 연못의 반대편 끝까지 도달하고 있었다. 성공이었

다. 나는 T교수에게 오케이 사인을 전달한 뒤, 센서들이 제대로 작동하고 있는지 확인했다. 모든 게 정상이었다. 도끼질이 50회쯤 계속되고 나서, 그러니까 최초의 도끼질에서 7분이 흐른 후 T교수가 초음파발신기의 버튼을 눌렀다. 땀으로 범벅이 된 A가 눈을 돌려 수화 지시를 접수했다. 고개를 살짝 끄덕이더니, 몸을 30° 가량 틀며 도끼를 연못 가운데로 힘껏 던졌다. 그리고 연습한 대로 버럭 소리를 질렀다.

"어이쿠 내 도끼, 내 도끼를 빠뜨렸네!"

그 순간 위치추적용 카메라와 마이크가 도끼의 궤적을 따라 부드럽게 방향을 틀었다. 더불어 커맨드머신의 영상과 각종 계기판들도 바쁘게 움직였다. 측면 카메라는 연못의 중앙에서 퍼져나오는 물결파를 잡았으며, 무지향성 마이크는 A의 가쁜 호흡과 가라앉은 도끼에서 올라오는 기포 소리를 분리해서 포착했다. 하지만 그뒤로는 아무런 변화가 감지되지 않았다. 숨 막힐 듯한 정적 속에서 나는 T교수가 초음파발신기를 신경질적으로 눌러대는 걸 보았다. A는 그 신호를 못 듣는 듯했다. 나는 파동센서의 그물 영상을 확대해 A 바로 옆에 소형 수신기가 떨어져 있는 걸 확인했다. 아마 도끼를 연못에 던질 때 귀에서 빠져나온 모양이었다. T교수에게 알려주려는 찰나, A가 컨트롤센터 쪽으로 고개를 돌렸다. T교수는 시뻘겋게 달아오른 얼굴로 수화 지시를 내렸다. 그러나 A는 마냥 어리둥절한 표정이었다. 몇 번 더 수화로 지시를 내리던 T교수가 결국 고함을 질렀다.

"울란 말이다, 이 개자식아!"

그제야 상황을 깨달은 A가 엉거주춤한 자세로 쪼그리고 앉아 흑

흑 우는 척을 했다. 하지만 아무리 봐도 너무 늦었다. T교수가 발신기를 바닥에 내동댕이치며 쩌렁쩌렁 울리는 목소리로 화를 냈다.

"됐어! 응? 다 틀렸어, 응? 저 머저리 같은 새끼 때문에!"

이틀째의 실험은 그렇게 실패로 돌아갔다. 나는 커맨드머신의 데이터를 스토리지에 저장하고는 전원을 껐다. 주위는 이미 어둑어둑했다. 우리는 학생들이 준비한 저녁을 먹으며 아무 말도 하지 않았다. 하늘에 둥그런 달이 떠 있었다. 그 곁으로는 별이 가득, 정말로 가득했다. 문득 학생들 사이에서 '흑흑' 하고 작은 흐느낌이 새어나왔다. A의 울음소리라는 건 알았지만, 덩치와 어울리지 않게 앳되고 가냘픈 목소리라 의외라고 생각했다. 진호가 슬그머니 일어나 그쪽으로 걸어갔다.

사흘째 되는 날 아침은 나무꾼의 교체로 부산했다. 밤사이 A의 어깨가 퉁퉁 부어 도저히 도끼질을 계속할 수가 없었던 것이다. 별수 없이 남은 두 학생 중에서 한 명을 뽑아 'B'라고 정했다. 나무꾼 복장으로 갈아입힌 후 어깨에 스테로이드 2mg을 주사했다. 이어 진호가 그를 캠프 뒤쪽으로 데려가 첫 동작부터 마지막 동작까지의 모든 세세한 과정을 반복해 연습시켰다. T교수는 아침까지도 화가 풀리지 않은 모양이었다. 제 할 일을 열심히 하고 있는 진호에게 괜히 '버르장머리 없는 새끼'라며 욕을 해댔다.

우리는 전날의 실험에서 나무가 너무 깊이 찍혔으며, 몇 번 더 쳤다가는 부러질 수도 있다는 결론을 내렸다. 그래서 컨트롤센터에서 보다 멀리 떨어진, 'T0815-2'로 명명한 물푸레나무를 새 대상으로

설정했다. 카메라와 마이크를 조절하는 데 너무 시간이 오래 걸리
자 T교수가 쌍욕을 퍼부었다. 하지만 어쩔 수 없었다. 내 긴장이 느
슨해져서 그런 게 아니라 워낙에 정밀한 기계들이기 때문에 무리하
게 속도를 낼 수 없었던 것이다. 세팅이 모두 끝난 후에는 라인에
아세톤 스프레이를 뿌리고 다니느라 십 분을 더 허비했다. 나는 어
느 대학의 전임이 된 한 선배로부터, 데나토늄 벤조에이트나 아세
톤 스프레이 대신 농축 다이옥신 크림을 이용해 쥐와 청설모를 퇴
치했다는 말을 들은 적이 있다. 농축 다이옥신이라니, 그건 정말 끝
내주는 독극물이다. 내가 다른 독극물이었다면 난 다이옥신과 사랑
에 빠졌을 것이다. 게다가 그건 아세톤 스프레이처럼 매일 뿌려줄
필요가 없어 이런 장기간의 탐사에는 제격이다. 전임이 된 그 선배
처럼 기형아를 셋이나 낳을 각오가 되어 있다면 말이다.

준비가 모두 끝난 시각은 오전 열한시 사십분이었다. 우리는 라
면으로 간단히 요기를 한 다음 그림자가 더 늘어지기 전에 실험에
돌입했다. 모든 계측기기는 정상이었고, 첫날 넓게 뿌려놓은 파동센
서도 유효기준인 촉매제의 반감기가 열 시간 가까이 남아 있었다.
삐걱거리는 커맨드머신의 지지대 볼트를 단단히 조인 후 T교수에게
신호를 보냈다.

탕, 탕 하고 도끼질이 시작되었다. 진호가 연습을 어떻게 시킨 건
지 A보다 훨씬 능숙한 자세였다. 나는 모니터의 영상과 측정그래프
와 계기판을 보느라 정신이 없었다. 이윽고 T교수가 B에게 수화 지
시를 보냈고, B는 새로 지급받은 도끼를 연못에 던졌다.

"어이쿠 내 도끼, 내 도끼를 빠뜨렸네!"

카메라와 마이크가 포물선을 그리며 떨어지는 도끼의 궤적을 좇았다. 텀벙, 좋은 지점에 떨어졌다. 쇠도끼의 비중과 연못의 점도를 기준으로 계산한 바에 의하면 3.21초 후에 약 6m 아래의 바닥에 닿고, 그 진동이 0.87초 후에 측정되어야 했다. 즉 4.08초 후에는 파동센서의 계기판이 흔들려야 했다. 그러나 파동센서는 그보다 약 2초나 늦게 진동을 감지했다. 중간에 어떤 존재가 도끼의 낙하를 막은 것이다. 그 지점의 수심은 6m에 달하므로 너저분한 수초가 그랬을 리는 없다. 나는 두근거리는 가슴을 가누며 통합데이터 용지의 여백에 붉은색 펜으로 'Mr. 2sec'라고 표시했다.

T교수의 신호를 받은 B가 즉각 바닥에 주저앉았다. 가쁜 호흡 때문에 몇 번이고 헉헉거리며 신세타령을 늘어놓았다.

"홀어머니를 모시고 사는, 가난한 나무꾼 주제에, 도끼를, 잃어버렸으니, 이를 어쩌면 좋아!"

솔직히 그 목소리가 웃기긴 했다. 하지만 이십대가 지나고 나면 아무 때나 웃을 수 없는 게 인생임을 깨닫게 된다. 캠프 뒤에서 작업을 지켜보던 A는 그걸 몰랐던 것 같다. 돌발적으로 웃음을 터뜨렸으니 말이다. 스스로 입을 틀어막아 소리가 크지는 않았지만, 커맨드 머신의 계기판들을 어지럽게 흩뜨려놓기에는 충분했다. 이어서 파동센서들이 'T0815-2' 쪽으로 거칠게 뛰어가는 누군가의 보폭을 알려왔다. 나는 황급히 일어나 말리려고 했으나 T교수는 기어코 A의 멱살을 잡고 뺨따귀를 올려붙였다.

"이 새끼, 응? 이 개새끼야, 너 때문에 실패하면, 응? 이 새끼야, 네가 책임질 거냐? 응? 어제도, 응? 오늘 아침까지도 속을 썩이더니, 응? 입을 확 꿰매버릴까보다, 이 쓸모없는 새끼!"

T교수는 잔인하게도, A가 눈을 감고 있으면 욕만 하다가 눈을 살짝 뜨면 가차 없이 손바닥을 휘둘렀다.

내가 멍하니 관망하는 가운데 미쳐 날뛰는 T교수를 제지한 건 입술을 질근 깨문 진호였다. 아무리 성난 T교수라 해도 마운틴고릴라 같은 진호에게는 상대가 되지 않았다. 그는 붙잡힌 팔을 빼내려고 몇 번이나 낑낑댔지만, 결국 힘이 달린다는 걸 깨달았던지 '버르장머리 없는 새끼'라고 내뱉으며 물러났다. 그 말을 듣자 진호는 조용히 고개를 숙였다.

내 라이벌이긴 하지만, 나는 도무지 진호를 이해할 수가 없었다. 저 악랄한 T교수 밑에서 삼 년이나 공부를 했으면 이럴 때 말려봤자 아무 소용 없다는 걸 알 법도 하련만, 꼭 나서서 화를 자청하곤 했다. 그 바람에 내가 연구조교와 시간강사를 거쳐 커맨드머신을 다루는 상임연구원 자리에 앉는 동안, 그가 얻은 거라곤 '버르장머리 없는 새끼'라는 욕설뿐이었다. 물론 비전임 신세인 건 그나 나나 마찬가지지만 말이다.

화가 풀리지 않았던지 오후 세시가 넘도록 T교수는 자신의 텐트에서 나오지 않았다. 우리는 모든 준비를 마치고 기다렸지만 T교수의 사인이 없이는 어떠한 실험도 진척시킬 수가 없었다. 해가 뜨겁게 이글거리는 가운데 풀벌레 소리만 조용히 울리고 있었다. 그 소리는 이미 배경소음으로 지정해놓았기에 계기판에는 표시되지 않았다. 그저 우리의 귀에만 들리는, 잠깐 세상에 존재했다가 영원히 사라져버리는, 철저히 비학문적인 소리일 따름이었다. 따귀를 제대로 맞은 A는 넋이 나간 표정으로 한 시간 넘게 이리저리 배회하다 텐트로 들어갔고, 손바닥이 까졌다며 징징대던 B는 나머지 한 명과 함께 나무그늘 아래서 졸았다. 그리고 진호는 말없이 내 곁에 앉아 있었다.

난 말이야, 하고 내가 은근한 목소리로 입을 열었다. "네가 여기 계속 붙어 있는 게 이해가 안 가. 나야 학부생 시절부터 저분 밑에서 공부를 해왔으니 다른 데로 옮기기 뭣하지만, 넌 여기 문헌고증학과 출신도 아니면서."

진호가 덩치에 어울리지 않게 헤, 하고 웃었다. 나는 말을 이었다.

"게다가 넌, 여태껏 발표한 논문들도 죄다 환원주의 스타일인데, 우리 교수님은 엄격한 전일주의자잖아."

내가 하지 말아야 할 말을 했는지는 모르겠으나 어쨌든 사실이었다. 진호는 〈성대 구조의 인종적 특징이 언어를 제약하는 아홉 가지 패턴〉과 〈내비어-스톡스 방정식의 파동학적 원리〉라는 논문으로 언어기호학과 파동공학, 두 가지 석사학위를 받은 수재였다. 그의 글을 처음 읽었을 때, 바탕에 깔린 그 엄격한 패러다임에 매료되어 '이거야말로 진짜 과학도의 작품이다'라고 흥분하던 기억이 떠올랐다. 그렇게 진호는 모든 걸 세분화해 개별적 특성을 설명하는 전형적인 환원주의자였다. 반면에 인문학적 색채가 강한 T교수는 시스템 전체의 유기적인 상호조응관계를 중시하는, 과학자라기보다는 철학자에 가까운 사람이었다.

"그게 말예요……" 진호가 수염이 자라기 시작한 턱을 손등으로 문지르며 말했는데, 그 모습은 영락없이 중앙아프리카에 사는 마운틴고릴라였다. "저는 오랫동안 환원론이야말로 진정한 과학이라고 생각했어요. 각성한 몇몇 고대 그리스인들이 과학을 철학에서 분리한 이후, 전일론이란 그저 아이들에게 들려주는 싸구려 판타지에 불과하다고 믿은 거지요. 전일주의는 과학이 아니라고 생각했어요. 그런데 어느 날 〈소리의 간섭〉이라는 책을 읽고는……"

역시, 그 책이었다. 그건 문헌고증학의 바이블이라고도 불리는 T교수의 저서였다. 그 책에 반해 제자가 되겠다고 찾아온 사람이 한둘이 아니었다. 모두들 일 년도 버티지 못하고 도망쳤지만 말이다. 그중 한 명은 '그야말로 죽도록 맞았다'며 T교수를 고소하기까지 했다.

"그 책을 다 읽고 나니 하나의 고리가 떠올랐어요. 그리스신화의 전일주의에서 이오니아 자연철학자들의 환원주의로, 그 환원주의가 다시 양자물리학자들의 전일주의로 이어지는 그런 순환의 고리 말이에요." 진호는 잠시 T교수의 텐트를 물끄러미 바라보다가 말을 이었다. "저도 저 인간 싫어요. 성격이 불같고 툭하면 주먹을 휘두르잖아요. 제가 화병이 다 생길 지경이에요. 하지만 그 〈소리의 간섭〉은 말이지요, 정말 최고였어요. 독창성과 저돌성, 그런 게 가득했다고요. 그 책을 떠올리면 아직도 가슴이 막 뛰어요." 그리고 이렇게 덧붙였다. "저 인간, 그래도 저한텐 전설이에요."

목소리가 너무 크다, 하고 속으로 투덜댔다. 아부 좋아하는 T교수가 이 말을 들었다면 커맨드머신을 당장이라도 진호에게 넘길 것이다. 내가 이태 전 그의 무당 연구를 위해 작두 위에서 뛰다 얻은, 이 빌어먹을 족저근막 파열에도 불구하고 말이다. 당시 내가 피를 철철 흘리며 나뒹굴었을 때 T교수는 눈물을 조금 흘렸지만, 글쎄, 그게 내 부상 때문이었다고는 생각하지 않는다.

세시 반이 지나자 마침내 T교수가 텐트에서 걸어나왔다. 그리고 진호에게 성큼성큼 다가갔다. 진호는 피하지 않고 눈을 질끈 감았다. 하지만 T교수는 냅다 따귀를 날리는 대신 그저 주먹으로 머리를 툭 치기만 했다.

"너, 다시는, 응? 내 팔 잡지 마, 이 버르장머리 없는 새끼, 응? 이 새끼, 알았어? 응? 알았어, 몰랐어? 응? 알았어? 응? 알았지? 알았으면 네, 하고 대답해야지, 응? 이 새끼."

아까보다 한결 부드러운 말투였기에 진호가 계면쩍은 얼굴로 '네' 하고 대답했다. 나는 학생들을 깨우고 대기모드에 있던 커맨드머신을 표준모드로 전환하는 등 3차 실험의 출발선에 모든 걸 정렬시켰다. 오후 네시가 가까운 시각이었다. 그림자는 차츰 길어지고 있었고, 풀벌레 소리도 진해졌다.

이윽고 T교수의 신호가 떨어졌다. 그와 동시에 탕, 탕 하고 'T0815-2'에서 파동이 쏟아져나왔다. 나는 아주 작은 점에서 시작되어 온 우주로 퍼져나가는 그 보이지 않는 물결을 포착하느라 정신이 없었다. 9초 간격으로 일정하게 유지되던 도끼질 소리가 다섯번 울렸을 즈음, 갑자기 B의 입에서 '아' 하는 소리가 터져나왔다. 더불어 위치추적용 카메라가 연못의 중앙에서 정북 기준 세시 방향으로 가라앉고 있는 도끼를 잡아냈다.

그 즉시 T교수가 놀라운 속도로 초음파발신기의 버튼을 연달아 누르더니, B에게 예정대로 진행하라는 사인을 보냈다. 잔뜩 당황한

B는 그 지시에 따라 놀란 목소리로 외쳤다.

"어이쿠 내 도끼, 내 도끼를 빠뜨렸네!" 그리고 바닥에 주저앉아 넋두리를 시작했다. "홀어머니를 모시고 사는 가난한 나무꾼 주제에 도끼를 잃어버렸으니, 이를 어쩌면 좋아!"

나는 도끼가 빠진 지점으로부터 계산된 파동의 예상 지연시간과 실제로 파동을 포착한 시간을 비교했다. 4.22초, 완벽하게 정상이었다. 맥이 풀렸다. 기대했던 'Mr. 2sec'는 거기 없었다. 도끼는 아무런 방해도 받지 않고 연못의 바닥에 닿은 것이다. 내가 힘없이 고개를 젓는 모습을 본 T교수가 B를 향해 버럭 소리를 질렀다.

"너 이 새끼, 응? 도낏자루에 파우더 뿌렸어, 안 뿌렸어? 응? 왜 신호도 안 보냈는데 도끼를 내던지고 지랄이야, 응? 파우더 안 뿌렸지? 응? 안 뿌렸잖아, 이 새끼야, 응? 이 개새끼, 도끼로 맞아 뒈져야 정신 차릴래? 응?"

그가 펄펄 날뛰며 내뱉는 욕설이 표적지향성 마이크를 통해 내 귀로 흘러들어왔다. 고막이 찢어질 정도였다. 내가 헤드폰을 벗고 데이터를 저장하는 등 우물쭈물하는 사이 이번에도 진호가 먼저 달려갔다. T교수는 쿵쿵거리며 다가서는 그를 향해 발길질을 했다. 그저 말릴 생각뿐이었던 진호는 발길질을 피하다가 넘어져 바닥에 뒹굴었다. 그 바람에 T교수도 균형을 잃고는 곁에 함께 넘어졌다.

그 순간, 온몸에 소름이 쫙 돋았다. 연못 한가운데에서 굵은 기포가 올라오고 있었던 것이다. 나는 T교수를 불러 사태의 급박함을 알리고는 모니터의 온도감지센서를 들여다보았다. 수면의 온도가 순식간에 35°C로 올라갔으며, 주위의 모든 파동센서가 연못에서 시작된 강한 진동을 포착하고 있었다.

모두들 멍하니 연못을 바라보았다. 이제 온도는 42°C까지 올라갔고, 연못과 그 가장자리엔 수증기가 자욱했다. 나는 정신없이 손을 놀려 아홉 대의 카메라 중 네 대를 적외선모드로 전환했다. 그러는 사이 T교수와 진호는 서로 밀거니 당기거니 하면서 컨트롤센터로 돌아왔다. 이제 현장에는 머릿속이 텅 빈 듯한 표정의 B만이 주저앉아 있었다.

마침내 연못의 한가운데서 산신령이 천천히 부상했다. 나는 한쪽 눈으로 그 광경을 지켜보면서, 다른 쪽 눈으로는 이 모든 게 제대로 기록되고 있는지 끊임없이 커맨드머신의 LED램프를 확인했다. 이윽고 발목까지 수면 위로 드러낸 온화한 표정의 산신령이 입을 열었다.

너는 어찌하여 그리 서럽게 울고 있느냐?

그 말을 듣자 등줄기를 타고 짜릿한 전류가 흐르는 기분이었다. 80dB에 달하는 우람한 목소리가 마루와 골을 가진 파동의 형태로 기록되고 있었기 때문이다. 그건 피와 살로 이루어진 성대에서 나온 소리였다. 나는 제발 B가 실수하지 않기를 바랐다. 여기서 실수라도 한다면 내 손으로 죽여버릴지도 모를 일이었다.

"저는 도끼 하나로 노모를 모시고 사는 나무꾼인데, 방금 그 도끼가 연못에 빠졌습죠."

나는 하마터면 '빽' 하고 탄성을 지를 뻔했다. 우려와는 달리 그야말로 정확하게 대사를 읊은 것이다. 산신령은 곧바로 연못 속으로 들어갔다. 그리고 7.28초 후에 다시 연못 위로 떠올랐다. 그의 손에는 누렇게 번쩍거리는 금도끼가 쥐어져 있었다. 세상에, 모든 것이 끝내주게 진행되고 있었다. 산신령이 물었다.

이 금도끼가 네 도끼냐?

자신감이 붙었던지 B가 그럴싸하게 고개까지 젓고는 대답했다.

"그 금도끼는 제 도끼가 아닙니다. 그 도끼는 날이 너무 약해 참나무는커녕 소나무도 못 베겠네요."

그 말을 들은 산신령은 재차 연못 속으로 들어갔다가, 이번에도 정확히 7.28초 후에 하얗게 빛나는 은도끼를 들고는 떠올랐다.

그럼 이 은도끼가 네 도끼냐?

B가 대답했다.

"아닙니다. 제 도끼는 쇠로 되어 있어서 끝이 더 날카로워요."

그때 T교수가 내 어깨를 짚었다. 데이터가 제대로 축적되어가는지 확인하느라 돌아볼 여유가 없었지만, 두껍고 폭신폭신한 손바닥을 통해 내게로 전달되어오는 엄청난 환희는 고스란히 느낄 수 있었다.

다시 연못 속으로 들어갔다 나온 산신령의 손에는 쇠도끼가 들려 있었다. 나는 얼른 방사능 식별렌즈를 이용해 세슘 분자로 새겨진 일련번호를 확인했다. 틀림없이 우리 도끼였다.

그럼 이 쇠도끼가 네 도끼냐?

산신령이 물었다.

"네, 그거예요!" B는 연극배우처럼 일어나 허리 숙여 인사했다. "도끼를 찾아주시다니, 정말 친절하세요!"

그러고는 손등으로 눈물을 닦는 척했다. 자욱한 수증기 사이로 산신령의 얼굴에 잔잔한 미소가 퍼지는 걸 우리 모두가 볼 수 있었다. 산신령이 말했다.

정직은 반드시 보상받아야 한다. 이 도끼 모두를 너에게 주겠다.

흰옷을 입은 산신령이 완전히 사라진 후에도, 연못물의 비중이 원래대로 돌아가고 수증기가 사라진 후에도, 모든 파동센서가 신호를 멈추고 한참이 지나고 나서도 입을 여는 사람은 없었다. 산신령의 현현, 그 놀라운 에피파니아로 인해 모두가 황홀경에 빠져 있던 것이다. 정적을 깨뜨린 건 T교수였다. 갑자기 나를 껴안고는 '만세' 하고 고함을 질러댔다.

"고맙다, 응? 정말 고맙다!" 그는 도끼 세 개를 힘겹게 껴안고 있는 B에게까지 뛰어가 뽀뽀를 퍼부었다. "너, 요 예쁜 녀석, 응? 정말 잘해줬다, 응? 너 정말, 응?"

두 시간 후, 나는 아직 상기된 표정이 가라앉지 않은 T교수와 세 명의 학부생들 앞에서 수집된 데이터를 브리핑했다. 수거된 금도끼는 분석 결과 533돈의 순금이었다. 그보다 조금 큰 은도끼는 금도끼와 마찬가지로 약 2kg이고 역시 순은이었다. 쇠도끼는 연못에 던져진 우리의 세번째 쇠도끼와 세슘 식별코드가 일치하며, 모든 도낏자루에서 지문은 B의 것만 발견되었다. 산신령을 둘러싸고 있던 수증기에는 수분을 제외한 일체의 다른 특이성분이 포함되어 있지 않았고, 다만 수증기가 발생할 무렵 측정영역의 음이온이 순식간에 여덟 배 가까이 늘어났다. T교수의 추측대로 음전하는 산신령의 현현과 밀접한 관계를 갖고 있었던 것이다. 나는 이어 모든 계측기기가 정확히 작동했으며, 자세한 분석은 수집된 데이터를 바탕으로

차후에 진행될 것임을 일러두었다. T교수가 흡족한 듯 고개를 끄덕였다.

뒤따라 진호가 대상인식 프로그램을 돌려 분석한 산신령에 대한 정보를 설명했다. 그에 따르면 산신령은 우랄-알타이어 사용집단과 흡사한 성대 구조를 지녔고 육십대 중반의 음성을 방출한다는 것이다. 또한 광대뼈와 악관절과 후두부의 형태로 볼 때 퉁구스 족 중에서도 구체적으로 예맥 족에 속하며, 따라서 고대 그리스 인종의 특징을 지닌 헤르메스 신과는 완전히 무관함을 설명했다. 이어 157.2cm의 신장과 68kg의 체중을 지닌 산신령은 전형적인 농경사회형 고도비만에 해당된다고 덧붙였다.

브리핑이 끝나고 몇 가지 간단한 질문과 답변이 오간 후 우리는 학부생들의 캠프에 모여 신나게 술잔치를 벌였다. 취기가 어지간히 오른 T교수가 비커를 흔들며 감개무량한 듯이 말했다.

"무로사는, 응? 저 오스트리아의 석학인 무로사는, 응? 지크프리트가 소유했던 알베리히의 도깨비감투를 고증하는 데, 응? 평생이 걸렸지. 저 미국의, 응? 거, 누구지? 응? 아, 앨턴, 미국의 앨턴 박사는, 응? 메두사를 만나는 데만, 응? 만나는 데만 자그마치 십삼 년이 걸렸고, 응? 그런데 난 「금부은부」의 데이터를, 응? 단 사흘 만에 모았다, 이거야. 응? 이건 정말 쾌거란 말이야, 응? 아니야? 응? 뭐야, 어떤 새끼가 아니래? 너냐? 응? 이 쌍놈새끼, 너야? 응? 너지!"

나는 술자리가 어떻게 끝났는지 기억을 못 한다. 아무튼 새벽에 일어나 물을 마시다보니, 간밤에 누구한테 얻어맞은 건지 오른쪽 광대뼈가 잔뜩 부어 있었다.

　다음날, 그러니까 나흘째 되는 날 아침에 나는 진호와 T교수가 심하게 언쟁하는 소리를 들으며 깨어났다. 놀라 황급히 옷을 챙겨 입고는 컨트롤센터로 갔다.
　"데이터는 충분합니다. 위험을 감수할 순 없어요."
　멱살이 잡혀 있긴 하지만 나름대로 침착한 진호의 목소리였다.
　"이 버르장머리 없는 새끼, 응? 내가, 응? 내가 더 필요하다면, 응? 그러면 그런 줄 알아! 어디서, 응? 어디서 새파란 새끼가, 응?"
　그 짧은 대화만으로도 나는 전후사정을 알아차렸다. T교수가 더 많은 데이터를 요구하고 있는 것이다. 그 요구를 충족시키려면 우리는 몇 번이고 더 실험을 반복해야 했다. 진호가 사정하듯 말했다.
　"한 번에 완성할 순 없잖아요. 이 데이터를 검토해서 보다 잘 준비된 팀이 여기 오게 될 겁니다. 그것만으로도 충분히 의미가 있어요."
　"여태 모은 건, 응? 대상을 불러오기 위해, 응? 불러오기 위해 필요한 변수의 값뿐이었어, 응? 이제 프로그래밍된 코드 값을 알아냈는데, 응? 그냥 돌아가자고? 응? 다른 놈이, 응? 다른 놈이 넥타이 매고 와선, 응? 응? 그걸 이용해, 응? 그냥 거저먹게? 응?"
　T교수는 입에 게거품을 물며 윽박질렀다. 그럴 땐 그저 고개를 끄덕이고 따라줄 수밖에 없었다. 나는 마지못해 발걸음을 옮기는 진호와 함께 전날 종합한 데이터를 토대로 설정한 'T0815-2', 60dB, 9초 간격, 다섯 번의 도끼질, 정북 기준 세시 방향 등의 절대기준에 맞춰 모든 측정기기를 새로 세팅했다. 또 50dB 이하의 소리

는 대상에 영향을 미치지 않는 것으로 밝혀졌기에 자칫 측정기기에 영향을 줄 수 있는 초음파발신기와 수신기는 사용하지 않기로 했다. 모든 의사소통은 수화와 작은 목소리로만 진행될 예정이었다. 이어 나는 죽어버린 일회용 파동센서들을 걷어내고 그 자리에 새로운 센서를 깔기 위해 쩔뚝거리며 돌아다녔다.

문제는 B의 어깨 부상이 생각보다 심각하다는 것이었다. 그의 부어오른 어깨와 찢어진 손바닥을 치료하던 진호가 얼굴을 잔뜩 찡그리고는 T교수에게 말했다.

"쟤는 이제 안 되겠어요. 나무꾼을 바꿔야 합니다."

그에 대한 T교수의 반응은 짧고 명료했다.

"안 돼! 응? 쟤도, 응? 절대기준의 하나라는 걸 몰라? 응? 머리는 보기 좋으라고 달렸니? 응? 달렸어?"

"하지만 스테로이드 투여량을 무한정 늘릴 수도 없고, 손바닥 상처는 벌써 감염이 시작됐습니다. 병원으로 옮기는 건 둘째 치고라도 항생제를 주사해가며 도끼질을 시킬 수는 없어요."

그러나 소용없었다. T교수는 마침내 비인도적인 제안을 내놓았다. 애초에 주기로 했던 학점은 물론, 차후 전공필수 두 과목의 학점까지 보장하기로 약속한 것이다. 그 말을 들은 B는 '끙' 하고 일어나더니 냉큼 도끼를 달라고 했다. 나는 내 지문이 묻지 않도록 조심스럽게 도끼를 건네주고는 스테로이드 5mg을 주사했다. 그런 나를 보며 진호는 컨트롤센터에 쪼그리고 앉아 고개를 절레절레 흔들었다.

이런 식으로 나흘째의 첫 실험은 오전 열시가 조금 안 된 시각부터 시작되었다. 냉랭한 분위기에 겁먹은 듯 B를 제외한 두 명의 학생은 컨트롤센터 한참 뒤쪽에 떨어져 앉아 저희들끼리 숙덕거렸다. 신호를 받은 B가 안간힘을 쓰며 도끼를 휘둘렀다.

탕, 탕.

그러나 계기판에는 겨우 40dB이 기록되었다. 나는 T교수에게 그 사실을 알렸고, 그는 B에게 걸어가 둘둘 말아쥔 데이터 요약본으로 뒤통수를 후려갈겼다. 그리고 귀에 대고 뭐라 중얼거렸다. 더 세게 치라는 말일 것이다. 곁에 있던 진호가 고개를 숙이고는 한숨을 내쉬었다.

B가 이를 악물고 도끼질을 재개했다. 처음에는 50dB이었으나 두 번째부터 60dB로 올라갔다. 나는 오케이 사인을 보냈다. 도끼질은 정확히 9초 간격으로 반복되었다. 네 번, 다섯 번. 나는 연못 중심을 향해 고정된 카메라로부터 수신된 영상을 바라보았다. 2초, 3초.

무언가 잘못되었다. 나는 커맨드머신에서 눈을 돌려 B를 보았다. 맙소사, 하고 속으로 탄식했다. 도끼가 'T0815-2'에 박힌 채 빠져나오질 않는 것이었다. T교수의 얼굴은 다시 시뻘게지고 있었다. B는 두 손은 물론 발까지 동원해 나무 한가운데 박힌 도끼를 잡아 빼내려고 했지만, 쉽지 않은 모양이었다. 약 7초가 흐른 후 드디어 도끼가 빠져나왔다. 나와 T교수는 동시에 오른손으로 연못 한가운데를 가리키며 던지라는 신호를 보냈다. 그가 도끼를 던지려는 순간, 뒤에 서 있던 진호의 입에서 고함이 터져나왔다.

"넘어간다!"

그리고 진호는 쏜살같이 달려가 B를 밀쳐냈다. 그와 동시에 나무가 연못의 가장자리 쪽으로 넘어졌다. 모두들 기겁한 얼굴로 달려갔다. B의 오른쪽 발목이 나무 아래에 깔려 있었다.

유압프레스로 나무를 들어올리고는 상태를 살펴보았다. 부러진 건 아니었으나 시퍼렇게 멍이 들어 당장은 걷기도 힘들 것 같았다. 허벅지에 진통제를 주사하고 부목으로 발목을 고정시켜주었다. 그러는 내내 T교수는 곁에 서서 눈을 이리저리 열심히 굴려댔다. 그건 그가 당황했을 때 나오는 버릇이었다. 그러나 끝내 B에게 어떠한 위로의 말도 하지 않았다. 약속했던 학점에 대한 언급도 없었다.

우리는 'T0816-3'으로 명명한 세번째 나무로 나무꾼의 자리를 옮겼다. 대략 한 시간에 걸쳐 기기의 조정을 끝내고 아세톤 스프레이도 새로 뿌렸다. T교수는 이제 컨트롤센터 근처에 놓인 접이의자가 아니라 부러져나간 'T0815-2'에 올라앉아 있었다. 거긴 'T0816-3'과 조금 떨어진 곳이지만 그 부근을 가장 잘 관찰할 수 있는 장소이기도 했다.

B가 제대로 서 있지도 못했기에, 나는 자동으로 'C'가 되어버린 학생에게 다시 준비를 시켰다. 어쩔 수 없다는 걸 알았던지 이번에는 T교수도 아무 말 하지 않았다. 나는 C를 나무꾼 복장으로 갈아입히고 도끼질의 간격과 강도를 연습시켰다. 동료가 하는 걸 수차례 봐온 덕에 비교적 짧은 시간 안에 기준치에 도달했다.

곧바로 실험이 재개되었다. C는 별다른 문제 없이 단번에 60dB에 도달했고, 정확한 지점에 도끼를 던져넣었다. 이를 드러내며 앙칼지게 소리쳤다.

"어이쿠 내 도끼, 내 도끼를 빠뜨렸네!" 그리고 바닥에 주저앉아 통곡했다. "홀어머니를 모시고 사는 가난한 나무꾼 주제에 도끼를 잃어버렸으니, 이를 어쩌면 좋아!"

연못에서 곧바로 반응이 나타났다. 믿기지 않을 만큼 빠른 진행이었다. 수면의 온도가 급격히 올라갔고, 수증기가 피어올랐다. 나는 수온이 40°C에 도달하는 시기에 맞춰 카메라 네 대를 적외선모드로 전환했다. 음전하가 여덟 배 가까이 증가하고 수온이 42°C에 이르렀을 즈음에 산신령이 모습을 드러냈다. 그의 표정은 전날과 다름없이 온화했다. 전날의 일은 까맣게 잊어버린 것 같았다.

너는 어찌하여 그리 서럽게 울고 있느냐?

조금 앙칼진 목소리이긴 했으나 C는 A나 B보다 훨씬 침착하게 주어진 대사를 읊었다. 산신령은 예상대로 세 번 연못에 들어갔다 나오며 금도끼, 은도끼, 쇠도끼 모두를 그에게 주었다. 그러고는 사라졌다.

그 시각은 오후 두시였다. 깔끔하게 실험을 끝마쳤지만, 누구도 전날처럼 웃지 않았다. 서로 축하해주지도 않았다. 텐트 곁에 설치해놓은 해먹에 드러누워 끙끙 신음하는 B 때문이라 생각할 수 있겠지만, 그보다는 T교수가 시종 얼굴을 펴지 않은 탓이었다.

우리는 모여앉아 더럽게 맛없는 밥을 먹었다. 마침내 T교수가 슬그머니 입을 열었다.

"이건, 응? 내 마지막 성과야. 알아? 이게 내, 응? 내 학자 인생의 마지막 과제고 성과라고. 응? 난 좀더 많은 데이터를 얻을 거야, 응?"

그러자 진호가 밥그릇을 탁 내려놓으며 화난 목소리로 말했다.

"교수님, 이제 그만하시죠. 처음에 목표했던 건 모두 달성했잖습니까? 다들 지쳤어요. 계속하다가는 나머지 애들도 다칠 수 있다고요."

"이 새끼, 응?" T교수가 기다렸다는 듯이 숟가락을 획 던지며 소리쳤다. "이 버르장머리 없는 새끼, 어디 밥상머리에서, 응? 이 새끼, 응? 가고 싶으면 너 혼자 가!"

그가 던진 숟가락은 그러잖아도 욱신거리는 내 오른쪽 광대뼈를 정통으로 맞혔다. 내가 눈물을 글썽거리는 사이에 진호가 벌떡 일어났다. 그리고 주저 없이 산을 내려갔다.

"저 새끼, 응? 저 새끼, 툭하면 도망가는, 응? 저 새끼!"

T교수가 이를 박박 갈며 한 말이었다.

'툭하면'이라고 했지만 진호가 팀에서 이탈한 건 이번이 두번째였다. 이태 전, 계룡산의 선화무당을 연구하던 T교수는 모든 데이터를 얻었다고 자신하면서 시퍼렇게 날이 선 작두 위를 뛰어보라고 내게 요구했다. 그때 진호가 불같이 화를 내며 팀을 떠났다. 나는 다른 방법이 없었다. 나는 정말로 시간강사라는 비정규직에서 벗어나 정식 교수가 되고 싶었다. 그러기 위해서는 T교수가 원할 땐 수청이라도 들어야 했다. 결국 팔뚝을 내밀어 도파민과 노르에피네프린을 차례로 주사한 후 그 역겨운 황홀경 속에서 작두 위를 방방 뛰었다. 그리고 내 발바닥의 인대가 싹둑, 끊어졌다.

"응? 맥 빠진 새끼, 저런 정신으로, 응? 뭘 하겠다고? 응? 병신 같은 새끼."

T교수는 분을 참지 못해 한참이나 욕을 해댔다. 이태 전 진호가 팀을 이탈했을 당시에도 그는 똑같이 욕을 했었다. 내가 출혈 과다

로 기절했다가 병원에서 정신을 차렸을 때, 곁에는 눈이 퉁퉁 부은 진호가 앉아 있었다. 링거액에 포함된 마취제에도 불구하고 봉합된 발바닥에서 엄청난 통증이 느껴졌다. 진호가 '왜 했어요, 왜요' 하고 원망하듯 말했다. 나는 말 못 할 서러움에 꺼이꺼이 울기만 했다. 그로부터 이 년이 흐른 지금 진호가 다시 왜냐고 물어온다면, 난 서럽게 우는 대신 아마 이렇게 대답할 것이다—세상은 보통 사람과 쩔뚝발이로 나뉘지 않는다고. 세상은, 정규직과 비정규직으로 나뉜다고.

진호의 몫까지 내가 처리해야 했기에 오후 네시가 넘어서야 그날의 세번째 실험을 시작할 수 있었다. T교수는 어깨에 파스를 덕지덕지 붙이고 있는 A에게 액티브소나가 장착된 수중카메라를 쥐여주며 달래듯 말했다.

"걱정할 거 없어, 응? 어차피 이 모든 현상이 다 프로그래밍된 거니까, 응? 조금도 위험하지 않을 거야, 응?"

하지만 그건 아무리 생각해도 위험천만한 짓이었다. 산신령과 나무꾼이 대화를 나누는 동안 연못 속으로 들어가 수중촬영을 한다는 건, 게다가 카메라에 장착된 액티브소나로 연못 내부의 모든 지점에 음파를 쏘아보낸다는 건 틀림없이 대상에게 영향을 줄 것이다. 관찰행위가 관찰대상에게 들켰을 때의 위험은 누구도 예측할 수 없는 것이다. 나는 내 의견을 T교수에게 밝혔고, 그런 위험한 일을 학부생에게 시켜선 안 되며 게다가 대상에게 영향을 주어 얻어진 데이터는 신뢰할 수도 없다고 말했다. 하지만 그는 나를 빤히 바라보면서 코웃음쳤다. 나는 무거운 카메라를 손에 든 A가 우리의 대화를 들으며 얼굴이 창백해지는 걸 보았다. 그에게 속으로 중얼거렸다—봐라, 난 말리려고 무척 노력했다.

실험은 그렇게 재개되었다. T교수의 신호로 C가 도끼질을 했고, 나는 각종 센서들을 확인하다 적당한 타이밍에 네 대의 카메라를 적외선모드로 전환했다. T교수는 내 신호를 받아 C에게 도끼를 던지도록 했고, 산신령이 나타나자 대담하게도 'T0816-3' 바로 뒤까지 다가가 직접 눈으로 관찰했다. 산신령과 C의 케케묵은 대화가 이어지는 동안 T교수는 속옷 차림의 A에게 신호를 보냈다. 표적지향 모드로 설정된 두 대의 카메라 중 하나가 수증기 자욱한 연못으로 걸어가는 A를 포착했다. 그는 보기에도 딱할 정도로 벌벌 떨고 있었다. 게다가 너무 느렸던 탓에, 그가 연못 가장자리에서 우왕좌왕하는 사이 산신령은 두 번이나 잠수했다가 나와 은도끼를 C에게 들이대고 있었다.

"이리 내, 이 병신 같은 새끼!"

결국 보다 못한 T교수가 달려가 수중카메라를 빼앗더니 물속으로 뛰어들었다. 하지만 그때는 이미 산신령이 마지막 쇠도끼를 들고 나온 후였다. T교수는 거의 일 분 동안 물속에 잠수해 있다가 나왔다.

"저 병신새끼, 응? 저 새끼 때문에, 응? 다 망쳤네, 응? 아무것도 없어!"

그는 씩씩거리며 수중카메라의 액정화면을 들여다보았다. 그러고는 아직 물이 뚝뚝 떨어지는 얼굴로 내게 말했다.

"다시, 응? 다시 한번 간다!"

나는 황급히 출력한 데이터를 들고 T교수에게 갔다.

"교수님, 아무래도 그만해야 할 것 같습니다. 이걸 보세요." 내가 내민 건 몇 장의 사진과 출력된 통합데이터였다. 나는 조심스럽게 말했다. "이건 교수님이 'T0816-3' 부근에서 A한테 뛰어가 수중카메라를 빼앗는 순간의 정지영상입니다. 여기, 대상체의 입가가 일그러져 있지요. 그 시각의 데이터를 보시면……" 나는 숫자들을 손톱 끝으로 누르며 말했다. "2초 사이에 신장이 17cm나 늘었어요. 체중은 36kg이 늘었고요. 게다가 이온 수치와 연못의 비중도 지난 실험에 비해 훨씬 높아졌습니다. 아무래도 대상체가 화를 내는 것 같아요. 더이상 실험을 강행하는 건 위험합니다."

T교수는 사진과 데이터를 들여다보았다. 그건 반박할 수 없는 자료였다. 우리는 '이루작의 용'에게 지나치게 가까이 다가갔던 네덜란드 탐사대의 비극을 잘 알고 있었다. 또 '갓파'를 따라 우물 속으로 들어간 일본 하세 대학 탐사대의 말로도 잘 알고 있었다. 나는 T교수가 이 위험을 부인할 순 없을 거라 생각했다. 더불어, 막무가내의 고집도 그만 피울 거라고 믿었다.

내 생각은 반만 옳았다. 그는 위험을 부인하지 않았다. 고집을 부리지도 않았다. 대신에 작은 목소리로 사정을 했다.

"좋아, 응? 마지막이야. 딱 한 번만, 응? 딱 한 번만 더 하고는 내려가자고. 응? 나 이거 하고 나서 끝이야, 응? 나 완전히 끝이라고. 내후년에 대학을 퇴임하면, 응? 난 오늘 얻은 데이터나 들여다보며, 응? 그렇게 살아가야 돼. 제발, 딱 한 번만, 응? 딱 한 번만 더 하고 내려가자, 응? 나 이 짓을 평생 해왔잖아, 응? 제발, 이게 내 최고의 작업이 될 거라고, 응? 응?"

어느 부분에서 내 마음이 움직였는지 모르겠다. 딱 한 번? 제발? 아마 '퇴임'이라는 단어일 것이다. 나는 힘없이 고개를 끄덕였다. 그리고 커맨드머신 옆에서 T교수와 우리의 마지막 시나리오, 저 무모한 시나리오를 짰다. 기준대로 진행하다 나무꾼 역을 맡은 C가 대답을 늦추며 시간을 번다. 그사이에 커맨드머신 곁에서 대기하던 T교수는 연못 내부로 잠수해 들어가 수중카메라로 스냅사진을, 카메라에 장착된 액티브소나로는 음파반향지도를 얻는다. 동시에 나는 레이저로 산신령의 겉옷을 조금 태워, 그 연기의 스펙트럼 분석을 통해 '젖지 않는 천'의 성분을 알아낸다. 마지막으로 C는 금도끼와 은도끼를 거절하고, 쇠도끼만을 받겠다고 끝까지 우긴다……

고백하자면, 겉옷을 태워 천의 성분을 알아낸다는 위험천만한 시나리오는 내가 제안한 것이다. T교수에게 잘 보여 정식 교수가 되겠다는 꿍꿍이로 급조한 아이디어가 아니었다. 어설프긴 하지만 나 또한 학자다. 미지의 존재에 대한 격렬한 호기심을 늘 가슴에 품고 있다는 말이다.

여섯시가 넘으면서 날이 조금씩 어두워졌다. 우리의 마지막 실험은 정확히 오후 여섯시 사십분에 시작되었다. C가 성하게 남아 있는 단 한 그루의 물푸레나무인 'T0816-4'를 내리찍었다. 처음부터 한 치의 오차도 없이 60dB, 9초 간격으로 음파가 뻗어나갔다. 욕이 될지 칭찬이 될지 모르겠으나, C는 학부생들 중에서 가장 훌륭한 나무꾼이었다. 나중에 〔선녀와 나무꾼〕 같은 주제로 탐사를 하게 된다면 꼭 데려가고 싶었다. 다섯 번의 도끼질을 끝낸 C가 도끼를 연못 한가운데로 던졌다. 그리고 침착하게 자신의 대사를 읊었다.

"어이쿠 내 도끼, 내 도끼를 빠뜨렸네!"

이윽고 저 낯익은 현상과 함께 산신령이 나타났다. 나는 카메라를 통해 그의 표정을 읽으려 애썼다. 하지만 주위가 너무 어두워 카메라는 산신령의 얼굴조차 제대로 포착하지 못했다. 음향은 정확히 잡아냈지만, 영상자료 없이는 수정된 시나리오를 진행할 수가 없었다. 나는 서둘러 일곱시 방향에 설치해놓은 패시브형 광증폭식 야간카메라를 메인으로 돌리고, 그 영상에 의지해 산신령의 겉옷을 조준한 뒤 레이저를 쏘았다. 그런데 그 과정에서 레이저의 초점이 그만 옷이 아니라 빗장뼈 부근의 누런 맨살에 잡혀버렸다. 순식간에 살에서 가느다란 연기가 피어올랐다. 당황한 나는 모니터를 보았다. 아, 하는 신음소리가 절로 흘러나왔다.

산신령의 얼굴은 일그러질 대로 일그러져 있었다. 아홉 대의 카메라가 각각의 방향에서 찍고 있는데, 산신령은 놀랍게도 그 모든 카메라를 정면으로 응시하는 중이었다. 커맨드머신이 계산해낸 그의 신장은 무려 2m가 넘었다. 나는 산신령을 정면에서 대하고 있는 C의 상황을 파악하기 위해 헤드폰을 끼고는 'T0816-4'에 가장 가까이 놓인 무지향성 마이크의 볼륨을 올렸다.

이 금도끼가 네 것이냐, 이 금도끼가 네 것이냐, 이 금도끼가 네 것이냐……

온몸에 소름이 돋았다. 산신령은 C에게 묻고 있는 게 아니었다. 그저 수백, 수천 년 전에 프로그래밍된 대사를 무의미하게 반복하고 있을 뿐이었다. 게다가 산신령의 목소리는 120dB을 넘어서고 있었다. 멍하니 듣고 있다가는 고막이 찢어질 정도였다. 음이온도 기준치보다 열 배 이상 많았다. 상황을 진정시키려면 뭐라도 해야 했기에, 황급히 커맨드머신 아래 서랍에 손을 넣어 양전하칩 박스를 집었다. 그때 곁에 있던 T교수가 내 팔을 강하게 잡아당기며 말했다.

"저 산신령 자체가, 응? 이 비린내 나는 음이온이야, 응? 알아? 응? 넌 지금, 응? 전설을 죽일 셈이냐? 응? 여기서, 응? 전설을 죽이려고? 응?"

그는 이를 바득바득 갈며 화냈다. 그리고 숨을 몇 번 몰아쉬더니, 말릴 틈도 없이 수중카메라를 들고는 연못으로 뛰어들었다.

산신령의 몸뚱이는 그야말로 식빵처럼 부풀어올랐다. 신장이 3m를 넘어 4m로 향하고 있었다. 하얀 옷자락이 세차게 휘날리자, 무어라 형언할 수 없는 굉음과 함께 흙모래를 동반한 검은 돌풍이 불어오기 시작했다. 두려움을 느낀 나는 커맨드머신 아래에서 조명탄을 꺼내어 하늘을 향해 쏘았다. '퓨슉' 하는 소리와 함께 주위가 밝아졌다. 나는 미친 듯이 수면을 훑으면서 교수님, 교수님, 하고 목이 쉬어라 불러댔다. 그 순간 연못 한쪽이 갈라지더니 어떤 물체가 하나 빠르게 튀어나와 연못 뒤편으로 날아갔다. 나는 즉각 표적지향성 카메라의 영상을 확대했다. 거기에는 검은 수초 따위로 결박당한 채 힘없이 내던져지는 T교수의 모습이 또렷이 맺혀 있었다. 온몸에 깊고 얕은 창상이 가득했지만, 그리고 그 찢어진 살갗에서 피가 여전히 새어나오고 있었지만, 숨은 이미 끊어진 듯 더없이 무표정한 얼굴이었다. 그가 포물선을 그리며 연못 너머의 숲으로 내동댕이쳐질 때 굵은 나무들이 우르르 부러지는 소리가 났다.

내가 넋을 잃고 있는 사이 커맨드머신의 모든 계기판이 격렬하게 춤을 추기 시작했다. 주위의 기압이 급격하게 높아졌다. 물과 뒤섞인 흙모래가 굉음을 내며 거세게 몰아치는 가운데, 측면 카메라가 날카로운 경보음을 울렸다. 연못의 수면이 상승하고 있었다. 채 몇 초 지나지 않아 측면 카메라의 영상이 꺼졌고, 동시에 초록색 LED 불빛도 하나둘 사라졌다. 한계치를 웃도는 압력을 받은 파동센서는 이미 오래전에 작동을 멈춘 상태였다. 나는 정신없이 커맨드머신의 비상저장 버튼을 눌렀다. 선생님, 하는 애처로운 목소리가 뒤쪽에서 들려왔다.

"선생님, 어떻게 해야 돼요?"

A와 B가 내 뒤에서 발을 동동 구르고 있었다. 나는 소리쳤다.

"밴으로 가! 밴에 타지 말고 아래에 기어들어가 엎드려 있어! 당장 뛰어가!"

"쟤는요? 나무 옆의 쟤는요? 쟤 저기 그냥 앉아 있는데요, 쟤는 어째요?"

그들이 울먹이며 말했다.

"내가 가볼 테니, 시팔, 너흰 빨리 밴으로 뛰어!"

그렇게 소리치고 나는 쩔뚝거리며 C에게 달려갔다.

연못의 물은 이미 거대한 기둥처럼 치솟은 채 소용돌이치고 있었다. 가장자리는 너무 회전 속도가 빨라 거기에 닿는 모든 것들이 깨끗하게 베어졌다. 나는 나무 뒤에 숨어, 반대편에 등을 기대고 주저앉은 C를 거칠게 잡아끌며 소리쳤다.

"야, 이 미친 새끼야, 밴으로 뛰어가! 어서 뛰어!"

그러자 C가 옆으로 풀썩 쓰러졌다. 깊이 베어져 너덜거리는 그의 목덜미에서부터 뒤로 꺾인 장딴지까지 온통 선홍빛 동맥혈로 젖어 있었다. 음이온 비린내보다 독한 피비린내가 풍겼다. 지혈이나 심폐소생술 따위로 어떻게 해볼 수 있는 상태가 아니었다. C는 이미 죽었다. 온몸의 털이 순식간에 곤두서는 느낌이었다. 산신령이 사람을 죽이기로 작정했다면, 한두 명만 골라 죽이지는 않을 것이다. 우리팀 모두를 완전히 끝장낼 것이다.

연못 쪽으로 고개를 돌리자 산신령이 나를 무섭게 노려보고 있었다. 내가 다음 표적이었다. 나는 당황하며 뒷걸음질치다 넘어졌다. 이제 산신령은 십여 미터에 달하는 거대한 형상으로 내 앞을 육중하게 가로막고 있었다. 이마에서 턱까지만 해도 2m는 넘어 보였다. 그의 양손에 쥐어진 도끼가 눈에 들어왔다. 그게 금도끼인지, 은도끼인지, 아니면 세슘 분자로 식별번호가 새겨진 우리의 쇠도끼인지 분간할 수는 없었지만 어쨌든 서늘할 정도로 잘 벼려져 있었다. 산신령의 손은 가만히 있는 것 같은데 그 도끼들이 웅웅, 기이한 소리를 내며 이리저리 허공을 갈랐다. 금세라도 내 이마에 꽂혀 두개골을 박살낼 것만 같았다. 산신령이 흉하게 일그러진 얼굴로 나를 노려보았다. 그가 머리를 좌우로 빠르게 흔들었다. 아무렇게나 풀어헤친 백발이 출렁거리는 것과 동시에 연못의 물이 허공으로 솟았다가 나를 향해 쏟아졌다. 너무 세차게 쏟아졌기에 물이 아니라 얼음파편을 들이붓는 것 같았다. 그 압력으로 내 안에서 무언가 '픽' 하고 터졌다. 뜨끈한 감각에 손으로 문질러보니 코와 입에서 피가 질질 흘러나오고 있었다. 나는 완전히 넋이 나간 채로 손에 묻은 붉은 피만 바라보았다.

순간, 누군가가 내 목덜미를 잡아챘다. 나는 힘없이 나무 뒤로 끌려갔다.

"내놓으라고요!"

진호였다. 이미 산 아래 닿았을 거라 생각했던 진호였다. 그가 내 눈앞에 있었다. 진호는 고래고래 악을 썼다.

"뭐, 뭘?"

내가 더듬거리자 그가 내 얼굴을 똑바로 쳐다보며 소리쳤다.

"양전하칩!"

나는 덜덜 떨리는 손가락으로 커맨드머신 아래를 가리켰다. 진호가 망설임 없이 쿵쿵거리며 그리로 뛰어갔다. 그리고 박스를 열어 칩을 한 움큼 집어들더니 산신령을 향해 휙 뿌렸다. 음전하를 빼앗으려는 것이었다. 그건, 그 상황에서 할 수 있는 최선의 행동이기도 했다.

하지만 진호가 던진 그 예리한 칩들은 돌풍에 튕겨 그에게로 되쏘아졌다. 진호는 순식간에 온몸이 피투성이가 되어 쓰러졌다. 나는 다리에 힘이 풀려 꼼짝도 할 수 없었고, 때문에 그를 도와주러 가지 못했다. 다행히 가벼운 찰상뿐이었던지 진호는 몇 번 허우적대다가 다시 내 쪽으로 엉금엉금 기어왔다. 무언가 커다란 물체가 날아와 우리 곁에 있던 바위에 부딪혀 박살이 났다. 진호가 애지중지하던 철제 가방이었다. 이어 각종 전선이며 카메라 따위도 날아들었다. 여기저기서 나무 부러지는 소리가 들렸다. 어떤 나뭇가지는 땅바닥에 창처럼 꽂혀 바르르 떨었다. 돌풍으로 인해 숨조차 제대로 쉴 수가 없었다. 진호가 나를 향해 소리쳤다.

"뭐?"

내가 간신히 힘을 내어 되물었다.

"교수님 어딨냐고요!"

진호가 원망하듯 울부짖었다. 양전하칩에 베인 수많은 상처 때문에 얼굴이 피로 번들거리고 있었다.

"교수님부터 찾아내요!"

벌써 죽었어—라고 말하려는데, 내 귀에 희미하게 어떤 소리가 들려왔다. 그건 울음 같기도 했고 또 어찌 보면 걸쭉한 욕설 같기도 했다. 우리는 소리가 나는 쪽으로 동시에 고개를 돌렸다.

T교수였다. 연못 뒤쪽 삼림에 내동댕이쳐졌던 그가 어느새 돌아와 컨트롤센터에 서 있었다. 누더기가 된 옷에는 수초가 덕지덕지 묻어 있었고, 온몸이 피투성이였다. 특히 한쪽 뺨은 살점이 움푹 뜯겨나가 거기서 피가 질질 흘러내렸다. 그런 참혹한 꼴로 엉거주춤하게 서서는, 사방을 두리번거리며 쉴새없이 울음 섞인 욕설을 내뱉고 있었다. 마침내 나무 뒤에 웅크리고 있는 우리와 시선이 마주쳤다. 그의 눈이 커다랗게 떠졌다. 우리를 향해 고개를 주억대며 뭐라 외쳤는데, 도저히 알아들을 수가 없었다.

그러고 나서 T교수는 눈을 돌려 산신령을 마주 보았다. 그의 입에서 다시 통곡에 가까운 욕설이 튀어나왔다. 날카로운 나뭇가지들이 핑, 핑 섬뜩한 소리를 내며 T교수에게 날아갔다. 그중 몇 개는 그의 몸을 스쳤고, 또 몇 개는 곁에 있는 커맨드머신을 반으로 쪼개버렸다. 박살난 커맨드머신에서 작은 화염과 함께 불꽃이 튀었다. T교수가 허리를 굽히더니 바닥에서 무언가를 집어들었다.

"뭐야?" 진호가 갑자기 비명을 질렀다. "말려요, 말려야 돼!"

그런 말은 나도 할 수 있었다. 단지 그럴 힘이, 그럴 용기가 없는 게 문제였다. T교수는 예비용 플라스마 배터리를 힘겹게 품에 안고 이빨로 고무커버를 물어뜯었다. 잘못 건드렸다간 그대로 숯덩이가 되어버릴지도 모를 안정화 패널까지 이빨로 으깨버리고는 양극의 와이어를 뗐다 붙였다 하면서 연못으로 돌진하기 시작했다. 와이어가 맞닿을 때마다 새파란 플라스마 불꽃이 튀었다. 그게 산신령에게 위협을 준 듯했다. 폭풍은 더욱 거세져, 여기저기서 굵은 나무들이 부러졌고 그것들이 빙글빙글 돌며 T교수를 향해 날아갔다. 모든 저주의 에너지가 그에게 집중되고 있었다. 하지만 그는 금세 넘어질 듯 휘청거리면서도, 날아오는 온갖 잡것들에 두들겨맞으면서도 끝끝내 산신령의 정면을 향해 달렸다. 마침내 연못 가장자리에 이르러 T교수는 산신령을 향해 몸을 힘껏 날렸다. 그 순간 번쩍, 하고 푸른색으로 밝아지더니 거대한 물기둥과 함께 연기가 솟구쳤다.

그걸로 끝이었다. 모든 게 사라졌다. 흙을 품은 거친 돌풍도, 고막을 찢을 듯한 굉음도, 그리고 분노에 찬 저주도 사라졌다. 주위를 밝히던 조명탄의 불빛마저 사라져 우리가 어디에 있는지 알기 위해서는 희미한 우주의 빛에 의지할 수밖에 없었다. 나는 연못을 향해 교수님, 하고 힘없이 불러보았지만 그건 어리석은 짓이었다. 진호가 일어나 내 쪽으로 걸어왔다. 그가 손을 내밀어 나를 일으켜세워주었다. 가까이서 보니 아직도 진호의 몸 여기저기에 반쯤 녹아 말랑

말랑해진 양전하칩이 박혀 있었다. 환부의 피는 응고되어 더이상 흘러나오지 않았다. 우리는 서로 부축하며 컨트롤센터로 걸어갔다.

성한 게 없었다. 나는 박살난 커맨드머신 부근에서 데이터 스토리지를 찾아 헤맸다. 결국 찾긴 했으나, 그건 쇠와 플라스틱이 엉망으로 뒤엉킨 쓰레기에 불과했다. 나는 격한 감정에 사로잡혀 스토리지를 바닥에 내동댕이치고는 마구 밟았다. 입에서 고약한 피비린내가 뿜어져나왔다.

그러고 나서 다시 기운이 빠진 나는 연못가에 서 있는 진호에게로 절뚝거리며 걸어갔다. T교수가 죽기 전에 우리를 향해 뭐라 외쳤는지 알고 싶었기 때문이다. 하지만 막상 진호의 축 처진 등을 보니, 그런 걸 물어봤자 좋을 것도 없겠다는 생각이 들었다. 달빛을 받은 연못은 잔잔했다. 이제 그건 어디에나 있는, 흔하디흔한 작은 연못에 불과했다. 진호는 물이 찰랑거리는 연못가에 붙어서 자기 앞에 놓인 작고 시커먼 무언가를 내려다보는 중이었다. 뭐야, 하고 물어보려다 멈칫했다.

그건 T교수였다. 아랫도리는 어디론가 날아가고 상반신만 덩그러니 남았는데, 그마저 형체를 알아볼 수 없을 만큼 새카맣게 타 있었다. 그럼에도 그게 T교수의 유해라는 걸 알아차린 건, 결코 놓치지 않으려는 듯 가슴에 꼭 품고 있는 플라스마 배터리 덕분이었다.

진호가 허리를 숙였다. 그리고 반쯤 주저앉아 '교수님' 하고 중얼거렸다. 그가 마운틴고릴라처럼 얼굴을 감싸고 울기 시작할 때 나는 뒤를 돌아보았다. 폐허가 된 숲을 채운 건 짙은 어둠뿐이었지만, 내 눈에는 T교수가 연못을 향해 뛰어가며 점점이 남긴 저 파랗고 맹렬한 불꽃의 궤적이 또렷이 남아 있었다. 그 잔상은 꽤 오랫동안 지워지지 않았기 때문에, 단순한 망막의 착각이 아니라 바로 거기에 실재하는 어떤 데이터처럼 여겨졌다.

해설 **박형서 프로젝트**　　　**권혁웅** 시인 · 문학평론가

박형서는 타고난 이야기꾼이다. 패관문학이 흥했던 시기라면 세간에 떠도는 수많은 이야기들의 알려지지 않은 지은이쯤 되었을 것이다. 지금은 21세기, 박형서는 새로운 세상의 업그레이드판 패관문학의 알려진 지은이다. 그는 유머, 순정, SF, 철학, 문학사, 신화, 정신분석, 과학, 패러디, 에세이 등의 모든 담론들을 섞고 분류하고 재배치하여 새로운 세기의 하이브리드 소설을 창조했다. 하이브리드는 본래 힘이 세다. 전대의 잡종은 후대의 순혈이며 전대의 외전은 후대의 정전이다. 박형서의 소설에는 서사론 전체를 근본적으로 바꿀 수 있는 놀라운 기획들이 숨어 있다. 그리고 그의 소설은 무엇보다도 먼저 재미있다. 이 기획들을 명명하고 이 기획에서 파생되는 새로운 서사학의 대강을 짐작해보기로 하자.

1. Lobster Project : 기호-구조론

박형서의 소설은 흔히 구조적 화소를 품고 있다. 그의 소설에는 이항(二項)으로 분화된 두 개의 중심 혹은 두 개의 구멍이 있는데, 이곳이 이야기들이 생겨나거나 수렴되는 지점이다. 구조론에서 이 두 중심은 변별을 위한 형식적인 지표다. 체계를 만들어내기 위해서 인류는 두 개의 중심으로 구조화되는 타원을 고안해냈다. 더하기와 빼기, 물과 불, 해와 달, 하늘과 땅…… 모든 것이 둘을 중심으로 구조화된다. 그것은 우리의 기원신화이기도 하다. 생명체에게 성이 부여된 이래(남과 여), 그 전에 생명체가 DNA로 구성된 이래(A와 T, G와 C 혹은 AT와 GC), 그 이전에 생명 자체가 출현한 이래(생과 사), 모든 사고는 하나인 둘 혹은 둘인 하나를 기본단위로 생성되었다. 생명은 둘을 하나로 세면서 진핵생물로 발전했고 하나를 둘로 세면서 성(性)과 이분법과 출아법을 발전시켰다. 인간은 둘을 하나로 세면서 집합론을 발견했고 하나를 둘로 세면서 무의식을 발견했다. 뒤집힌 요산요수(樂山樂水) 이야기에서 시작하자.

때가 되어 군청 회의실에 나타난 건 애초에 민원을 제기했던 쌍방이었다. 한쪽은 백발이 성성한 노인, 흰 두루마기에 갓까지 쓰고 있었다. 말끝마다 '에헴' 하고 유서 깊은 헛기침을 늘어놓았다. 다른 한쪽은 놀랍게도 스물이 갓 넘어 보이는 애송이, 얼굴이 잘 익은 사과처럼 붉디붉었다. 행동거지가 젊은이답지 않게 구수했다.(「나무의 죽음」, 62쪽)

군청에서 작은 마을에 신작로를 내겠다는 공지를 했다. 그러려면 무의산이란 작은 언덕을 헐어야 했는데 민원이 들어왔다. 인근 봉명산의 기가 끊겨 재앙이 닥칠 거라고 했다. 그래서 산을 에둘러 가기 위해 작은 개천인 전성천을 복개하기로 했는데 또 민원이 들어왔다. 인근 영유강의 기가 흐르지 못해 생기를 잃을 거라고 했다. 난감해진 군청에서 공청회를 열자 민원을 제기했던 당사자 둘이 모습을 드러낸다. 두 인물은 복장에서 행동거지까지 정반대다. 백발 늙은이/붉은 애송이(유서 깊은 바로 그 백군/홍군이다), 한문을 읊조리는 훈장님/우리말을 유창하게 구사하는 프로, 오래된 문헌/최신 자료들…… 이라는 이항이다. 둘의 대립은 시간이 지나면서 격해졌는데, 알고 보니 둘은 산과 개천의 정령들이었다. 군수가 한탄한다. "이거 야단났네. (……) 정령들이 하필 내 사무실에 와 싸우시네."(69쪽)

둘은 사실 하나로 세어져야 했다. "길을 낸다는 군청의 공시가 있기 전까지 산과 천은 본래 떼어낼 수 없는 한 기운이었으니 말이다."(73쪽) 우리는 그 하나가 '전체'이자 '하나의 바탕'이라는 뜻의 자연임을 안다. 하지만 우리가 자연을 뚫어야 할 장애물이나 감추어야 할 은폐물로 여기자, 둘이 된 둘이 나타난다. 둘을 만드는 작용, 이것을 바닷가재라 부르자. 들뢰즈는 "신은 '가재' 또는 이중집게, 이중구속이다"[1]라고 말한다. 우리는 어떤 무정형의 질료를 특

---

1) 들뢰즈·가타리, 『천 개의 고원』, 김재인 옮김, 새물결, 2001, 86쪽.

정한 실체로 나누고 이를 다시 특별한 형식에 따라 결합한다. 이 분할과 결합을 합쳐 '분절'(articulation)이라 부르며, 바닷가재는 이 분절을 수행하는 두 개의 가위를 갖고 있다(분절이 두 번 일어난다는 뜻이다). 신은 바닷가재다. 가재가 출현하는 곳마다 둘이 된 하나(분할)와, 하나가 된 둘(결합)이 나타난다. 자연이 산과 강으로 분할되는 순간은 바닷가재가 나타난 순간이며, 가재는 끝내 가위질을 하며 자기가 갈 길을 끝까지 간다.

지난밤, 배후에서 잠자코 있던 봉명산이 무의산이나 전성천을 거치지 않고 곧바로 영유강 한쪽을 침범했다. 누런 탁류가 군 경계 바깥까지 길게 이어졌다고 한다. 그에 대한 보복으로 영유강 역시 전성천과 무의산을 통하지 않고 직접 봉명산 몇몇 모퉁이를 약탈했다. 멀리 봉명산의 봉우리 두어 개가 맥없이 뒤틀리고 주저앉아 있는 꼴을 군수는 제 집무실에서도 똑똑히 볼 수 있었다.(「나무의 죽음」, 73~74쪽)

이제 아이 싸움이 어른 싸움이 되었다. 얕은 언덕과 실개천의 싸움이 큰 산과 큰 강의 싸움으로 커졌다. 바닷가재의 가위질이 저 먼 풍경에까지 이르렀다는 것은 이들의 싸움이 이미 신화의 세계로 이전되었다는 것을 뜻한다. 두 개의 중심, 곧 이항(二項)은 물에 던진 두 개의 돌처럼, 서로를 도는 두 개의 행성처럼 자신의 영향력을 확장해간다. 파문과 중력의 이중간섭이 그렇듯 이항이 복사되고 배가되는 것이다. 우리는 다중과 하나(「너와 마을과 지루하지 않은 꿈」), 시인과 조각가(「신의 아이들」), 사람과 짐승(「갈라파고스」), 스승의 오른팔과 왼팔인 두 제자(「열한시 방향으로 곧게 뻗은 구 미터가량의 파란 점선」) 등으로 이 이항이 모습을 달리하며 출현하는 것을 본다.

바닷가재는 무엇을, 어떻게 자르는가? 우리는 방금 이 가재가 자연이라는 무정형의 질료를 산과 강이라는 이름(형식)으로 잘라내는 것을 보았다. 형식은 기호화 작용이다. 기호야말로 질료가 아닌 형식이라는 점에서 대상을 실체로 바꾸는(그 역을 불가능하게 하는) 거멀못이다. 그리고 기호들의 기호, 곧 다른 모든 기호의 작용을 가능하게 하는 절대기호가 신이다. 신은 순수한 형식이며, 이 점에서 바닷가재는 이름 붙이기 곧 기호화하기를 수행하는 갑각류─신이다. 여기 순수한 기호로서의 신(神)이 모습을 드러내는 장면이 있다.

산신령의 얼굴은 일그러질 대로 일그러져 있었다. 아홉 대의 카메라가 각각의 방향에서 찍고 있는데, 산신령은 놀랍게도 그 모든 카메라를 정면으로 응시하는 중이었다. 커맨드머신이 계산해낸 그의 신장은 무려 2m가 넘었다. 나는 산신령을 정면에서 대하고 있는 C의 상황을 파악하기 위해 헤드폰을 끼고는 'T0816-4'에 가장 가까이 놓인 무지향성 마이크의 볼륨을 올렸다.

이 금도끼가 네 것이냐, 이 금도끼가 네 것이냐, 이 금도끼가 네 것이냐······

온몸에 소름이 돋았다. 산신령은 C에게 묻고 있는 게 아니었다. 그저 수백, 수천 년 전에 프로그래밍된 대사를 무의미하게 반복하고 있을 뿐이었다. 게다가 산신령의 목소리는 120db을 넘어서고 있었다. 멍하니 듣고 있다가는 고막이 찢어질 정도였다. 음이온도 기준치보다 열 배 이상 많았다. 상황을 진정시키려면 뭐라도 해야 했기에, 황급히 커맨드머신 아래 서랍에 손을 넣어 양전하칩 박스를 집었다. 그때 곁에 있던 T교수가 내 팔을 강하게 잡아당기며 말했다.

"저 산신령 자체가, 응? 이 비린내 나는 음이온이야. 응? 알아? 응? 넌 지금, 응? 전설을 죽일 셈이냐? 응? 여기서, 응? 전설을 죽이려고? 응?"(「열한시 방향으로 곧게 뻗은 구 미터가량의 파란 점선」, 248~249쪽)

T교수 일행은 문헌고증학과의 연구 프로젝트 가운데 하나인 "금부은부(金斧銀斧)" 설화를 고증하기 위해 춘천 인근의 연못에 왔다. 금도끼은도끼 이야기가 "범지구적 설화라는 주장"(219쪽)을 실험을 통해 확인하려는 것이다. 설화가 실재를 담고 있다는 가정은 터무니없어 보이지만 기호들의 위계를 생각하면 반드시 그런 것도 아니다. 설화에는 세 가지 차원이 있다. 실제로 일어났다고 믿어지는 이야기가 신화라면, 실제에 대한 믿음은 제법 잃었으나 그 일이 일어났다는 증거가 남아 있는 이야기가 전설이고, 믿음도 증거도 남지 않은 이야기가 민담이다. 금도끼은도끼 설화는 어디에 속하는가? 이건 기호들의 배치를 어떻게 두느냐에 달렸다. 작가는 이 이야기를 신화와 전설 사이의 어디쯤에 두었으며, 이를 위해 역사와 과학의 담론을 끌어왔다. 이를테면 이런 식이다. "헤르메스 신을 산신령

으로 대체하는 방식은 문헌고증학의 태두인 메텔지 드 훕스가 세운 '등가치환의 배제 원칙'에 정면으로 위배되기 때문이다. 그러나 (……) 실제로 산신령을 만난 나무꾼이 1980년 12월 삼청교육대에서 사망하기 전까지 의암호 인근에 살았었다는 것이다."(219쪽) "나와 진호는 그곳에서 십여 미터 떨어진 컨트롤센터에 서서 커맨드 머신을 노려보았다. 여덟 개의 액정모니터와 계기판 들이 연못 주변의 온도 변화, 음성과 기류 파동, 그리고 측정장치들의 전압 상태 등을 보여주고 있었다"(219~220쪽) 운운. 역사와 과학 담론이야말로 증거로만 입증되는 기호체계이다. 역사와 과학의 기호들로 번역된 금도끼은도끼는 실측 데이터를 요구하는 차원으로 진입했다.

몇 번의 시행착오 끝에 산신령을 불러내는 데 성공했으나, 실험 데이터를 더 얻겠다는 T교수의 고집으로 참사가 벌어진다. 산신령은 세 번이나 출현하느라 점점 화가 났다. 겉옷을 분석하기 위해 쏜 레이저가 살을 태우자 마침내 산신령은 폭발한다. "157.2cm의 신장과 68kg의 체중을 지닌" "전형적인 농경사회형 고도비만에 해당"(237쪽)되던 산신령은 순식간에 4m가 넘는 거대한 살인기계로 변모한다. 이것은 금부은부 이야기를 무의미하게 반복함으로써 기호들의 체계를 망가뜨렸기 때문이다. 체계화 프로그램에 버그가 일어나자 기호들이 붕괴했고, 기호의 폭주 끝에 신의 위력이 드러났다. 신은 기호화가 불가능한 지점에서 역현(力顯, Kratophany)으로 나타나며, 다른 모든 기호들을 파괴한다는 점에서 재난의 다른 이름이다. 제우스건 야훼건 우리는 신과 대면하면 죽는다. 신과 인간을 동일한 지평에서 설명할 수 있는 기호의 체계란 없기 때문이다. T교수가 그 증거다. T라는 이니셜은 이미 바닷가재의 상형이다. 그에게 두 집게발, 곧 상반된 성격을 가진 "나"와 "진호"라는 제자가 있었다는 것도 그 증거다. 그는 신을 "순수한 음이온"이라 부름으로써 자신이 기호화하는 다른 신, 곧 또다른 가재임을 폭로한다. 기호의 체계가 붕괴했을 때 기호화하는 기제인 인간-가재 역시 붕괴했다. 남은 것은 무섭게 폭주하는 저 신-가재뿐이다.

가재 프로젝트는 이렇게 둘을 셈으로써, 기호들의 평면과 기호들로 구성된 타워 구조를 출현시킨다. 기호들의 기호 혹은 모든 기호화 작용의 기제를 우리는 신이라 부른다. 기호들의 체계가 붕괴할 때 출현하는 폭력적인 신은 우리가 세상이 아니라 세상을 덮은 기호들 위에서 살아간다는 것을 역설적으로 보여준다. 기호들이 찢겨져나갈 때, 우리는 기호화할 수 없는 무서운 실재와 마주치게 될 것이다. 기호 너머에는 무엇이 있는가? 이 질문은 우리를 언어-신학의 문제로 데려간다. 그 전에 기호들이 만들어내는 특별한 평면, 이미지를 보자.

2. JPG Project : 이미지-서사학

jpg 확장자가 붙은 파일은 이미지를 제이팩(JPEG, Joint Photographic Expert Group, 정지 화상을 위해 이미지를 압축하는 표준 방식)으로 압축한 것이며, 픽셀당 정해진 비트의 정보를 표시하여 이미지를 구현하는 방법이다. 컴퓨터 언어는 0과 1로 이루어진 이

진법이라는 점에서 이미 갑각류-신의 언어다. 두 가지 기호의 조합만으로 이차원 이미지가 화면에 모습을 드러낸다. 그런데 이것을 단순한 표면효과라 부를 수는 없다. 어떤 경우에도 이미지는 '감각의 교차'를 통해서만 성립되기 때문에, 미세 보정된 시차(視差)는 감각으로 구현된 입체상을 만들어낸다. 엇갈린 두 개의 화면이 3D를 만드는 것과 같은 이치다. 바로 이 엇갈림과 교차가 감각을 관통하면서 특별한 의미들을 생산한다.

드디어 호수 뒤쪽 언덕에 닿았다. 어둠 속에서 희미한 반짝임이 눈에 들어왔다. 어릴 때부터 너는 그 반짝임을 물결의 일렁임으로 알고 있었다. 너는 그렇게 알고 자라왔다. 종아리에 따끔한 통증을 느끼는 순간, 양손으로 바지춤을 내리며 힘껏 뛰어들었다.//턱, 하는 소리와 함께 너는 아찔한 어둠에 갇혔다. 머리를 조금도 움직일 수가 없었다. 깜짝 놀라 네 머리를 삼킨 그 거대한 물체를 밀고, 차고, 손톱으로 마구 할퀴어댔다. 무릎 아래로 흘러내린 바지 덕분에 다리도 맘대로 움직이기 힘들었다. 한참 지나 흥분이 가라앉자, 너는 네가 어떤 상황에 처했는지 깨달았다.(「너와 마을과 지루하지 않은 꿈」, 28~29쪽)

외진 산골마을에서 두 번에 걸쳐 이상한 살인사건이 일어난다. 산중턱 호숫가에 놓인 화강암에 "지름이 한 뼘쯤 되는 깊은 구멍"이 나 있었는데, 여기에 머리를 박고 사람이 죽어 있었다. 어찌나 깊이 박혔는지, 둘을 꺼내기 위해서는 목을 자르거나 두개골을 으깨야 했다. 이 좁은 구멍에 어떻게 머리를 밀어넣었을까? 누가 이런 끔찍한 방법으로 사람들을 처형했을까? "너"는 스스로 그 일을 겪으면서 사정을 깨닫는다. 벌 떼가 "너"를 쏘았고, 다급한 너는 호수 앞에 놓인 돌을 호수로 알고 거기 나 있는 구멍으로 뛰어들었다. 돌이 둥근 화강암인데다가 "전체가 은빛 광택을 품은 돌비늘로 덮여 있어 반짝반짝 빛"났기에(11쪽) 먼 데서 보면 호수로 보였던 것.

이것은 감각이 아니면 설명되지 않는 사실이며 감각으로는 아주 잘 설명되는 사실이다. 횡액을 겪은 세 사람에게는 은빛으로 빛나는 돌비늘이 햇빛에 빛나는 물비늘로 보였다. 이것을 감각의 착란이라 부를 수는 없다. 감각은 진위를 따지지 않고 재료를 따지지 않는다. 그것은 신체에 지각되는 정도와 신체가 부여하는 의미만을 따진다. 그들은 돌을 물로 보았으며 온 힘을 다해 구멍(=호수)으로 뛰어들었다. 이것이야말로 시차를 통해 성립된 입체화된 이미지가 아니겠는가? 시차란 본래 두 눈의 차이가 만들어내는 상의 엇갈림을 말한다. 지젝은 이런 시차가 새로운 변증법적 유물론을 이해하는 데 필수적이라고 말한다. "시차(parallax)란 두 층위에 어떠한 공통 언어나 공유된 기반도 존재하지 않기 때문에 결코 고차원적인 종합을 향해 변증법적으로 매개/지양될 수 없는 근본적인 이율배반을 뜻하는 것"이다.[2] 이미지란 신체에 적힌 유물론의 선물이다. 두 개의 양립할 수 없는 이미지('돌'과 '물'은 정반대의 질료다)가 어떤 종합도 매개도 없이 서로 몸을 바꾸었으며, 이로써 불가능해 보

---

2) 지젝, 『시차적 관점』, 김서영 옮김, 마티, 2009, 14쪽.

이는 서사를 추동하는 힘이 되었다. 이를 '이미지-서사'라 불러도 좋을 것이다.

통상적으로 이미지는 서사의 동인이 되지 못하는 것으로 간주되어왔다. 이미지는 기껏해야 서사의 배경이 되거나 장식이 될 뿐이다. 이미지를 이렇게 대우해서는 안 된다. 감각을 경유하는 모든 대상은 이미지로 현상된다. 따라서 이미지는 대상 자체의 직접적인 드러남이자 서사 요소의 의미화 기제다. 이미지를 도외시한 모든 서사는 관념에 떨어질 뿐이다. 「너와 마을과 지루하지 않은 꿈」에서의 이미지는 서사를 추동하는 핵심 모티프에 해당하는데, 그것도 시차적 교차를 통해서 그렇다. "시차는 어떤 것을 제외하는 것 자체가 대상을 생산함을 의미한다."[3] 호숫가의 돌은 저 자신의 질료인 돌을 밀어내고 대립물인 물이 되었고, 좁은 구멍은 머리를 집어넣기 어려운 구멍이 아니라 머리를 빼내기 어려운 구멍이 되었다. 이것이 집게발의 교차(한쪽에서 다른 쪽으로의 변환)임은 물론이다. 그것은 시간적 상거(相距)에도 적용된다.

문득 둥그런 표지판의 뒤쪽에서 기묘한 움직임을 느꼈다. 테두리로 살짝살짝 모습을 드러내는 그것은 촉 낮은 백열등같이 노르스름하게 빛났다. (……) 나는 핸들에 손을 얹고 유심히 지켜보았다. 저 꿈틀대는 형체는 표지판 뒤에서 한참 동안 우물쭈물하더니 마침내 나를 향해 구렁이처럼 스르르 기어나왔다. 아, 하고

---

3) 같은 책, 118쪽.

나도 모르게 탄성을 질렀다.

그건 아버지였다. 내 조그만 아버지가 철제 기둥에 찰싹 달라붙어서는 걸레로 열심히 닦고 있는 것이다.(「정류장」, 54쪽)

삼십여 년 전 내가 초등학생일 때 아버지의 소원은 집 앞에 버스 정류장이 생기는 것이었다. 외진 산골에 사는 내가 학교에 가기 위해서는 어두운 산을 타야 했기 때문이다. 아버지는 여러 차례 집 앞에 정류장을 놓아달라고 청원했다. 결과적으로는 마을도 몰락하고 버스도 들어오지 않았지만, 정류장 표지판만큼은 소원대로 그 자리에 세워졌다. 그 표지는 아들에 대한 아버지의 사랑과, 아들을 위해 무언가를 해냈다는 아버지의 자부심을 보여주는 것이었다. 세월이 흘러 "나는 '고등학교'라는 이름의 정류장을 거쳐 '대학'으로 이동했다. 그다음은 '입대'였고 '제대'를 지나 '복학'에 가닿았다. 그러면서 정류장은 결코 홀로 서 있지 않으며 언제나 자신과 연결된 다른 정류장으로 인해 존재한다는 사실을 배웠다."(47쪽) 정류장은 어떤 흐름의 증거이자 흐름이 잠시 고이는 결절점이다. 집 앞의 정류장 표지판은 무수한 세월의 흐름 속에 수많은 표지판들 뒤로 사라졌다.

그렇게 삼십여 년이 흘렀다. 어느 날 나는 피크닉을 떠났다가 길을 잃어 옛집으로 돌아온다. 수몰지구 위에 세워진 표지판만이 그곳이 예전의 장소였음을 알려주고 있었다. 그리고 거기에 매달려 열심히 걸레질하는 아버지가 있었다. 아버지가 죽은 지 언제인데, "저 빌어먹을 유령은 내게 도대체 뭘 원한단 말인가?"(55쪽) 아무것도. 그 어떤 것도 아버지는 원하지 않았을 것이다. 그는 원통한 자신의 죽음을 알리고 신원(伸寃)해달라고 청하는 햄릿 아버지의 유령과도, 내 과거와 현재와 미래를 펼쳐 보이며 반성을 강요하는 스크루지의 유령과도 같지 않다. 아버지는 무한한 시간을 지나오며 빛바랜 표지판을 닦고 있었을 뿐이다. 그런데 바로 이 표지판이야 말로 아버지의 사랑을 증명하는 불멸의 상형문자다. 세월의 침식에 도 불구하고 나는 아버지의 사랑과 그 사랑의 표상을 기억하고 있 었다. 나아가 세월이 훼손하지 못한 곳에서 존재하는 저 이미지의 무시간성이야말로 속화되어가는 내 삶의 다른 대극이다. 내게는 사 랑의 영원성이 있다. 유령은 실제로는 없으나 있는 것으로 인지되는 자, 곧 존재자 없는 존재다. 아버지는 지상에서 몸을 거두어갔으나 저 표지판과 함께 영원하다. 그러니 아버지-유령이야말로 모든 서 사의 기원을 이루는 이미지였던 셈이다. "이처럼 작별도 없이 떠나 야 했는지 몇 번이고 자문해보았다. 그러나 대답은 언제나 똑같았 다. 아버지는 나를 용서할 것이다."(56쪽) 영원한 용서가 있다는 걸 알기에, 속세로 뻗은 내 여정이 지금도 계속될 수 있었던 것이다.

박형서의 이미지는 서사의 하위 프로젝트가 아니라 서사의 번안 이다. 모든 서사가 시작되는 기원 이미지가 있고, 이미지가 추동해 가는 서사의 국면이 있으며, 서사의 끝을 집약하는 매듭 이미지가 있다. 박형서의 이미지-서사학은 우리 소설이 시와 겯고 트는 특별 한 국면 하나를 보여주는 것이기도 하다.

3. God Project : 언어-신학

앞에서 우리는 기호들의 체계가 붕괴할 때 출현하는 폭력적인 신을 보았다. 이 신은 실재의 출현을 알리는 재난의 기호이자, 우리의 체계를 구성하는 기호들의 허술함을 폭로하는 무능력의 기호다. 박형서는 다른 소설에서 이 신을 시인(詩人)이라고 불렀다. 단음(短音)이 장음(長音)이 되면서, 신의 또다른 속성 하나가 드러나는 순간이다. 시인은 명명하기(이름 붙이기)를 통해 또 하나의 세상을 만든다는 점에서 두번째 조물주다.

우리는 세계가 아니라 세계를 상징하는 기호체계들에 둘러싸여 살아간다. 우리에게 산은 자연물로서의 산이 아니라 '산'이라는 단어와 그 단어가 아우르는 몇 가지 정형화된 의미에 불과하다. 인간이 그처럼 기호를 만들어내는 건 대상을 획일화시킬 때 얻어지는 편리함 때문인데, 일단 기호가 만들어지고 나면 세상의 산들이 가진 고유한 색채와 질감과 냄새는 사라지고 '산'으로 통일된 무색무취의 단어만이 남게 된다. 이러한 문명화의 과정을 통해 시인의 의식 속에서 세계는 파괴되고 균일화되어왔다. 언어가 없던 시대의 사물과 완전히 괴리된 것이다. (……) 존재하는 모든 대상과 기호 간에는 거리가 존재하며, 그 거리를 가늠할 줄 알아야 우리는 문명화의 약속을 받아들일 수 있다. 특히 시에 있어서 그런 문명화된 약속을 '공식적 문구'라고 부른다. 오늘날 시인이 되려면 일단은 공식적 문구를 알아야 하고, 그후에야 비로

소 하나의 단어를 다른 단어로 치환하는 자기만의 과정을 시작할
수 있다. (……) 시란 기존의 상징체계를 재료로 하여 이루어지
는 이차적 상징체계다. 무언가를 지시하기 위해 단어들을 단순히
열거하는 것이 아니라 특정한 마음의 동요를 불러일으키기 위해
계산된 순서로 상징들을 배열하는 것이다.(「신의 아이들」, 94~
96쪽)

첫번째 조물주가 세계를 만들었다면 두번째 조물주인 시인은 언
어라는 상징체계를 조작하여 두번째 상징체계를 만들어낸다. 언어
가 '세계의 조야한 복사판'이라면 시는 언어를 의도적으로 변형하여
얻어낸 '언어의 세밀한 복사판' 혹은 '세계의 두번째 복사판'이다.
세계와 언어 사이에 거리가 있다는 것은 둘 사이가 부정의 관계로
맺어졌다는 뜻이다. 언어와 시 사이에도 거리가 있으므로 둘 사이에
도 부정이 개재한다. 따라서 세계와 시 사이에는 부정의 부정, 곧 긍
정의 관계가 성립할 수 있으며, 그것이 좋은 시가 해내는 일이다.

모든 존재는 저기에 멈춰 있는 본질이 아니라 이곳에서부터의
거리로 가늠된다. 이러한 거리에 대한 감각이 바로 지유의 시가
생동하는 이유였다. 내가 단단한 바위를 바라보며 그 안에 내재
된 복잡다단한 공식적 문구체계에 넋 놓고 신음할 때, 지유는 자
연물인 바위와 바위에서 파생되는 상징들 간의 거리를 짚어내는
단계를 넘어 그 거리가 왜 생겨났으며 또 어떻게 해야 거리를 조
정할 수 있는지까지 동시에 파악했다.(「신의 아이들」, 95쪽)

시인인 "나"에게는 두 명의 제자가 있었다. 하나는 "지유"다. 내가 고작 시라는 상징체계의 조작에 몰두해 있을 때, 지유는 그 체계와 사물의 거리와, 체계 내의 상징과 상징의 거리와, 그로써 생겨나는 시와 사물의 이질동형 혹은 동질이형을 통찰해냈다. 내가 무능한 신(시인)이었다면 지유는 유능한 신(시인)이었다. "우리는 새파란 죄수복을 입은 채 언어의 감옥에 갇혔다. 그러한 현실에서 시인이 해야 할 일이란 감옥에서 탈출하는 것이 아니라 감옥의 왕이 되는 것이다. 말하자면 본질에 대한 미련을 버리고 집단의 약속인 상징에 통달하는 것이다. (……) 어차피 언어기호로 대체하는 즉시 자연에 깃든 본질은 훼손되기 마련이다. 나는 그렇게 믿어왔다. (……) 그런데 지유는 그렇게 하지 않았다. 그는 창의성과 곡진함이 어떻게 합쳐질 수 있는지 본능적으로 알고 있었다."(98쪽) 기호는 세상을 뒤덮은 쭈글쭈글한 보자기다. 세상은 그 보자기 너머에 은폐되어 있다. 내가 보자기만을 본 반면, 지유는 보자기의 모양과 주름과 굴곡에서 세상을 통찰해냈다. 말하자면 그는 기호를 통해서 기호 너머(기호가 포착해내지 못하는 영역)를 보았던 것이다. 내가 기호의 무능을 팔자로 알고 살아갈 때 지유는 그 무능을 조작해 세상으로 다가가는 법을 알았다. 그는 기호의 무능을 제가 극복해야 할 운명으로 여겼다.

「그럼 이건 어때요?」

어떠냐니, 그게 무슨 소리인가? 설기의 모티프이긴 하지만 내가 방금 막 쓴 시였다. 낯 뜨겁게 내 시를 나 스스로 평가할 순 없는 노릇이다. 나는 그 시에 대해선 할 말이 없다고 말했다. 오히려 네가 잘 읽어보고 의견을 내놓아야 한다고 말했다. 왜냐는 물음이 돌아왔다. 그 시를 내가 썼으니, 당연히 그래야 한다고 대답했다.

「뭐라는 거예요, 응?」 설기가 어리둥절한 표정을 지으며 말했다.「응, 이건 내가 쓴 건데?」(「신의 아이들」, 102~103쪽)

다른 한 제자의 이름은 설기다. 요양을 간 곳에서 만난 동네 청년으로 허접한 습작시를 끊임없이 내게 가져왔다. "재앙을 필사한 그 종이들 덕분에 내 안면은 규칙적으로 경련을 일으켰다."(95쪽) 참다못한 내가 설기의 시를 고쳐주자 설기가 위와 같이 묻는다. 둘 사이에는 근본적인 간극 혹은 시차가 있다. 나는 "그가 쓰고자 했던 걸 나름대로 유추해" 새로 썼으므로 그 시가 내 것이라 믿는다. 반면에 설기는 그 시가 자신이 쓰고자 했던 말이었으므로 자신의 시라고 믿는다. 내가 '언어'의 차원에 있다면 그는 그 언어가 최초로 출현한 장소, 아니 그 언어가 출현할 수밖에 없었던 최초의 이유, 곧 '의도'의 차원에 있다. 내가 그 시를 내 시라고 설명했더니, 설기는 자기 시를 내가 부당하게 빼앗았다고 여기고 분노한다.

시가 언어체계를 딛고 올라야 하는 이상 설기의 '의도'는 존중받을 수 없다. 그가 또다른 신이 되기 위해서는 언어체계를 우회해야 한다. 그는 조각의 세계에서 그것을 발견한다.

태어날 때, 신은 그에게 전혀 다른 종류의 약속을 했던 것이다.

일은 아주 사소하게 시작되었다. 어느 명망 있는 미술비평가가 지난해 초 강원도의 작은 시골마을에 들른 적이 있다. 아이들이 갖고 노는 나무토막을 보고는 묘한 호기심에 이끌려 그것들을 수집했다. 서울로 돌아와 동료들과 함께 연구한 뒤, 가을에 공동논문을 발표했다. 그렇게 설기는 청예리의 무덤에서 일어나 전설 속으로 걸어갔다.(「신의 아이들」, 115쪽)

설기가 심심풀이로 깎아낸 나무토막들이 뛰어난 예술작품임이 드러난다. 한번은 그가 안쪽을 깎아낸 정육면체 조각을 내게 주었다. 내가 제목을 물었더니 "편안함"이라 대답했는데, 나는 그것을 "오래전에 죽어버린 단어"(101쪽)라 여겼다. 나중에 그 조각을 다시 만져보고 나는 깜짝 놀란다. "어느 순간, 내 모든 손가락이 각각의 구멍 안에 정확하게 들어맞았다. 그때 내 손은 무언가 작고 부드러운 물체를 둥글게 감싸는 자세였다. 빈틈이 적고 살짝 압박해오는 감촉은 세상의 어떤 손잡이를 잡은 것보다 편안한 느낌을 주었다."(116쪽) 그 조각 자체가 '편안함'을 온전히 실현했던 것이다. 그는 언어기호가 출현하기 전의 어떤 국면, 유물론이 가르쳐준 신체의 언어를 구현한다.

어떻게 기호의 세계를 찢고 세계를 향해 다음 걸음을 뗄 것인가? 여기 두 개의 답이 있다. 지유와 설기는 언어체계에 속박된 무능한 신(시인)의 유능한 제자들이다. 지유가 그 체계의 규칙을 끝까지 밀고 나갔다면 설기는 그 체계의 규칙을 거부하고 체계 이전으로 돌아갔다. 지유가 기호를 기호화함으로써 기호 너머의 세계로 나아갔다면, 설기는 기호를 깨뜨림으로써 기호 이전의 세계와 대면했다. 내가 둘을 꾸짖었더니, 지유는 나를 칼로 찌르고 설기는 내 시 위에 똥을 쌌다. 기호를 망가뜨리는 두 가지 방식, 곧 폭력(이것은 기호를 강압적으로 뒤틀어 세계와 만나게 한다)과 외설(이것은 기호를 더럽히고 지워버려서 기호 이전의 세계와 만나게 한다)을 통해 상징에 사로잡힌 무능한 스승이자 아버지를 넘어섰던 것이다. 이 둘이 바로 신의 아이들이었던 셈이다.[4] 어쩌면 내가 뇌종양으로 죽음을 선고받은 것도 언어의 무능 때문일 것이다. 머릿속의 상징체계를 짓눌러오는 저 혹이야말로 어떤 언어로도 표현할 수 없는 실재의 자리이기 때문이다. 설기라면 손으로 만졌을, 지유라면 말의 한계를 통해 역설적으로 지시했을 바로 그 실재 말이다.

4. Möbius Project : 변신-순환담

기호들의 배치가 변하면 기호 생산자의 성격도 변한다. 기호가 이식된 판이 담론인데, 담론의 교체는 담론을 수행하는 자, 곧 인물의 교체를 수반한다. 변신담은 그런 교체 가운데 가장 극적인 경우다. 변신은 단순한 외양의 변화가 아니다. 그것은 한 존재가 다른

---

4) 이 책의 제목이 겨냥하는 바도 이 점에 있을 것이다. 『핸드메이드 픽션』이란 손의 감각을 따라(설기의 작업처럼) 지어진 기호들의 특별한 배치들(지유의 작업처럼)을 뜻하는 것이 아닐까?

존재가 되는 것이며, 그로써 두 세계를 분할하고 결합시키는 '분절'의 지점이 된다. "변신은 (……) 문턱을 지시한다. 아폴론의 추격을 받은 다프네가 월계수로 변했을 때, 나무는 영원한 처녀로 남고 싶은 다프네의 소망과 영원히 그녀를 소유하고 싶은 아폴론의 소망 사이에서 문턱이 되었다. 롯의 아내가 불타는 소돔과 고모라를 돌아보며 소금기둥이 되었을 때, 기둥은 세속과 초월 혹은 속과 성 사이의 경계를 지시하는 지표석이 되었다. 문턱이란 두 세계 모두에 속하면서 두 세계 바깥에 있는 것이다."[5] 따라서 변신 역시 이중분절에 속한다. 「나무의 죽음」이 보여준 분절이 공시적인 것이라면 변신담에서의 분절은 통시적인 것이다. 한 존재와 다른 존재 사이에 시간이 개입했기 때문이다. 박형서가 그려 보이는 변신담의 특징은 그것이 일종의 순환담과 결합해 있다는 데 있다.

그래, 한때 나는 고양이였다. 불우한 거리의 고양이였다. 그리고 그는 나를 거둬들여 성범수라는 근사한 이름을 붙이고, 오랫동안 보살펴주었다. 내게서 이 말을 듣고 싶었던 것인가? 맞다. 그건 틀림없는 사실이다. 하지만 조금 다르게 표현하고 싶다—나는 당신의 외로움이었다고, 그리고 이제 많이 진화했다고. 내 말 알겠는가? 시간은 저 혼자 흐르지 않는다. 시간은 늘 우리의 선택과 함께 흐른다.(「갈라파고스」, 140쪽)

---

5) 졸고, 「지구 소년에 관한 네 가지 이야기」(김산 시집 『키키』 해설, 민음사, 2011)에서.

어느 겨울밤, "나"는 포장마차에서 한 청년을 만났다. 내 집까지 따라온 그는 이상한 이야기를 꺼낸다. 외롭게 지내던 그는 길고양이 한 마리와 친해졌다. "성범수"라는 이름을 받은 고양이는 어느 날 그에게 방에서만 지내는 게 답답하니 밖에 나가서 그의 친구들을 만나고 싶다고 말한다. 외출은 점점 잦아졌다. 그의 옷과 지갑과 시계를 자기 것처럼 사용하던 성범수는 급기야 그가 좋아하던 여자마저 차지해버린다. 격노한 그는 성범수를 죽이고 시체를 다리에서 던져버렸다. 집에 돌아와 무서운 예감에 떨던 그는 창밖에서 자신을 노려보는 성범수를 발견한다…… 사실 "나"는 고양이 성범수였고, 내가 만난 청년은 한때 나를 거두었던 사람이었다. 성범수가 고양이에서 친구로 격상되는 것은 내 외로움의 작용이지만 성범수가 인간이 되는 것은 심리적인 변용 탓이 아니다. 성범수는 청년의 "외로움"이었다. 외로움은 혼자서도 잘 살아간다. 혼자 있음의 상태가 외로움이니까. 따라서 외로움이 진화된 존재(극단적으로 외로워졌다는 얘기다)로서, 성범수인 나는 청년에 매이지 않고서도 살아간다. 반면에 청년은 여전히 외로웠고(고양이가 있다고 외롭지 않은 것은 아니다), 그 외로움을 싫어했고(이것이 성범수 살인사건의 전말이다), 그러고서도 외로움을 떨쳐버릴 수 없었다(청년은 성범수 주변을 배회한다).

얘기를 마친 청년은 내게 머물기를 청했으나 나는 거절한다. "나는 그와의 추억을 잊어버리는 쪽으로 진화했고, 그래서 이곳에 젖어들 수 있었다."(141쪽) 외로움 자체는 함께 있는 것을 허락하지 않으니까. 그는 그럴 수 없을 것이다. 성범수는 고양이에서 인간으로, 어떤 문턱을 넘어왔다. 그렇다면 청년은? "손님은 순순히 일어났다. 벽에 손을 대고는 느릿느릿 걸어나갔다."(142~143쪽) 그에겐 차디찬 바깥의 운명이 마련되어 있었다. 그는 성범수와 반대로 고양이-되기를 선택했다. 변신(하나가 다른 하나가 되는 것)이 문턱이 되기, 경계를 이루기라면, 순환(하나가 다른 하나와 서로 바뀌는 것)은 문턱을 넘어 돌아오기, 두 번 교환하기다. 변신이 어떤 딜레마를 현시한다면 순환은 그 딜레마의 반복, 지속, 재생산을 재현한다. 이것은 일종의 뫼비우스 띠다. 앞뒷면은 있으나 그것의 안과 밖은 구별되지 않는 어떤 위상학적 딜레마. 예컨대 이런 악무한. "나는 선택하지 않았다. 그걸 선택하지 않기로 선택했다. 아니, 선택하지 않을 수 있는 선택을 선택했다……"(138쪽) 분절은 이루어졌으나 가재의 집게발은 아무것도 자르지 못하고 저 자신으로 돌아온다. 청년과 고양이의 외로움은 보존될 것이다. 다만 둘의 이름이 바뀌었을 뿐이니까. 「신의 아이들」에서 무능한 신(시인)의 유언(내 작품을 불태워라)이 지켜지지 않음으로써, 언어라는 기호들의 체계가 남는 것처럼. 성범수는 「자정의 픽션」에서도 멸치로 변신해 출연한다.

성범수: 사실을 말하자면 이렇다. 우리들 죽방멸치는 다른 멸치들과 요리법에서 차이가 난다. 인간들은 다른 멸치의 경우 볶거나 튀기거나 졸여서 한 점도 남김없이 먹는 데 반해, 우리들 죽방멸치는 오로지 국물만 우려낸 뒤 음식물 쓰레기로 버린다. 이게 모욕이 아니면 도대체 무엇이 모욕이겠는가. 그뿐 아니다. 국

물을 내기 전에 저들은 우리의 머리와 내장을 떼어낸다. 머리와 내장이 무엇인가? 지성과 영혼이 담긴 그릇이다. 그 신성한 부위가 살점과 척추만도 못한 취급을 당하고 있다.(「자정의 픽션」, 201쪽)

연립주택에 가난한 부부가 살았다. 밤에 집에 돌아와 수제비를 끓여먹기 위해 멸치를 찾았는데 멸치가 없었다. 「자정의 픽션」은 이 멸치들의 탈출기다. 그 전에 프롤로그가 있다. 사라진 멸치에 대한 다른 서사다. 하나. 멸치는 옆집 아줌마가 훔쳐갔다. 둘. 꿈을 먹는 짐승, "트리오핀"이 와서 먹었다. 처음 하나(옆집 아줌마 이야기)는 가능한 시나리오이고 뒤의 둘(트리오핀과 탈출한 멸치들의 이야기)은 불가능한 시나리오지만, 사실은 셋 다 말이 안 되는 시나리오다. 처음부터 도대체 냉동고에 넣어둔 멸치가 "감쪽같이" 사라질 수가 없는 법이니까. 한 불가능이 다른 불가능과 접속되면서 불가능의 불가능, 곧 가능한 이야기가 만들어졌다. 이중부정의 논리가 여기에도 있다. 어쩌면 세번째 시나리오(멸치의 탈출기)가 가장 그럴듯한 논리를 제공한다고 볼 수도 있다. 인용한 성범수의 말은 적어도 탈출에 필요한 명분을 제공하고 있으니까. 게다가 그들은 떼로 다니지 않는가? "멸치들은 지구상에서 가장 우정이 깊은 생명체거든."(200쪽) 그들은 마침내 양변기를 통해 탈출에 성공하고 하수도관을 빠져나오며 이야기를 나눈다. "옛날 옛적 어느 임대연립주택에 가난한 연인이 살았대. 하루는 아가씨가 직장에서 돌아와 허기진 배를 수제비로 채우려 했지. 물을 한 냄비 받아 가스레인지 위에 올려놓고는 냉장고를 열었더니, 아 글쎄……"(212쪽) 이 순환담 덕택에 젊고 가난하고 단란한 부부의 아름다운 한여름밤의 꿈이 완성된다.

순환담은 변신담에 현실성을 부여하고(둘은 제자리로 돌아온다) 변신담은 순환담에 서사의 동력을 제공한다(어쨌든 이대로 있을 수는 없는 법이다). 그런데 어떻게 생각하면 뫼비우스는 제자리로 돌아오기 위한 구조가 아니라 돌아오지 않기 위한 구조인지도 모르겠다. 뫼비우스의 위상학은 '돌아옴'이 아니라, '제자리에 올 수 없음'이나 '계속 변화함'에 강조점이 찍힌 것은 아닐까. 뫼비우스의 이상한 원환은 거기에 사로잡힌 자들을 자신의 이면으로 혹은 배면으로 끊임없이 바꾸면서도 그 변신 가운데 어떤 것도 결정적인 것이 아니게 만든다. 뫼비우스 띠에 올라앉은 자들은 저 자신이 아닌 것으로 끊임없이 전환되면서도 한 번씩은 원래의 제자리를 거쳐간다. 무한한 변화 앞에서 영원한 것은 없으나 그 무한함 자체는 영원하다. 이 점에서 뫼비우스의 구조는 마야(maya)의 구조이기도 하다. 이제 마지막 기획을 검토해보기로 하자.

5. Maya Project : 시간-우주론

영원한 삶이란 무엇인가? 끊임없이 전변하는 세상 속에서 영생이란 한갓 미망이거나 환영(maya)에 불과하다. 그러나 달리 생각해보면 그런 무한한 변화야말로 영원한 것이다. 변화가 불변이 되고 영원이 순간들에만 담기는 이 역설을 시간-우주에 내재한 역설이

라 부르자. 우주의 유한성은 거기에 시간이 개재되어 있다는 데서
나온다. 끈이론(과 그것의 업그레이드 버전인 막이론)에 의하면 하
나의 시간 차원은 다른 열 개의 공간 차원과 결합하여 우리의 우주
를 구성한다. 시간을 품었으므로 우리 우주에는 처음(우주는 태초
의 한 점이 폭발하면서 생겨났다)과 끝(무한히 팽창하는 우주는 열
역학적 평형상태가 되어 죽음을 맞게 될 것이다)이 있다. 그런데 공
간적인 우주의 한계가 없듯이 시간적인 우주의 한계도 없다. 우리
는 우주공간의 경계에 이를 수 없다. 공간이 풍선처럼 안으로 말려
있어서 막에 이를 수 없기 때문이다. 마찬가지로 우리는 우주의 시
간적 한계에 도달할 수 없다. 시간이 공간에 따라 가변적이어서 우
주의 소멸이 자명하다고 해도 그 소멸의 순간에 이를 수 없기 때문
이다. 우리의 우주는 무한한 종말에 다가갈 수 있을 뿐, 최종적인
국면에 당도하지 못한다. 종말에 다가서는 순간 시간이 무한히 느
려지는 것이다. 불멸하는 인간에 관한 다음 이야기는 이 우주에 관
한 우화다.

　　파삭, 하고 요란하게 소주병 깨지는 소리가 들려올 때 한분태
는 드디어 저 무수한 질문의 근원인 카르니지 여신과 작별하기로
결심했다. 불사를 포기한 한분태는 이제 늙어죽을 운명을 지닌
인간으로서 새로이 눈을 떴다. 천 년 만이었다. 천 년 만에 가슴
속에서 강한 불길이 치솟고 있었다. 그건 죽을 운명에 처한 자들
만이 느낄 수 있는, 가슴에서 올라와 눈으로 뻗어나가는, 때가 되
면 처절하게 고꾸라질 유한성이 전제된 생명의 에너지였다.

(……) 그건 슬픔이며 동시에 몸의 구석구석을 섬세하게 자극하는 황홀한 무엇이었다. 홀린 듯 저 그립고 먼 이름을 속삭였다.

"마야."

눈물을 쏟으며 훌쩍훌쩍 울기 시작했다.(「나는 『부티의 천년』을 이렇게 쓸 것이다』, 187쪽)

"한분태 뼈다귀 해장국집"이라는 지저분한 술집에서 술을 마시다가 나는 멋진 소설을 구상하기에 이른다. 『부티의 천년』이란 제목을 가진 소설의 줄거리는 이렇다. 10세기 말 하루디 부티라는 인도 청년이 "카르니지 여신"에게서 불사를 선물로 받았다. 전쟁에서 포로가 되어 독을 마시고 목이 잘려도 부티는 살아난다. 그로부터 부티는 전 세계를 일주하며 수많은 일들을 겪는다. 루마니아에서 산적과 늑대 떼를 만나 뼈만 남기도 하고, 하멜른에서 피리 부는 사나이가 되기도 했으며, 사랑스런 천하절색 쥐 "마야"를 만났다가 잃고, 중국에서는 노예가 되었다가, 마침내 한국에 이르러 뼈다귀 해장국집을 열었다. "마야"를 생각하며 불사를 포기하기로 결심하는 순간 그는 이 소설의 작가 "나"를 만난다.

이 소설이 「자정의 픽션」이나 「갈라파고스」처럼 뫼비우스식 구조를 갖고 있다는 증거는 여럿이다. 첫째, 이 소설은 미래의 장편소설에 대한 작업노트다. 그걸로 단편을 썼으니 단편이 장편을 감싼 형국이다. 수많은 이야기를 제 안에 말아넣은, 곧 유한이 무한을 품은 구조다. 둘째, 이야기의 처음에 훌쩍거리는 늙은이 덕분에 이 소설을 구상했는데, 단편 속에 든 장편의 마지막 장면 역시 훌쩍거리는

"한분태"씨로 끝난다. 한 시작이 무한한 이야기들을 거쳐 최초의 자리로 돌아왔다. 셋째, 이 소설의 제목은 '나는 『부티의 천년』을 이렇게 쓸 것이다'이며, 따라서 소설 속 소설의 제목은 '부티의 천년'이다. 그런데 이 소설의 실제 모티프는 하멜른의 「피리 부는 사나이」다. 여러 이야기가 서로를 축약하고 부연하며 서로가 서로의 이면이자 배면으로 깔려 있다. 넷째, 게다가 이 이야기 자체가 어떤 다른 이야기의 반향이다. "나는 이미 몇 개의 기가 막힌 이야기를 도둑맞았다. 다들 제목만 대면, '아, 그 소설?' 하고 아는 척을 할 만한 작품들인데, 지나가다 내 머릿속을 들여다본 소설가들이 파렴치하게 갖다 써버린 것이다."(149쪽) 물론 농담이지만 진담을 숨긴 농담이다. 이 소설에는 보르헤스의 소설 「죽지 않는 사람들」의 반향이 있다. 불사자의 편력기라는 점에서도 그렇지만 그가 필멸하는 인간으로 돌아온다는 결말에서도 그렇다. 부티는 피리 부는 사나이가 되고, 보르헤스 소설의 주인공은 방황 끝에 호머(호메로스)를 만난다. 다른 텍스트와 하나로 얽혀드는 것이다. 게다가 자신이 쓸 긴 소설을 축약하는 짧은 이야기로 본래의 소설을 대신하는 방식이야말로 보르헤스적인 글쓰기 방식이 아닌가?

바로 이런 점들이 무한을 유한 속에서 사유하게 만든다. 유한은 어떻게 무한이, 순간은 어떻게 영원이 되는가? 첫째, 반복을 통해서다. "하루디 부티"→"한스 뷘팅"→"한펀팅"→"한분태"라는 이름의 전변 속에도 어떤 반복이 숨어 있다. 뒤의 이름은 앞의 이름의 반향(反響)이며, 변화하는 가운데서도 변화하지 않는 정체성이 그 이름의 반복 속에 숨어 있다. 허벅지 위에 올라온 쥐를 보고 "뭐야"라고 중얼거렸더니(148쪽) 시궁쥐가 미녀 쥐 "마야"로 변신한 것도 비슷한 반복이다. 실상 이 소설집 전체가 그런 메아리로 가득 차 있다. 세 번에 걸쳐 일어난 기이한 죽음(「너와 마을과 지루하지 않은 꿈」), 삼십 년 전이나 후나 변함없이 정류장을 닦고 있는 아버지(「정류장」), 작은 언덕과 개울의 싸움을 반복하는 큰 산과 큰 강(「나무의 죽음」), 초대와 추방을 반복하는 성범수와 청년(「갈라파고스」), 멸치의 실종을 둘러싸고 거듭되는 추리(「자정의 픽션」), 여러 차례 산신령을 불러내는 T교수(「열한시 방향으로 곧게 뻗은 구 미터가량의 파란 점선」)가 그렇다. 반복이야말로 영원 혹은 무한의 지표다. 둘째, 순환을 통해서다. 순환담에서 살폈듯, 머리와 꼬리가 이어붙은 이야기들은 그 자체로 영구불변의 엠블럼이다. 빠져나갈 출구가 봉쇄되었기 때문이다. 셋째, 필멸을 통해서다.

"어떻게 해야 무기력하지 않게 살 수가 있을까요?"

"간단합니다." 회련의 말이었다. "언젠가는 죽을 목숨으로 돌아가면 되지요."

"하지만 어떻게요? 우리는 불사의 몸이잖아요? 아무리 해도 죽을 수가 없어요."

회련은 가만히 웃으며 뷘팅의 눈을 응시했다.

"그게 바로 무력감에 젖어 있다는 증거랍니다. (……) 이 상태라면 우리는 영원히 기쁨을 느끼지 못하고, 그저 하루하루의 고통 속에서 남을 원망하며 지낼 수밖에 없지요. 그런 너저분한 매 순간을 영원히 사는 겁니다. 당신에게도 끝나지 않길 바랐던 시

286

간이란 게 있지 않았나요? 하지만 금세 끝나버렸을 테지요. 왜냐하면 삶의 길이와 상관없이, 우리에게 주어지는 '진짜'는 아주 짧거든요. 그건 금방 끝나버리기 때문에, 그리고 다시는 돌아갈 수 없기 때문에 '진짜'랍니다."(「나는 『부티의 천년』을 이렇게 쓸 것이다」, 179쪽)

불사는 삶을 무기력하게 만들어버린다. 아무리 소중한 순간이 있어도 불사에 비하면 순식간이다. 무한과 견주는 유한이란 하염없이 무(無)로 변해가는, 바스라져 없어질 시간이기 때문이다.[6] 관건은 불사, 불멸에서 빠져나와 필사, 필멸로 화하게 될 바로 그 순간, "진짜"의 순간에 투신할 수 있느냐는 것이다. 그때 환영(maya)은 내가 진정으로 사랑하는 이의 이름이 된다. 영원에 비하면 무가치하게 보일 수밖에 없는 순간이야말로, 우리가 전력을 다해 사랑해야 할 진짜(real)의 다른 이름이다. "마야는 끝없는 충동과 동요를 만들어내며 우주의 생성을 전개시키는 부정적 원리의 이름이다. 세계의 유출은 불변하는 절대자의 가현적인 유한화에 의하여 일어난다. 실재는 생성과정 속에 긍정적인 모든 것을 나타낸다. 세계 내의 모든 존재들은 그들의 실재성을 회복하고, 그들에게 결여된 것을 채우며, 그들의 개별성과 격리성을 떨쳐버리기 위하여 끝없이 노력한다. 그

---

6) 불사의 인간인 나와 달리, 마야가 가장 짧은 기대수명을 가진 포유류인 쥐로 형상화된 것도 이 때문이다. 불사와 이 년(실제로 마야는 "다섯 살 칠 개월"을 살았다)의 차이. 게다가 둘은 섹스를 나누지 못했다. 마야가 환영의 다른 표현이라는 증거가 여기에도 있다. 어떻게 쥐와 동침할 수 있단 말인가?

러나 그들의 내적인 결함, 즉 현존의 그들과 되어야 할 그들의 모습 간의 간격을 만드는 마야 때문에 그렇게 하지 못한다. (……) 마야 는 궁극적 실재의 반영이다."[7] 마야는 세계가 '설명할 수 없는 실재 (real)'를 품고 있다는 믿음의 표현이다. 나와 경험적인 세계 사이의 무수한 변화들을 어떻게 조화시킬 수 있는가? 세계는 저 실재의 부 정적인 변화, 곧 감소와 충동과 동요를 통해 마야를 산출한다. 무의 미한 '반복', 생성과 소멸의 끝없는 '순환', 무한한 변화의 '순간'들 이야말로 마야의 출현을 증명하는 것이다. 그러나 바꿔 생각하면 저 실재, 진짜야말로 마야를 통해서만 접근할 수 있는 것이다. 마야 의 속성인 변화와 운동이 불변하는 실재, 부동의 동자(unmoved mover)의 유일한 표현이기 때문이다. 운동이 그 불변자에 달려 있 다고 해도, 운동 없는 불변자는 인식될 수도 표현될 수도 없다. 운 동이 없다면 그것은 죽은 신이다. 신은 마야에 의존한다. 우리의 주 인공은 불사를 포기하고 마야의 이름을 부름으로써, 그 순간의 진 짜에 거했다. 이제 불사가 마야(환영)이고 순간이 영원이 된다. 그 순간을 증거하듯 소주병 깨지는 소리가 들렸다. 불사라는 한때의 미망과 취기에서 깨어났던 것이다. 이것이 박형서의 불사(不死) 이 야기가 우리에게 전해주는 최종적인 의미다.

다섯 개의 항목으로 박형서 소설의 기획을 살폈다. 거창하게 말 하자면 그의 소설에는 기호론과 구조주의, 시학과 서사학, 언어학과

---

7) 라다크리슈난, 『인도철학사1』, 이거룡 옮김, 한길사, 1996, 61~62쪽.

신학, 신화와 문학, 철학과 물리학이 동거하고 있다. 아무리 거창하게 말해도 그의 패관문학적 서술에는 미치지 못할 것이다. 그는 이 모든 것을 진지한 농담과 우스꽝스러운 비애의 어조에 실어 말한다. 이를 진농(眞弄)과 소애(笑哀)의 문학이라 부르면 될까? 그가 이를 유지함으로써 우주의 비밀을 누설하는 일을 계속하기 바란다.

작가의 말

죽어 신(神) 앞에 섰을 때
작가는 그간 탈고한 모든 글을 소명해야 한다.
그 노역에 이 책이 더해졌다.
2006년 겨울부터 2010년 겨울까지의 단편들을 묶었다.
오래 버틸 질문도 있을 거고, 훨훨 증발할 농담도 있을 거다.
업둥이 같은 공상도 있을 테고, 너덜거리는 훈수도 있을 거다.
돌아볼 마음 따위는 없다. 부끄럽지 않다.
여기 실린 이야기 하나하나가 전부 나다.
내 손으로 썼다.

2011년 가을
박형서

문학동네 소설집

핸드메이드 픽션

ⓒ 박형서 2011

1판 1쇄 │ 2011년 12월 5일
1판 3쇄 │ 2014년 7월 18일

지은이 박형서
펴낸이 강병선
책임편집 김민정 │ 디자인 이기준 유현아
마케팅 정민호 나해진 이동엽 김철민
온라인 마케팅 김희숙 김상만 한수진 이천희
제작 강신은 김동욱 임현식 │ 제작처 영신사

펴낸곳 (주)문학동네
출판등록 1993년 10월 22일 제406-2003-000045호
주소 413-120 경기도 파주시 회동길 210
전자우편 editor@munhak.com │ 대표전화 031)955-8888 │ 팩스 031)955-8855
문의전화 031) 955-3576(마케팅) 031) 955-3572(편집)
문학동네카페 http://cafe.naver.com/mhdn

ISBN 978-89-546-1655-3 03810

＊ 지은이는 2010년 서울문화재단의 문학창작활성화사업기금을 수혜하였습니다.
＊ 이 책은 2011년 고려대학교 인문대 특성화 연구비를 지원받아 출간되었습니다.
＊ 이 도서의 국립중앙도서관 출판시도서목록(CIP)은 e-CIP 홈페이지(http://www.nl.go.kr/ecip)에서
　이용하실 수 있습니다.(CIP제어번호: CIP2011004969)

www.munhak.com